Für all die Sternenleser,
Sonnenanbeter,
Mondschimmerdrachen,
Herzflimmersüchtigen.
Und all die hoffnungslosen Romantiker.

Manches ist ein Wink des Schicksals.
Oder aber eine Fügung des Lebens.
Man mag es auch Zufallsgenerator nennen.
Doch vielleicht, ja vielleicht geschieht es einfach,
weil es so in den Sternen geschrieben steht.

#MissStarlet

Kapitel 1

Rüschenkleid meets Chaosqueen

»Halleluja!«, schimpfe ich, hechte entschlossen über eine große Pfütze – was in hochhackigen Schuhen einem echten Kunststück gleicht –, immer darauf bedacht, das sündhaft teure Hochzeitskleid in der Plastikhülle nicht zu malträtieren.

Ich bin spät dran. Und wenn ich sage spät, dann meine ich *wirklich* spät. Nicht nur zwei oder drei Minuten, nein. Man hänge eine Null an und bekomme den wahren Wert.

Platsch! Meine dünne Schuhsohle versinkt millimetertief in so etwas wie einem Mini-Ozean, den ich dummerweise übersehen habe, weil ich das Prachtkleid vor mir hertrage, als balancierte ich rohe Eier auf den Armen. Das Dreckwasser des versiegten Regengusses bespritzt meine Jeans und meine Jacke.

Ein flüchtiger Kontrollblick. – Uff, was für ein Glück! Das weiße Rüschending hat nichts abbekommen. Meine Chefin würde mir auch glatt den Kopf abreißen, wenn ich es nicht unversehrt im Atelier abliefere.

Dieses Kleid hat allerhöchste Priorität, Mina!, hallen Frau Becks Worte durch meinen Kopf. Dass sie auch immer so einen Aufstand machen muss, sobald der Name einer Kundin in der Öffentlichkeit nicht gänzlich unbekannt ist.

Ich schlängle mich zwischen Shoppingverrückten und Kaffeesüchtigen hindurch und stoppe abrupt, als das dumme Männchen der Fußgängerampel auf Rot springt.

Na großartig, auch das noch!

Okay, okay, irgendwie kann ich Frau Beck ja verstehen. Auch ich muss zugeben, ich bin wahnsinnig nervös, denn eine solche Society-Lady hatten wir bislang noch nie in unserem Kundenstamm. Dennoch verfluche ich in genau diesen Momenten mein Talent zur Allrounderin. Ich kann zwar weder schneidern noch darf ich Kleider entwerfen – obwohl es mich gewaltig in den Fingern juckt –, aber ich erledige dafür alles, was sonst anfällt: Terminplanung und Koordination, Kundenbetreuung, hin und wieder auch Auslieferungen, Materialbeschaffung, und, und, und ... Kurzum: Ich bin die Retterin in der Not. Gerade getarnt als Expressbotin.

Grün!

Ich spurte wie eine Verrückte über die Straße, fliege an einem Buchladen, einem Café und der hübschen Blumenboutique vorbei.

Endlich! Nur mehr wenige Meter trennen mich von meinem lang ersehnten Ziel. Ich werfe mir das Kleid über die Schulter und lege noch einen Zahn zu. Über diese eine Querstraße muss ich ...–

Es geht so schnell, dass ich gar nicht reagieren kann.

Ein grässliches Quietschen dicht neben meinem Ohr, gleichzeitig schreit eine aufgebrachte Stimme: »Pass auf!«, und das Nächste, was ich mitbekomme, ist ein lautes Scheppern und ein Reifen, der sich genüsslich in meine Eingeweide bohrt.

»Oh verdammt!«

Dieser Ausruf kommt von dem Kerl, der eben mit seinem Rad in mich hineingedonnert ist, und nicht nur mich voll erwischt hat, sodass ich kaum noch atmen kann, sondern auch die kostbare Ware in meiner Obhut.

Ich keuche. Alles um mich herum verliert an Schärfe.

Mit einem ungesunden Grummeln in der Magengegend wandert mein Blick am Kleid hinunter. Die Plastikhülle ist beinahe unbeschadet – aber eben nur *beinahe* ...

»Um Himmels willen, nein!«, keuche ich entsetzt. Es kommt nicht mehr als ein heiseres Krächzen aus meinem Mund. »*Nein!* Nein, nein, nein!«

Dicke schwarze Striemen breiten sich über dem edlen Weiß des Stoffes aus. Viel zu dick und matschig schwarz – so schwarz, wie ich in diesem Augenblick für meine berufliche Zukunft sehe!

Wie hypnotisiert stiere ich auf den geschundenen Saum, wiederkehrende Hitzewallungen untermalen meinen rasenden Pulsschlag, während sich in meinem Innern die Gedanken überschlagen.

Ich sacke zu Boden.

»D-das ist eine Katastrophe!«

Meine Stimme verliert sich in der oberen Oktave, klingt fremd – und peinlich! Die Reaktionen der Passanten verraten es mir. Wie ein Blick in einen unsichtbaren Spiegel.

Einige bleiben stehen, weitere tuscheln hinter vorgehaltener Hand. Dass sie nicht noch mit dem Finger auf mich zeigen, grenzt an eine Heldentat.

»Geht es Ihnen gut?«, drängt sich eine tiefe Stimme zwischen das Gemurmel ringsum. Wieder der Kerl mit dem Rad – aka Ursache meines Problems, zumindest, was meine nun steil nach unten weisende Karriere anbelangt. Nicht dass ich eine wahnsinnig beeindruckende Laufbahn hinter mir hätte. Ich habe nicht mal zwei, drei nennenswerte Sprossen auf der Karriereleiter erklommen, ich, die schon froh ist, nach dem Kunststudium überhaupt einen Job gefunden zu haben.

Dennoch …

Das verschwommene Bild des Mannes gewinnt an Schärfe. Er schwafelt noch irgendwas von »Verzeihung!« und »Tut mir leid«, aber ich höre es kaum.

In einer merkwürdigen Haltung beugt er sich halb über den Drahtesel, krümmt sich gleichzeitig zur Seite und schaut zu mir herunter, sodass es mir unmöglich ist, abzuschätzen, wie groß oder klein gewachsen er ist. Aber etwas anderes begreife ich sofort. – Wobei, nein! Nicht mein Ich steht auf Empfang, sondern viel eher meine Sensoren, die vom bloßen Instinkt geleitet werden.

Er gehört definitiv zu der Kategorie »Mann«, die unter normalen Umständen mein Herz höherschlagen lassen würde. Allerdings befindet sich mein Gemütszustand gerade keineswegs im grünen Bereich; er droht vielmehr, in akut dramatische Sphären abzudriften.

Dunkelblondes Haar lugt unter seinem Cap hervor und lockt sich im Nacken. Seine kantigen Wangen und die schmale Nase stehen im Gegensatz zu seinen weich geschwungenen Lippen und betonen doch gleichzeitig seine blauen Augen. Auch wenn mein Verstand nicht in der Lage ist, sein Erscheinungsbild als positiv abzuspeichern, so findet es doch einen Platz in meinem Unterbewusstsein.

Ein lautes Klirren holt mich auf den Boden der Tatsachen zurück. Sein Rad scheppert auf den Asphalt.

»Sind Sie verletzt?«, fragt er mit kritisch prüfendem Blick und kauert sich neben mich, ungeachtet dessen, dass seine grau karierte Shorts das Dreckwasser der regennassen Straße aufsaugt. »So sagen Sie doch, ist mit Ihnen alles in Ordnung?«, wiederholt er abermals, weil ich nur dämlich in sein Gesicht glotze und schließlich wieder den verdreckten Saum des Kleides anstarre.

»Meine Chefin killt mich!«, wimmere ich kläglich.

Er schaut mich mit gekräuselter Stirn und imaginären Fragenzeichen in den Augen an.

»Spätestens, wenn meine Chefin das Kleid sieht, bringt sie mich um!«, ergänze ich meine Erklärung. »Nein, vermutlich quält sie mich zuerst noch eine Weile, bevor sie mich knebelt, fesselt und vierteilt, um …«

»Abgesehen davon, dass Ihr hübscher Kopf offenbar doch ziemlich heftig durchgeschüttelt wurde«, unterbricht er meine Zukunftsvisionen, »scheinen noch alle Körperteile dran zu sein.«

»Wie meinen?«, frage ich – zu einem ehrlich irritiert, zum anderen leicht genervt. »Sie scheinen nicht zu verstehen: Es spielt keine Rolle, wie es *mir* geht, denn dieses Kleid ist von immenser Wichtigkeit, und schon ein mickriger Fliegenschiss würde das grandiose Design für immer ruinieren.«

»Es ist doch nur ein Kleid. Viel wichtiger ist, dass Sie unver…«

»NUR EIN KLEID?! Das hier ist Haute Couture, ein maßgeschneidertes Unikat, Kunst in ihrer reinsten Form«, falle ich ihm ungehalten ins Wort. Dabei ist mir selbst klar, wie hysterisch ich mich anhören muss, und wie albern es ist, dass ich wegen eines verschmutzten Kleides solch einen Aufstand mache und diese »Katastrophe« über alles andere stelle. Ja, ich weiß eigentlich nur zu gut, dass es nichts Wichtigeres gibt, als die Gesundheit eines Menschen.

»Ich verstehe, ich verstehe«, sagt er, beinahe abschätzig, und hält abwehrend die Hände in die Höhe. »Sie beschützen dieses Kleid mit Ihrem Leben. Da ich Mitschuld an Ihrer Misere trage, sehe ich mich dazu genötigt, Ihnen diese Frage zu stellen: Wie kann ich Ihnen aus der Patsche helfen?«

»*Sie? Mir helfen?*« Ich klinge nicht weniger abschätzig als er zuvor. – Okay, auf einer Skala von eins bis zehn ist meine Reaktion eine glatte neun Komma eins, aber das hier ist schließlich auch der *Worst Case*. Habe ich schon erwähnt? Das Ganze könnte mich glatt meinen *Job* kosten. Ach, was heißt *könnte* ... Mit Garantie!

Ich raffe mich auf, ignoriere seine ausgestreckte Hand, die mir aufhelfen würde, und bringe das Kleid wieder in die Rohe-Eier-Position. »Überhaupt nicht!«, herrsche ich ihn an. »Oder können Sie etwa die Zeit zurückdrehen?«

»Leider habe ich den richtigen Knopf dafür noch nicht gefunden, aber ich arbeite dran. Wenn ich das Patent anmelde, lasse ich es Sie wissen«, grinst er.

Mir ist nicht zum Scherzen zumute. »Ich verzichte. Für die Zukunft dieses Kleides«, *und für mich*, ergänze ich in Gedanken, »ist es wohl am besten, wenn wir uns nie wieder begegnen«, sage ich mit bemüht ruhiger Stimme und bringe sogar ein höflich korrektes Lächeln zustande.

Dann lasse ich ihn stehen und überquere mit einem tiefen Atemzug endlich diese gottverdammte Straße. Den inneren Drang, mich noch einmal nach dem Fahrrad-Rowdy umzublicken, unterdrücke ich gekonnt.

Ich habe jedoch keinen blassen Schimmer, weshalb ich gerade jetzt an mein Tageshoroskop denken muss. Eigentlich gebe ich überhaupt nichts auf diese alberne Sterndeutung und ich lese es bloß jeden Tag zu meiner eigenen Belustigung. – Ach, bestimmt nur, weil das Wort »Zukunft« gefallen ist, denn in diesem Moment flimmert ein Erinnerungsfetzen an Zeilen eines neulich geposteten Horoskops von *Miss Starlet* wie eine Reflexion der Nordlichter in mir auf ...

Heute zeigst du dich
konsequent und hartnäckig.
Das ist gut, solange du
ein lohnendes Ziel
vor Augen hast und nicht stur
oder gar uneinsichtig
auf deiner Meinung beharrst.
Die Liebessterne versetzen
dich in Flirtlaune –
und vielleicht noch
in ein bisschen mehr?

#MissStarlet

Kapitel 2

Von Lippenkräuseln, Stolz und Würde

»Mina?«

Frau Becks unverkennbare Stimme, in der so gut wie immer ein Hauch von Strenge mitschwingt, empfängt mich, noch ehe ich die Eingangstür ganz geöffnet habe und die zarte Klingel ertönt. Meine Chefin rauscht ins Entree und stöckelt auf mich zu. Dabei gestikuliert sie wie üblich wild mit ihren Händen – die Frau steht ständig unter Strom –, und ihre schwarzen Wimpern tanzen unruhig auf und ab wie zwei Schmetterlingsflügel im Wind. Allein ihre wasserstoffblonden Haare bleiben hübsch in Form frisiert.

Was ich in der ersten Woche, als ich hier anfing zu arbeiten, echt eigenartig fand: Frau Beck spricht mich zwar beim Vornamen an, aber bleibt dennoch in der Höflichkeitsform.

»Endlich! Wo waren Sie denn so lange?«

»Entschuldigen Sie, es ging nicht schneller. Es kam auf dem Weg hierher zu einem unschönen ›Zwischenfall‹«, versuche ich es vorsichtig mit der Wahrheit. Je näher meine Chefin auf mich (und das heilige Kleid!) zukommt, desto unwohler wird mir.

Aber am besten sage ich es ihr direkt. Jetzt sofort! Lasse das Donnerwetter über mich ergehen und füge mich meinem Schicksal.

Noch einmal tief durchatmen …

Ich mache den Mund auf, als Frau Beck erneut das Wort ergreift:

»Ich brauche Sie ganz dringend hier im Entree«, fährt sie unbeirrt fort. Ihre Hand umfasst meine Taille, schiebt mich energisch durch den Eingangsbereich, der jedoch viel eher einem noblen Salon gleicht.

Das hübsche bordeauxrote Sofa steht vor der mit Gold verzierten Barocktapete und verleiht dem Raum ein elegantes und zugleich einladendes Ambiente. Neben dem edlen Möbelstück ziehen der Tresen in lichtem Weiß und der rechteckige Vintage-Spiegel, der die Wand dahinter schmückt, die Blicke auf sich. Ansonsten bleibt bewusst viel freier Raum, um den Kunden ein Gefühl von Offenheit und Weite zu schenken. Die große Fensterfront lässt warme Sonnenkringel über das Mahagoniparkett schweben. Alles wirkt hell und sauber, aber keineswegs steril.

»Sie wissen doch, dass Nina sich dazu entschlossen hat, zu einem wandelnden Bazillus zu mutieren.«

»A-aber«, stammele ich, erhasche im Spiegel einen kurzen Blick auf mein Gesicht – und erschrecke mich. Ich sehe fürchterlich aus: Wachsbleicher Teint, so blass wie ein Blatt Pergament, die dunklen Fransen kleben mir strähnig an der Stirn, selbst das Braun der Augen schimmert beinahe schwarz. Und ich bin mir sicher, dass der schlammverkrustete Saum der weißen Rüschenpracht geradezu »Hier!« schreit. So als ob er in seiner ganzen verkorksten Herrlichkeit zu strahlen beginnt – auch wenn Dreck nicht wirklich fähig ist, zu strahlen …

»Was ist mit dem Kleid von Frau Fischer …«, beginne ich nochmals vorsichtig.

»Ach, vergessen Sie dieses Kleid, Mina«, unterbricht mich Frau Beck und schiebt mich überraschenderweise am Tresen vorbei, weiter zu der Garderobe des Anprobezimmers, die einem begehbaren Kleiderschrank gleichkommt. Ein Extraraum für die Reservationen und ersten Entwürfe, für Schneiderpuppen und die restlichen tausend Sachen, die für die Anprobe der Kunden aufbewahrt werden müssen. Alles hell beleuchtet, Platz bis unter die Decke, wo man hinblickt, geräumige Schrankkonstruktionen und Regale mit Ordnern voller Skizzen. Wandstücke, die nicht möbliert sind, zieren Kleiderstangen.

»Frau Fischer hat den Termin auf nächste Woche verschoben. Haben Sie die Nachricht nicht gelesen, die Stefanie geschickt hat?«

»Was? Frau Fischer kommt nicht?«, frage ich entsetzt. Der ganze Stress, auch liebevoll *selbst verschuldetes Drama* genannt, war demnach völlig umsonst? Ich weiß, was das bedeutet: Ich hätte mir den Zusammenprall mit dem Fremden sparen können – und somit auch das Drama mit dem Kleid, das unweigerlich noch folgen wird. Leider fällt Dreck nämlich nicht so einfach vom Stoff ab, wie Kunden ihre Termine verschieben können.

Sag es! Sag es ihr endlich!

»Frau Beck, ich muss Ihnen noch etwas …«

Doch meine Chefin fällt mir abermals ins Wort und lässt meine Beichte in der Luft hängen. »Bringen Sie das Kleid zu den anderen Reservationen und lösen Sie dann Stefanie im Entree ab. Und beeilen Sie sich bitte! Ich brauche Stefanie im Anprobezimmer«, drängt sie mich zur Eile und verschwindet so schnell, dass ich nicht einmal die Chance bekomme, einen weiteren Erklärungsversuch zu starten.

»… etwas beichten«, beende ich dennoch überflüssigerweise meinen Satz.

Allerdings hört es keiner außer der Kleiderstange.

Mist, verkackter! Das ist ja echt blöd gelaufen! So war das nicht geplant.

Gleichzeitig ist es echt typisch für mich: Wo immer ich auftauche, bricht das blanke Chaos aus. Das war schon so, als ich noch ein kleines Mädchen war.

Mama könnte ein Lied davon singen und nicht selten ruft sie auch heute noch, die Arme theatralisch zum Himmel erhoben: *Mina, du bist einfach unmöglich, was soll ich nur mit dir machen?* Meist gefolgt von dem Satz: *So findest du niemals einen Mann!*

Dabei *bin* ich nicht nur das Chaos, sondern *beherrsche* es auch, kann gut einhundert Dinge gleichzeitig im Kopf behalten und weiß immer, wo ich was finde.

Aber heute … Seufz!

Daher schnell zurück zu meinem aktuellen Chaos, um es zu packen und zu entwirren. Nur wie?

Es ist ein ungeschriebenes Gesetz, dass es absolut verboten ist, Frau Beck während einer Anprobe zu unterbrechen. Allein beim Gedanken daran begibt man sich schon auf heikles Terrain. Sie hat nicht nur einen sechsten, sondern auch einen siebten Sinn, und spürt die kleinste Annäherung an ihren heiligen Raum. Daher kommt diese Option sicher nicht infrage.

Es gibt also nur eine Möglichkeit: Meine Beichte verschiebt sich notgedrungen auf später.

»So, mein Prachtstück, du bleibst erst mal brav hier drinnen. Gut versteckt vor allzu vorwitziger Kundschaft«, richte ich das Wort an das vormals edle und unversehrte Rüschen-Ding. Just in diesem Moment kommt mir ein neuer Plan in den Sinn und schon hechte ich zu dem eingebauten Wandschrank, der direkt an eine Kleiderstange für die Reservationen angrenzt und eine unglaubliche Tiefe besitzt. (Er ist so tief, dass ich mich manchmal bei dem Gedanken ertappe, ich bräuchte nur bis zur Schrankwand zu krabbeln, immer weiter und weiter, bis ich mich in *Narnia* wiederfinde.)

Ich krame energisch darin herum, denn ich suche nach einer dunklen Stoffhülle, um das Kleid sorgfältig zu verstauen. – Hey, vielleicht schirmt dieses Ding nicht nur vor neugierigen Blicken ab, sondern verschafft mir auch die Möglichkeit, das Kleid unbemerkt wiederherzustellen, zu retten, zu reinigen, was auch immer … Hauptsache, ich gewinne dadurch Zeit.

Ich wühle mich durchs unterste Regal, in dem allerhand Verpackungsmaterial lagert. Von Seidenpapier über Luftkissenfolie bis hin zu Plastik und Nesselstoff ist alles zu finden. Ich habe die Hoffnung beinahe aufgegeben, ja, verschwinde schon fast gänzlich im Schrank, als ich hinter einer kleinen Kiste endlich etwas Stoffähnliches ertaste. Tatsächlich hat sich eine der edlen Stoffhüllen dahinter versteckt.

Ich ziehe sie erleichtert hervor, platziere das Kleid behutsam im Inneren, büschele und drapiere alles korrekt in Form, bis es faltenlos fällt, und ziehe mit einem tiefen Seufzer den Reißverschluss der Hülle zu. Damit sollte doch das Kapitel »Dreckiges Katastrophen-Kleid«

zumindest für die nächsten Minuten, womöglich Stunden, aber hoffentlich Tage aus meinem Kopf verbannt sein.

Nun, zumindest das komplette Abschalten meines Gehirns gelingt mir erstaunlich gut, da ich in der nächsten Sekunde einen Lufthauch verspüre, erschrocken herumwirbele – und zu gackern beginne wie ein doofes Huhn.

Stefanie, unsere temporäre Empfangsdame, als Atelierleitung eigentlich eher so etwas wie Frau Becks rechte Hand, rauscht an meine Seite und ich befürchte, dass sie die letzten Sekunden meiner Vertuschungsaktion mitbekommen haben könnte. – Ähm ja, mein Benehmen ist ja auch überhaupt nicht verdächtig.

»Wo bleibst du denn?«, fragt sie und streicht sich nervös die blonden Haarsträhnen aus dem Gesicht. Ihre Stimme mutet nicht weniger gehetzt an als ihre Bewegungen und sie reagiert in keiner Weise auf mein albernes Gackern. »Ich muss ganz dringend pinkeln gehen, sonst passiert noch ein Unglück«, flüstert sie mir zu.

Okay, bei ihren hellen Stoffhosen wäre dieses Malheur auch fatal!

Aber das war noch nicht alles an Infos, die sie loszuwerden gedenkt. Ich sehe es ihrem gekräuselten Mund an.

»Außerdem ist Frau Gretener hier.«

Ich wusste es! Warum lässt sie die Bombe immer erst am Schluss platzen?

Denn auch wenn dieser Satz nicht wirklich viele Informationen enthält, so ist er doch aussagekräftiger als manche Doktorarbeit. Allein das Aussprechen des Namens versetzt das gesamte *Couture Beck* in Angst und Schrecken.

Als ich der Dame – also Frau Gretener – das erste Mal gegenübertrat, war ich mir sicher, dass sie zu den pflegeleichten Kunden gehört. Sie hat immer ein Lächeln auf den Lippen, erhebt nie die Stimme und sieht aus, als könne sie kein Wässerchen trüben. Vielleicht erweckt auch ihr zierlicher Körperbau einen falschen Eindruck. So oder so wurde mir sehr schnell klar, dass dieser Eindruck täuschte.

Es beginnt bei der Auftragserstellung und endet bei uns »unfähigen« Angestellten: Nie ist das Kostüm gut genug geschneidert. Mal ist der Schnitt zu schmal, dann der Saum zu kurz, stets ist der Stoff rauer als beim letzten Mal und die Farbe ausgeblichen und grässlich. – Ich muss wohl erwähnen, dass sie jedes Mal *exakt* dasselbe maßgeschneiderte Kostüm in allen möglichen Farben und Mustern bestellt.

Doch noch weniger als bei der Kleidung, ist sie im zwischenmenschlichen Umgang zufriedenzustellen und bemängelt andauernd unsere Manieren. Es ist selbstredend klar, dass die Fehler immer bei uns liegen und niemals bei ihr.

Tja, was soll ich sagen? Sie kann es sich erlauben, denn sie ist unsere Kundin Nummer eins – und das weiß sie ganz genau und nutzt ihre Position gnadenlos aus. Aber konfrontiere mal eine herrische und weltfremde Dame mit der Wahrheit … Ein Ding der Unmöglichkeit!

»*Unsere* Frau Gretener?«, hake ich leise nach, weil ein so spontanes Auftauchen für diese Person, die durch und durch von abstrusen Benimmregeln durchtränkt ist, eigentlich untypisch ist. »Ich habe sie doch erst für nächste Woche eingetragen?«

»Dachte ich auch, aber sie steht in voller Lebens*größe*«, Stefanie malt zwei Gänsefüßchen in die Luft, »im Entree.«

»Was will Sie denn?« Das Wörtchen *Mist* verkneife ich mir.

»Keine Ahnung, das hat sie nicht gesagt. Du weißt doch, wie sie ist«, entgegnet Stefanie und senkt abermals ihre Stimme, denn ich werde von ihr energisch aus dem Lager dirigiert. »Du kannst doch so gut mit ihr.«

»*Ich?!*« Das ist mir ja was ganz Neues.

Ich bin mir sicher, mich verhört zu haben, doch in derselben Sekunde kapiere ich, dass sie mich einfach unter einem nett klingenden Vorwand der Löwin zum Fraß vorwirft, um sich dabei völlig selbstlos zu retten.

Mit einem kräftigen Stoß in den Rücken werde ich aus dem Korridor hinein ins Entree geschubst und stolpere der besagten Dame regelrecht vor die Füße.

»Guten Tag, Frau Gretener«, begrüße ich sie und zwinge mir ein Lächeln auf. Ich staune über mich selbst, wie schnell ich wieder in eine aufrechte Position finde, aber unter dem Blick dieser Frau straffe ich unwillkürlich die Schultern und nehme eine kerzengerade Haltung ein. »Was darf ich heute für Sie tun?«

»Guten Tag, Frau Como«, entgegnet mir Kundin Nummer eins mit einem sanften Lächeln auf den Lippen. Doch es ist genau jenes, das mir prophezeit, dass der Begrüßungsteil hiermit noch nicht abgeschlossen ist. »Es ziert sich nicht für eine junge Dame, so übereilt den Raum zu betreten.«

»Verzeihung, es wird nicht wieder vorkommen«, gebe ich ihr mein Wort – ein Versprechen, das ich ohnehin nicht einhalten kann. Und hätten meine Freundinnen den Satz gehört, wäre ihnen der sarkastische Unterton nicht entgangen. »Was führt Sie heute ins *Couture Beck?*«

»Es geht um meinen Termin am nächsten Dienstag«, beginnt sie und legt eine Pause ein.

Ich warte höflich ab, bis sie mir erklärt, was es damit auf sich hat, doch da kommt einfach nichts.

»Ähm ja, was ist damit?«

»Hab ich Ihnen nicht letzte Woche erst gesagt, dass diese … *Wendung* schleunigst aus Ihrem Wortschatz gestrichen gehört?« Das abschätzige Kopfschütteln untermauert ihren Unmut. »Das strahlt Unsicherheit, wenn nicht gar Inkompetenz aus, und das wollen Sie damit sicher nicht bezwecken?« Wieder ihr freundliches, korrektes Lächeln.

Wie immer fällt mein Blick auf ihren burschikosen Haarschnitt. Ihr kurzes, von schimmerndem Grau durchzogenes dunkles Haar und das schwarze Brillengestell auf ihrer kühn geschwungenen Nase verleihen ihrem Gesicht eine strenge, jedoch auch aristokratische Note.

»Selbstverständlich nicht, danke für den freundlichen Rat«, erwidere ich bemüht gelassen und beobachte, wie sich ihre Mundwinkel verhärten. »Was möchten Sie mir wegen Ihres Termins am Dienstag mitteilen?«, frage ich und lächle nicht minder höflich zurück.

»Mein dritter Mann ist überraschend verstorben und …«

»Du meine Güte, wie furchtbar!«, falle ich ihr ins Wort und schiebe hastig »Meine aufrichtige Anteilnahme« hinterher.

»Man wünscht der Familie *die aufrichtige Anteilnahme*, der geschiedenen Frau hingegen schenkt man *ein herzliches Beileid.*«

»Mein herzliches Beileid«, sage ich ohne Umschweife. Es hat keinen Sinn, sich in dieser Situation über ihre Belehrungen aufzuregen.

»Danke.«

Eine Sekunde, vielleicht auch zwei Sekunden lang, ist es still. Nicht aus Scham oder weil ich peinlich berührt bin, sondern weil es dem Toten gebührt. Schweigesekunden sozusagen.

»Soll ich Ihren Termin auf die darauffolgende Woche verschieben?«, frage ich in die Stille hinein und krame den Terminplaner unter dem Tresen hervor. Alles, was ins Buch notiert wird, muss ich hinterher im Rechner nachtragen und letztlich noch von Frau Beck absegnen lassen.

Die Kunden wissen ein perfektes Ambiente zu schätzen und dazu gehört auch die Präsentation des Terminplaners, sagt Frau Beck stets und diesen Mehraufwand nimmt sie gerne in Kauf. *Sie* … Dass ich nicht lache.

»Sie denken mit, Kindchen.« Das maßgeschneiderte Kostüm im klaren, geraden Schnitt verkörpert ihren geradlinigen Charakter perfekt, und ich muss gestehen, dass ich froh bin, diese Person nicht als Mutter zu haben. Obwohl meine Mutter definitiv auch ein Fall für sich ist …

Ich blättere mich durch den Juli. »Wieder Dienstag, um vierzehn Uhr?«

»Sagen wir Viertel nach.«

»Ist eingetragen.« Nachdem ich ihren Namen im Terminplaner verewigt habe, schaue ich die Frau an und kann nicht genau erklären, warum, aber es scheint mir wichtig, ihr eine weitere Frage zu stellen: »Kann ich sonst noch irgendetwas für Sie tun?«

Einen flüchtigen Moment lang ist es mir, als könne ich hinter der strengen und stolzen Fassade dieser Frau das Wesen eines kleinen, verunsicherten Mädchens durchschimmern sehen. Der Blick, den sie mir schenkt, ist gezeichnet von Trauer. Sie muss diesen Mann wirklich geliebt haben.

»Nein, das ist alles.«

Ausnahmsweise nehme ich ihr das höfliche Lächeln nicht ab, auch wenn es bis zu ihren Augen strahlt.

Ein kurzes Nicken, dann dreht sie sich auf dem Absatz um und schreitet in Richtung Ausgang.

Mit großen Schritten gehe ich um den Tresen herum und versuche die Tür vor ihr zu erreichen, damit ich sie ihr aufhalten kann, während ich mit lieblicher Stimme sage: »Ich wünsche Ihnen einen schönen Tag, Frau Gretener.«

Fast hätte ich es geschafft.

Doch die Zeit, die sie an der Tür warten muss, reicht aus, um ihre Stimmung erneut herauszufordern.

»Das wünsche ich Ihnen auch«, entgegnet sie zuerst freundlich. »Und Frau Como, wenn Sie das nächste Mal mit einem Spiegel das Vergnügen haben, schenken Sie Ihrer rechten Wange etwas mehr Aufmerksamkeit als Ihrer Frisur.«

Tja, ich wurde mal wieder *gretenerisiert.*

Sie wartet meine Reaktion nicht ab, tritt nach diesen Worten hinaus, und lässt nichts zurück als das helle Bimmeln der Türglocke.

Eine kurze Weile schaue ich ihr nach, verfolge, wie sie erhobenen Hauptes die Gasse überquert und mit stolzem Gang auf ihren Chauffeur zugeht, der ihr bereits wartend die Wagentür aufhält.

Nicht zum ersten Mal frage ich mich, wie diese Dame eigentlich ihren Lebensunterhalt finanziert. – Klar, sie hat sich reich eingeheiratet, aber man munkelt, dass sie mit ihrem *geheimnisumwobenen Job* ein Vermögen verdient.

Ja, ich gebe es nur ungern zu, aber es ist so: Ich hege eine gehörige Portion Bewunderung für die Dame, die schon vier Männer geehelicht hat – doch nicht etwa deswegen, auch wenn mir *eine* Eheschließung bis heute nicht geglückt ist. Es ist der Stolz, den die Frau ausstrahlt. Stolz, Würde und Selbstbeherrschung. Vielleicht liegt es auch an etwas anderem, denn sie erinnert mich ein bisschen an meine Großmutter.

Trotz aller Bewunderung wünsche ich mir den Rest des Arbeitstages etwas weniger Trubel.

Als ich mich von der Tür abwende und erneut den Tresen ansteuere, entdecke ich im verschnörkelten Spiegel mein Gesicht. Mit Entsetzen muss ich feststellen, dass mein Make-up einen ganz eigenen Charme verströmt, einen, wie man ihn sonst nur in der Londoner Subkultur antreffen würde. Eine schlammverkrustete Stelle ziert meine rechte Wange.

Oh Mann, was für ein Scheißtag!

Die Erkenntnis trifft mich sicher zum tausendsten Mal: Mädchen-für-alles werden eindeutig unterbezahlt!

Puh! Ich brauche heute ganz dringend meinen Mädelsabend …

Überfordere dich nicht:
Heute wird es chaotisch. Klar, du liebst es,
wenn viel los ist, doch du läufst Gefahr,
aus dem Fluss zu geraten
und deine innere Mitte
zu verlieren.

Mädels ABEND ZEIT

Darum wähle mit Bedacht,
in welche Vorhaben und vor allem
in welche Menschen du deine Energie
investieren möchtest.

#MissStarlet

Kapitel 3

Mädelsabend, Miss Starlet und dieser Intelligenzallergiker von Ric

Das Schnurren des Motors verstummt.

Eine beschissene Ewigkeit habe ich nach meinem Schlüsselbund gesucht, doch er scheint unauffindbar. Einfach weg. Vom Erdboden verschluckt.

Meinem Chaos-Gen sei Dank spuckte meine Handtasche den Ersatzschlüssel für den Wagen aus. Wie ich hinterher allerdings in die Wohnung kommen soll, wissen nur die Götter.

Aber jetzt ist erst einmal Zeit für meine Mädels. Endlich!

Es ist nicht wirklich das, was man sich gemeinhin unter einem klassischen Mädelsabend vorstellt. Nein … Keine schnulzigen Liebesfilme, kein Getratsche über Jungs und die vermeintlich intimsten Geheimnisse, keine Haar-und-Nagellack-Orgien, kein Prosecco-Gelage – oder tonnenweise Popcorn.

Okaaaaay … Zumindest keine schnulzigen Liebesfilme, dafür aber literarische Schnulzen. Ja, das trifft es ziemlich gut.

Ich biege um die Ecke, bereits ein vorfreudiges Lächeln im Gesicht.

Unser unkonventioneller Buchclub existiert schon seit Jahren. Zehn sind es, um genau zu sein. Komischerweise hat sich in all der Zeit nie ein Mann dazu aufraffen können, sich uns anzuschließen. – *Ob das etwas zu bedeuten hat?* – Deshalb tauften wir dieses wöchentliche Treffen liebevoll »Mädelsabend«.

»Hey, Mina«, schallt eine Stimme aus dem vierten Stockwerk zu mir herunter. Sie gehört zu Sue, der belesenen Friseurin mit den – Achtung: Klischee! – immer wechselnden Haarfarben. Heutige Auswahl: schwarzer Pony und rote Strähnen. Sie erheitert uns nicht selten mit den unglaublichsten und haarsträubendsten (Haha! Wie passend!) Kundengeschichten.

Sue war einst Auszubildende im Salon »Haarzeit«, dem meine Mutter ewige Treue geschworen hat und deswegen hin und wieder für Sue als Haarmodell herhielt. So lernte ich Sue schon in jungen Jahren kennen – und lieben.

Und wo immer auch Sue auftaucht, ist ihre kleine Schwester Kathrin nicht weit. Diese hat sich ganz der Buchwelt verschrieben und so ist es nicht weiter verwunderlich, dass sie mit dem Beruf *Buchhändlerin* ihren Traumjob fand.

Zu unserer verrückten Riege gehört zudem auch noch Sabrina, Kathrins beste Freundin und angehende Kinderärztin. Und obwohl Sabrina die Jüngste von uns allen ist, schaut sie immer ganz mamalike, dass unsere Diskussionen nicht ausufern.

»Hey, Picassa«, schreit nun eine zweite Stimme noch einen Tick lauter.

Ich grinse. Nicht wegen des Spitznamens, nein. Den verpasste mir meine beste Freundin während meiner epischen Kreativphase im Kunststudium. An ihn habe ich mich längst gewöhnt. Ich grinse, weil in meiner Aufzählung nur noch eine einzige fehlt. Nämlich Lexy – ebenjene, der ich diesen »kunstvollen« Spitznamen zu verdanken habe.

»Hey, Lexy-Hasi.« Ich winke ihr freudig zu.

Vor gut zehn Jahren wohnten wir in einer nicht gerade hübsch anzusehenden Blocksiedlung nebeneinander. Klar kannten wir uns vom Sehen – mehr aber auch nicht. Bis uns das Schicksal in die Quere kam. Für manch einen mag das ein Zufall gewesen sein, aber ich nenne es gerne Fügung, denn seither sind wir dick befreundet.

Ich muss jedoch einräumen, dass unsere erste »tiefere« Begegnung sehr tränenreich ausgefallen ist. Damals ging Lexys Beziehung in die Brüche. Doch es heißt ja nicht umsonst: Wenn sich eine Tür schließt, öffnet sich dafür ein Fenster.

Obwohl die Trennung zwischen Ric – so heißt besagter Ex – und Lexy einvernehmlich war und sie sich bereits im letzten Semester ihres Psychologiestudiums befand und eigentlich gelernt hatte, wie man mit derlei Extrem-Situationen umgehen sollte, übermannten sie ihre eigenen Gefühle. Ich konnte das rothaarige Häufchen Elend, das vor der Haustür kauerte, unmöglich ignorieren und dem Schicksal überlassen, und nahm es kurzerhand mit zu mir. In meiner Wohnung tischte ich Lexy kübelweise Eis auf und wir redeten, bis die Morgendämmerung und der Alltag uns einholten. Mit dem Start unserer Freundschaft wurde zugleich der Grundstein für den Mädelsabend gelegt.

»Sind wir schon vollzählig?«, rufe ich zu den Mädels hinauf und erblicke in diesem Moment den rotblonden Haarschopf von Kathrin. Sie quetscht sich an Lexy und ihrer Schwester vorbei, um sich aus dem Fenster von Lexys Wohnung zu lehnen und mir mit einem Sektglas zuzuwinken. – Uh, mir wird schon beim bloßen Anblick ganz anders – ich kleiner Angsthase.

Höhenangst. Einer meiner (wirklich ganz wenigen) Minuspunkte.

»Vollzählig!«, schreit Kathrin und alle drei – Halt! Da ist auch noch Sabrinas Hand … –, nein, alle vier recken als Zeichen, dass sie schon in den Startlöchern sitzen, die Gläser in die Höhe.

»Mehr als alle …«, höre ich noch jemanden sagen, als Sue erneut die Stimme erhebt. »Wir warten nur noch auf dich, Schätzchen.«

»Ich eile, ich fliege«, trällere ich über die Schulter zum Fenster empor, während ich bereits die Tür zum Treppenhaus aufziehe. Lexy wohnt im vierten Stock eines umgebauten Fabrikgebäudes und das ohne Fahrstuhl. Rasch steige ich die Stufen hoch – in etwa so beschwingt wie ein Kartoffelsack – und muss wieder mal frustriert feststellen, dass meine Fitness der eines Faultiers gleicht. Dennoch erreiche ich das Ende der Treppe zeitgleich mit Lexy, die die Wohnungstür aufreißt.

»Meine Güte, du ahnst gar nicht, wie dringend ich diesen Abend brauche«, sage ich schnaufend, drücke sie zur Begrüßung an mich und nehme das Sektglas, das sie mir mit mitleidigem Blick und den Worten »War's so schlimm?«, entgegenstreckt.

»Schlimmer!«, entgegne ich und kippe den prickelnden Inhalt des Glases mit einem Zug hinunter. »Nimm dein Schlimm und multipliziere es mit zehn.«

Erst jetzt wird mir bewusst, mit was für einem Gesichtsausdruck Lexy mich tatsächlich anschaut. Er ist gar nicht bemitleidend, auch nicht verständnisvoll, nein. Viel eher liegt ein *Ich-muss-dir-etwas-sagen*-Schimmer in ihren Augen. Dieser Eindruck wird dadurch verstärkt, dass Lexy mich, als ich wie gewöhnlich die Wohnung betreten möchte, am Arm zurückhält.

»Was ist los?«, frage ich sofort, weil ich meine Freundin viel zu gut kenne, als dass sie mir etwas vorspielen könnte. Zudem sind dieses Benehmen und die angespannte Stimmung doch eher untypisch für sie.

»Du weißt doch, dass du eh nix vor mir verheimlichen kannst, ich lese in dir wie in einem offenen Buch. Oder hast du etwas ausgefressen?«, scherze ich, um die Situation aufzulockern, aber Lexy steigt nicht drauf ein.

»Nein nicht direkt …«, weicht sie aus.

»Dann lass mich rein.«

Wieder ihre Hand, die nach vorne schnellt, um mich aufzuhalten. »Ich habe Besuch«, sagt sie merkwürdig leise und streicht sich eine rote Locke aus dem Gesicht, die sofort wieder zurückfällt.

Na und? Was soll die gesenkte Stimme?

Wo genau liegt das Problem?

»Okaaaay«, höre ich mich gedehnt sagen, dabei verstehe ich überhaupt nicht, weshalb sie so einen Wind drum macht – bis mir plötzlich ein Licht aufgeht.

»Du hast einen Kerl im Haus.« Es ist keine Frage, sondern eine nüchterne Feststellung. Trotzdem begreife ich noch nicht so richtig … Als ob es ein Problem darstellt, wenn sie ihren Kerl dabeihaben möchte. Wir alle kennen doch Pascal. Also verflixt, was soll das Theater?

»Nicht wirklich.« Lexy schüttelt den Kopf und meine Verwirrung steigt bei ihren nächsten Worten: »Du erinnerst dich an Ric?«

»Redest du von dem Ric, der für unsere Freundschaft verantwortlich ist?«

Eigentlich klingt meine Formulierung ganz freundlich, nicht wahr? Aber im Normalfall nenne ich ihn nicht einfach bloß beim Namen. Nein, eigentlich bekommt er immer einen hübschen Zusatz. Nämlich diesen:

»Ric, der Intelligenzallergiker?«, frage ich nach. Auch wenn ich diesem Kerl die Freundschaft zu Lexy verdanke, so war er mir von Anfang an ein Dorn im Auge. Nicht etwa, weil Lexy den freundschaftlichen Kontakt zu ihm aufrechterhält, das kann ich durchaus verstehen. Mich nervt viel eher sein Verhalten ihr gegenüber. Weil er sich immer nur dann meldet, wenn er irgendwelche Probleme hat – Probleme mit jener Frau, die er nach Lexy geheiratet hat. Mal abgesehen davon, dass sie angeblich ein richtiger Tyrann sein muss – gemäß Lexy, denn ich halte mich feinsäuberlich aus allem raus und bin weder der tyrannischen Frau noch dem Intelligenzallergiker je begegnet. Ich kriege immer nur Lexys gefilterte Version zu hören.

»Sag nur, er kam wieder mal angekroch…«, weiter komme ich nicht.

»Er hat Probleme«, raunt Lexy mir zu.

Tja, was hab ich gesagt?

Ich kann mir das Augenverdrehen nicht länger verkneifen. »Ich dachte, er hätte sich vor einer Weile von seiner Frau getrennt?«

Wieder ein Kopfschütteln. »Nicht *die* Art Probleme. Es geht nicht um Julia.«

»Aha«, kommentiere ich höchst gesprächig und mein wenig begeisterter Tonfall lässt keinen Zweifel daran, dass ich Lexys Helfersyndrom bezüglich Ric nicht verstehen kann. Natürlich behauptet sie jedes Mal, wenn ich sie darauf anspreche (also bisher geschätzte tausend Male), dass sie lediglich gute Freunde sind, schließlich sind seit ihrer Trennung über zehn Jahre vergangen. Aber wie schon angedeutet, gehört dieser Ric für mich in die Kategorie »Arschloch«. Er ist nicht unbedingt der typische Bad Boy, viel eher passen die Adjektive egoistisch, selbstverliebt, arrogant und ja, irgendwie auch rätselhaft und mysteriös zu ihm. Was ich dem Kerl alles an den Kopf werfen würde, weiß ich sehr genau, doch Lexy zuliebe halte ich mich bei unseren Gesprächen meist sehr zurück. Aber sollte Ric mir eines Tages über den Weg laufen, kann ich für nichts garantieren …

»Um wen geht es denn diesmal?«, frage ich bemüht ruhig.

Diese Frage war offenbar das Zauberwort: Endlich werde ich in Lexys Wohnung gelassen, höre aus dem Wohnzimmer ein freudiges Quieken, dann sagt Lexy leise: »Es geht um Melli.«

»Melli?«, raune ich ungläubig und reiße meine Augen auf. »Sag nur, er hat schon wieder eine Neue?« Nicht dass es mich was angeht, aber wenn Lexy nun auch noch der Kummerkasten bei seiner neusten Flamme wird, krieg ich die Krise.

»Psst!«, ermahnt mich Lexy mit erhobenem Zeigefinger und schiebt mich wider Erwarten in Richtung Küche.

Der Raum ist klein und eng und es wäre eine leichte Übertreibung, wenn ich behaupten würde, dass hier drinnen locker zwei Personen Platz finden. Lexy quetscht mich neben den Kühlschrank, der über und über mit bunten Magneten vollgepflastert ist, und ich bin überrascht, dass der Rest der Mädelsclique sich nicht blicken lässt, um hallo zu sagen. Wo sind sie alle nur auf einmal abgeblieben? Sehr merkwürdig ...

Lexy hat immer noch den Finger erhoben und sagt zischelnd: »Melli kann dich hören.«

Also das geht doch echt zu weit. Dass sie ihrem Ex über die Eheprobleme hinweggeholfen hat – okay, das ist ihre Sache. Aber habe ich richtig gehört? Jetzt nimmt sie seine neue Flamme auch noch mit offenen Armen bei sich auf und verbietet mir den Mund, oder was?

Nun bin ich es, die meine Freundin kopfschüttelnd anschaut, als unweit von uns Schritte ertönen.

Leichtfüßig, fast beschwingt und irgendwie ... irgendwie ... Ich weiß nicht recht. Dafür ist mir sofort klar, dass die Schritte weder Sue noch Kathrin oder Sabrina gehören können, dazu klingen sie viel zu tapsig. – Ja genau, tapsig ist das Wort, nach dem ich gesucht habe.

Langsam drehe ich mich um, nicht ahnend, was mich erwartet, und dann scheint für den Bruchteil einer Sekunde die Welt ihren Atem anzuhalten.

Ich senke meinen Blick.

Ein kleines Mädchen mit blondem Lockenkopf und leuchtend honigfarbenen Augen steht einen halben Schritt von mir entfernt und lächelt mich an. Ein Lächeln, wie es nur von einem Kind kommen kann.

Ich habe keine Ahnung, wie alt die Kleine ist. Weil ich und Kinder – das ist eine Sache, die einfach nicht zusammenpasst. Manchmal befürchte ich, dass ich in der Hinsicht nicht ganz normal bin, denn allein der Anblick eines Kleinkindes versetzt mich in eine Art Schockstarre. – Und nein, das ist keine dramatische Übertreibung. Mich mit Kindern abzugeben, überfordert mich komplett.

Vielleicht liegt es daran, dass ich ein Einzelkind bin oder an meiner verkorksten Erziehung, wer weiß das schon so genau. Immer befürchte ich, dass ich etwas Falsches sage, mich falsch verhalte oder dem Kind sogar Angst einjage mit meinem künstlich aufgesetzten Lächeln, das eher einer Grimasse gleichen muss. Und je mehr ich mir über das korrekte Verhalten mit Kindern den Kopf zerbreche, desto verkrampfter werde ich.

Nicht anders ergeht es mir jetzt.

»Wer bist du?«, fragt die Kleine.

Ihre helle, unschuldige Stimme treibt unverstanden durch mich hindurch. Ich kriege kein Wort über die Lippen, obwohl sie ein echt süßes Ding ist. Hunderte von Sommersprossen tanzen mit den Zapfenlocken um die Wette. Nach und nach dämmert mir immerhin, dass es sich bei dem Mädchen um Rics Tochter handeln muss.

Wie ist das möglich? Ist das Kind nicht erst vor wenigen Monaten zur Welt gekommen – so zumindest kommt es mir vor.

Ich ertappe mich bei dem Gedanken, dass ich mir das allererste Mal ausmale, wie Ric wohl tatsächlich aussieht. Ob er auch blonde Locken hat? Eigenartig, dass es mich zuvor nie interessierte. Er war lediglich der Intelligenzallergiker. Hin und wieder auch das Arschloch. Und ein Arschloch braucht keine Locken. Es braucht nicht einmal ein Gesicht.

»Wie heißt du?«, fragt das kleine Wesen mit den Honigaugen vor mir noch einmal. Die Hände hat es verschränkt und wippt nun verlegen hin und her.

Mein Mundwinkel zuckt und verformt sich zu einem missratenen Lächeln.

Dann ein Schmerz.

Der charmante Stoß, den Lexy mir mit dem Ellenbogen zwischen die Rippen versetzt hat, war mehr als nötig, um wieder zur Besinnung zu kommen.

»Ich bin Mina«, bringe ich endlich halbwegs verständlich hervor.

»Mina«, wiederholt das Mädchen lächelnd, hüpft einmal durch die winzige Küche, weiter in den Korridor und verschwindet im Wohnzimmer. »Mina, Mina, Miiina.«

Ohne es zu wollen, muss ich lächeln. Diesmal richtig. Aber nur kurz.

Lexy will eben der kleinen Maus hinterher, doch nun ist es an mir, meine Freundin zurückzuhalten. »Das ist Rics Tochter?«, frage ich ungläubig.

Lexy nickt und erklärt mit immer noch gesenkter Stimme: »Julia ist mit ihrem neuen Lover für ein verlängertes Wochenende verreist und der Babysitter hat kurzfristig abgesagt, deshalb …«

»… deshalb springt Tante Lexy als Babysitter für die Kleine ein?« Mein ungläubiger Tonfall von vorhin steigert sich noch um ein Quäntchen. Ein Quäntchen hoch zwei – also ein Quantum.

»Nur für zwei, drei Stunden. Ric holt sie so schnell wie möglich wieder ab, denn für Melli ist das sicher auch nicht angenehm, einfach bei Fremden abgeladen zu werden. Aber er hat furchtbar Stress bei der Arbeit, dann kam Julia und verkündete, dass sie niemanden für Melli finden könne. Also blieb es an ihm hängen. Und als er heute die Kleine abholte, hatte er noch einen Unfall. Irgendwie läuft bei ihm zurzeit alles aus dem Ruder.«

»Irgendwie? Aha …«

Lexy reibt sich übers Gesicht. »Ich weiß, dass du Kinder nicht ausstehen kannst. Und Ric ebenso wenig. Aber versuch ihn doch wenigstens ein bisschen zu verstehen. Er hat momentan einfach zu viel um die Ohren. Erst die Trennung, daraufhin neue Wohnung suchen, das ganze Leben umkrempeln, jetzt die Scheidung, dann das Sorgerecht für die Kleine … Nenn mir eine Person, die *das alles* im Griff hätte. Und ja, ich wiederhole mich: Er ist ein guter Kerl. Ehrlich!«

»Gerade dieses *Ehrlich* lässt die Gute-Kerl-Aura wie eine Seifenblase verpuffen«, gebe ich unbeeindruckt zurück. Aber hey: Hat nicht jeder Mensch sein Rucksäckchen zu tragen? Mir ist auch klar, dass ich als Chaosqueen in solchen Extremsituationen restlos scheitern würde.

Ich spreche den Gedanken nicht aus, stattdessen frage ich: »Besteht eine gute Freundschaft nicht aus Geben und Nehmen, und zwar in einer ausgewogenen Wechselwirkung? Ich meine, was tut er für dich?«

Lexy kneift ihren Mund zusammen.

Sues Stimme dringt zu uns herüber und Mellis Kichern vermischt sich mit ihren Worten. Natürlich ist mir mehr als klar, dass Klein-Melli für all das überhaupt nichts kann.

Dass die anderen Mädels – *Unsere Mädels!* – Lexy und mich schon die ganze Zeit über in Ruhe und sogar die übliche Küsschen-Küsschen-Prosecco-Begrüßungszeremonie ausfallen lassen, lässt mich stutzig werden.

Mein Hirn rattert.

Rattert auf Hochtouren, bis sich vor meinem geistigen Auge ein Film abspielt. Er trägt den Titel »A few minutes before Mina arrives«.

Alles klar! Lexy hat die Mädels über alles aufgeklärt und ihnen zu verstehen gegeben, dass die liebe Mina der ganzen Situation skeptisch gegenüberstehen wird. Somit hat sie die Mädels im selben Atemzug darum gebeten, uns so lange in Ruhe zu lassen, bis ich mich mit der Tatsache abgefunden und mich beruhigt habe. – Tz, als wäre *ich* hier der Problemfall.

Ich betrachte Lexys Gesicht. Ihre vollen Lippen sind zusammengepresst, die braunen Augen leicht zusammengekniffen. Die Mimik verrät, dass ich sie gekränkt, wenn nicht gar verletzt habe.

Ich schlucke. Shit! Ich habe wirklich übertrieben reagiert.

Beschämt schaue ich meine Freundin an und versuche mich an einem Lächeln. Wieder.

Da ist noch etwas. Ein Gefühl, das sich in meiner Brust einnistet. Es pikst unangenehm in der Herzgegend. Nicht so heftig, dass ich vor Schmerz aufschreie, aber doch ununterbrochen und gleichbleibend stark.

Ich atme einmal tief durch.

Offenbar hat Lexy Mühe, sich mir anzuvertrauen. Zumindest dann, wenn es um den Intelligenzallergiker geht. Wann ist es so weit gekommen?

Diese Erkenntnis tut weh. Gerade Lexy, mit der ich meine letzte Unterhose teilen würde … – Okay, blödes Beispiel, *sehr* blödes Beispiel! Und noch blöderes Kopfkino! – Aber ich würde sie nie im Stich lassen.

»Alles gut?«, fragt sie in genau diesem Augenblick auch noch.

Ich reibe mir über die Augen und als Lexy wieder in meinem Blickfeld erscheint, sage ich betont locker: »Na, dann hat unser Mädelsabend eben Zuwachs bekommen.«

Ich bin mir sicher, dass Lexy meine verkrampften Kiefermuskeln bemerkt, aber sie greift dennoch dankbar nach meiner Hand.

»Los, *Emmi und Leo* warten auf uns«, fordere ich sie auf und drücke ihre Hand liebevoll zurück, während wir aufs Wohnzimmer zugehen.

Wenige Augenblicke später sehe ich endlich den Rest der lesenden Truppe, alle brav sitzend und die Bücher vor sich aufgeschlagen, aber ich unterbreche Sue nicht, die gerade Luft holt. Stattdessen schmeiße ich stumm meine Tasche neben den freien Sessel, der direkt vor dem Bücherregal und dem kleinen Schreibtisch steht, denn die Couch ist bereits voll. Wie auch der kleine Beistelltisch: Gummibärchen, Salznüsse, Chips, Kekse, Popcorn, so weit das Auge reicht, und dazwischen thronen zwei Sektflaschen, die in der ganzen Genussfreude beinahe untergehen.

Ich gönne mir eine Handvoll Gummibärchen, und während ich Sues Geschichte lausche, mache ich es mir auf dem roten Ledersessel gemütlich.

»Ehrlich, das ist kein Scherz«, sagt Sue mit jenem Nachdruck in der Stimme, der jedermann sofort hellhörig werden lässt, weil er verrät, dass sie wieder eine ihrer berühmt-berüchtigten Storys zum Besten gibt. »Okaaaay, hört zu: Der Kerl muss, muss, muss, muss seinen Schritt mit Socken ausgestopft haben. Denn vertraut mir: Alles andere wäre nicht nur anormal, das wäre abartig, obszön und anstößig.« Während sie redet, deutet ihre Handbewegung eine Wölbung an, die tatsächlich dem Ausmaß eines überirdischen Wesens gleicht.

»Ach, Quatsch! Du fantasierst doch wieder irgendwelchen Humbug zusammen«, versucht Sabrina sie auf den Boden der Tatsachen zurückzuholen. »Zudem ist *das* …« Bei diesen Worten zeichnet Sabrina ihrerseits eine Wölbung in den Schritt und deutet danach auf Melli, die in angeregte Selbstgespräche vertieft hinter dem Sofa auf dem Boden hockt und mit einer Puppe spielt. »… ein Thema, das nicht für diese winzigen Ohren bestimmt ist.«

»Meine Güte!«, echauffiert sich Sue und wirft theatralisch die Hände in die Luft. »Ich habe keinen einzigen vulgären Ausdruck in den Mund genommen. Also bitte!«

»Aber eine Frage hätte ich noch, Schwesterherz«, wirft Kathrin mit vorgehaltener Hand ein. »Hast du nicht deinen absolut professionellen Kontrollgriff angewendet? Du weißt schon, welchen ich meine. Den, wo du rein zufällig die Hose an einer gewissen Stelle streifst.«

»Ah, den Schritt-Hosen-Streifer?« Sues Brauen zucken anzüglich.

»Sag jetzt nicht, du hast dem Kerl während des Haare schneidens in den Schritt gegrapscht?«, frage ich fassungslos und lache los. Allein die Vorstellung ist echt filmreif.

»Nicht so, wie ihr jetzt wieder denkt«, entgegnet Sue und wirft lachend den Kopf in den Nacken. »Tz, ihr versauten Weiber! Auf jeden Fall nicht ganz so eindeutig. Einst war es wirklich ein Versehen, als mir während der letzten Handgriffe der Kamm runtergefallen ist, und das genau zwischen die Beine des Kunden. Himmel, war das peinlich! Aber dann …« Sie zuckt mit den Schultern und lächelt frivol.

»… dann hast du aus der Not eine Tugend gemacht, alles klar«, beende ich ihren Satz.

»Ihr seid echt nicht normal!«, seufzt Lexy in die Runde.

»Ach, genau deswegen liebst du uns doch so abgöttisch, stimmt's?«, grinst Kathrin und streift sich eine lose hellbraune Strähne hinters Ohr.

»Hey, normal kann jeder«, stimme ich Kathrin zu und sie honoriert es mit einem High five.

»Ist ja gut, ist ja gut«, lächelt Lexy. Irgendwie scheint sie immer noch etwas pikiert zu sein – oder täusche ich mich? »Ich hab's kapiert: Wer will denn schon normal sein. Aber können wir jetzt vielleicht doch mal fünf Minuten anständig sein und uns dem widmen, weswegen wir hier sind?«

»Um über heiße Kerle zu quatschen?«, grinst Sue.

»Sekt zu trinken?«, ergänzt Sabrina und lässt ihre schwarz getuschten Wimpern tanzen, die neben ihrem strohblonden Haar richtig schön zur Geltung kommen.

»Und unsere peinlichsten Momente zu schildern«, fügt Kathrin hinzu.

Nur ich sage nichts dazu. Lexys Gereiztheit schwingt in jedem ihrer Worte mit. Ganz leise, kaum wahrnehmbar, aber ich höre es nicht nur, ich sehe es auch an ihren immer noch leicht zusammengekniffenen Augen und daran, wie sie mit allzu festem Griff ihre Lektüre umklammert. Ich krame mein Exemplar aus der Handtasche und blättere mich zu der Stelle vor, bei der wir beim letzten Mal stehen geblieben sind. Eigentlich will ich mich in die Geschichte einfinden. Aber nicht nur, weil die Mädels sich nach wie vor die unmöglichsten Stichworte an den Kopf werfen – Schuhfanatiker … Chocoholic … Buchsuchti … Sexabenteuer … unmoralische Angebote … Chat-Flirts –, und weil die Kleine verunsichert von Sue zu Lexy und mir, dann zu Kathrin und Sabrina schaut. Nein, vor allem, da Lexy vor lauter Unwohlsein keinen Ton herausbringt, fällt es mir schwer, mich zu konzentrieren.

Auch meine Gedanken fahren Karussell. Sie rotieren um das ruinierte Prachtkleid, wirbeln mein schlechtes Gewissen hoch.

Warum nur habe ich das Unglück gegenüber meiner Chefin verschwiegen?

Fast gleichzeitig ärgere ich mich wieder über den Radfahrer, der ungebremst in mich hineindonnerte. Allein die Erinnerung an ihn lässt meinen Puls ansteigen.

Der nächste Gedanke drängt sich mir auf. Er handelt von Frau Gretener und dem Todesfall ihres Exmannes.

»Hässlichste Ausrutscher«, höre ich Sabrina eben mit piepsender Stimme das nächste Stichwort quaken. Scheinbar sind sie immer noch mit der Erweiterung der »Weswegen wir hier sind«-Liste beschäftigt.

Sue klatscht sich vor Begeisterung auf den Oberschenkel. Ich ahne, was jetzt kommt. »Haha, da hätte ich einen echten Brüller beizusteuern!«

Lexy schweigt immer noch.

Ach, was ärgere ich mich über ein dreckiges Kleid. So schnell ist was passiert. Von einer Sekunde auf die andere kann das Leben vorbei sein. Ich besinne mich auf mein Lieblings-Lebensmotto: *Genieße den Augenblick!*

Das ist es doch, was im Leben zählt?

Plötzlich zucke ich zusammen, weil etwas neben mir laut poltert. *Gut gegen Nordwind* ist von meinem Schoß gerutscht und unsanft auf den Boden geplumpst.

»Erde an Mina, Erde an Mina …« Lexy beugt sich über die Armlehne meines Sessels und pikst mich in die Seite. Einerseits bin ich überrascht, dass sie – trotz Unwohlseins! – auf mich zukommt. Andererseits weiß ich, dass sie sowieso immer spürt, wenn mir etwas auf dem Herzen liegt. »In welcher galaktischen Sphäre treibst du dich herum?«

»In der Galaxis für hirnlose und bald arbeitslose Idioten«, gebe ich zurück und grinse schief. Ich habe es absichtlich leise gesagt, damit die Mädels nicht in ihrem Spaß unterbrochen werden, aber wie ich feststellen muss, war es vergebens.

»Oho!«, entweicht es Kathrin augenblicklich. »Was hat unsere Chaosqueen heute verbockt?«

»So ziemlich alles«, murmle ich seufzend. Denn eigentlich will ich nicht darüber reden, also gebe ich ihnen die Kurzfassung. »Weil mir heute Mittag so ein unvorsichtiger Kerl vor die Füße fiel, hab ich ein unbezahlbares Kleid ruiniert.«

»Und, sah er wenigstens gut aus?«, will Sabrina sofort wissen und rückt mit dem Stuhl ein Stück näher.

Ich rolle mit den Augen. »Keine Ahnung, hab nicht wirklich drauf geachtet«, weiche ich aus und versuche es so desinteressiert wie möglich klingen zu lassen. Füge dann aber noch hinzu: »Möglicherweise, ja. Allzu viel hab ich nicht mitbekommen, ich hatte echt andere Probleme.«

»Typisch Mina!«, kichert Sabrina kopfschüttelnd. »Da fällt dir ein heißer Typ vor die Füße und du schnallst es nicht.«

»Wer sagt, dass er heiß war?«, protestiere ich. Und doch flackert sein Gesicht vor meinem inneren Auge auf. Sein dunkelblondes Haar, der Dreitagebart, seine blauen Augen … Ich schüttle den Kopf und somit die Erinnerung an ihn weg. Doch das leise Bauchkribbeln, das sich in meine Eingeweide stiehlt, will einfach nicht verschwinden.

»Weit schlimmer ist, dass ich versucht hab, das Ganze im Geschäft zu vertuschen. Spätestens, wenn das rauskommt, bin ich meinen Job los.«

»Wird auch höchste Zeit«, sagt Sue völlig unbeeindruckt, füllt erst ihr eigenes, dann auch noch die übrigen Gläser mit dem Prickelwasser auf und drückt sie uns der Reihe nach in die Hände. Sie scheint eine weitere Sekunde zu benötigen, um zu realisieren, dass sie das, was sie vermutlich bloß im Stillen denken wollte, tatsächlich laut ausgesprochen hat. Aber Sue wäre nicht Sue, wenn sie sich wegen eines solchen lapidaren Fettnäpfchens genieren würde. »Ist doch wahr«, verteidigt sie sich, weil vier Augenpaare sie regelrecht durchbohren. Abwartend, neugierig und zu einem Anteil – den vor allem ich erfülle – auch schockiert über ihre Direktheit. Nur Melli schenkt ihre Aufmerksamkeit lieber der Puppe auf ihrem Schoß als den fünf Mädels in Lebensgröße. »Die Arbeitszeiten sind scheiße, die Nörgeleien der Kunden gehen so was von auf die Eierstöcke und die Bezahlung ist für den Arsch!«

Es folgt eine unangenehme Stille, die mit dem Prickelwasser aufsteigt, verpufft und eins mit der Luft wird.

Immer noch wortlos starre ich meine Mädels an. Lexy kräuselt die Lippen, Kathrin zuckt undefiniert die Schultern und Sabrina wippt unruhig mit den Beinen. Zwar hüllen sie sich in Schweigen, aber es ist Antwort genug.

»Puh! Okay … ich habe keine Ahnung, was ich sagen soll«, entgegne ich endlich und trommle mit den Fingern an das kühle Glas. »Aber deine Zusammenfassung klingt nach einem richtigen Traumjob. Oh ja, jeder Arbeitssuchende würde sich die Finger danach lecken.«

»Sei doch nicht gleich eingeschnappt«, versucht Lexy mich zu beschwichtigen. »Wir finden nur, dass du etwas Besseres verdient hast. Hey, du hast ein Kunststudium in der Tasche und versauerst bei dieser Frau Beck. Erinnerst du dich überhaupt noch, mit welcher Motivation du diesen Job angenommen hast?«

Ich weiß, dass sie recht hat. Natürlich weiß ich das. Aber wenn jemand einem den Spiegel der Wahrheit so unverfroren vorhält, bringt das doch einen gehörigen Schockmoment mit sich.

»Du nahmst diesen Job mit der Hoffnung an, dass du deine kreative Ader ausleben kannst«, meint Lexy ganz trocken und bringt die Sache damit auf den Punkt.

Stöhnend reibe ich mir mit den Händen übers Gesicht.

»Und ich sag dir noch was, Hasi«, mischt sich nun Kathrin ein. »Du erledigst diesen *Lo-ma-hol*-Job viel zu gut, als dass sich daran je etwas ändern würde.«

Lo-ma-hol ist unserer eigener Slang und steht für: Los, mach und hole!

»Ist ja gut, alles klar«, wehre ich die aufkeimende Diskussion ab. Es ist nicht das erste Mal, dass mir meine Freundinnen ihre Meinung geigen, aber sehr wohl das erste Mal in dieser konzentriert bitteren Ehrlichkeit. Und es ist auch das erste Mal, dass ich kein Gegenargument auftische. Ganz tief in mir drinnen weiß ich, dass sie recht haben. Dass mein Herz blutet, weil es ihm nach einem Kreativitäts-Schub dürstet.

»Lo-ma-hol, lo-ma-hol«, trällert Melli, schwingt ihre Puppe hin und her und klaubt danach ein paar Kekse aus der Schale. Sie krabbelt aufs Sofa, quetscht sich zwischen Sue und Kathrin hindurch und hüpft, immer noch die Puppe in der einen Hand, auf und ab. Kichernd wiederholt sie die frisch aufgeschnappte Wortkreation. »Lo-ma-hol, lo-ma-hol, lo-ma-hol …«

»Deine Chefin ist echt ein Reibeisen«, ergänzt Sabrina.

»Ich weiß auch, dass ich über kurz oder lang etwas an meiner Situation ändern muss«, erwidere ich daraufhin. Mir ist, als könne ich das Geräusch von vier herunterklappenden Kinnladen hören, weil ich dieses Eingeständnis bisher nie gemacht habe. »Und vielleicht hat mein Katastrophen-Kleid von heute den Startschuss dazu gegeben.«

»Tja, manche müssen eben vom Schicksal dezent zu ihrem Glück gezwungen werden«, grinst Sue.

Kathrin nickt zustimmend, schiebt sich eine Handvoll gesalzene Nüsse in den Mund und tippt auf das *Grazia*-Magazin. »Si…er ha… …u di… Wi…un… de… Ste…ne …u spü…en … be…ommen«, nuschelt sie.

Typisch Kathrin! Redet mit vollem Mund und keiner versteht nur ansatzweise, was sie uns mitteilen möchte.

»Waaas?«, erklingt es vierstimmig.

Kathrin würgt die Nüsse hinunter, spült mit einem ordentlichen Schluck Prosecco nach, bevor sie ihren Satz wiederholt. »Sicher hast du die Wirkung der Sterne zu spüren bekommen.«

»Von wo hast du diesen Schwachsinn wieder her?«, fragt Sue und schüttelt ihren Kopf. »Hörst dich ja beinahe wie diese *Miss Starlet* an.«

Ich kichere über die Vorstellung, mir Kathrin in der Rolle der ominösen *Miss Starlet* vorzustellen. Vielleicht liegt es daran, dass die Sternen-Lady in meiner Vorstellung eine schrullige alte Dame ist?

Mit bunten in die Haare geflochtenen Tüchern, behängt mit unzähligen Vintage-Halsketten, dazu Ohrringe, so schwer, dass die armen Ohrläppchen in Mitleidenschaft »gezogen« werden. Ich grinse bei der bildhaften Vorstellung.

Wer *Miss Starlet* wirklich ist, wer sich tatsächlich hinter dem Namen verbirgt, daraus wird ein großes Geheimnis gemacht – die Marketingstrategie schlechthin, denn ihre Facebook-Seite quillt über vor Kommentaren und Nachfragen. Trotzdem erheitert uns Madame mittlerweile bei nahezu jedem unserer Mädelsabende. Ich erinnere mich nicht mehr, wie es damals begonnen hat, aber sie ist auf jeden Fall zum Dauergast mutiert.

»Der gute Einfluss der Sternen-Lady färbt wohl allmählich ab«, kichere ich immer noch amüsiert. »Wenn *Miss Starlet* in den wohlverdienten Ruhestand geht, schlage ich dich als ihre Nachfolgerin vor, Deal?«

»Klar, was ist da schon dabei.« Kathrin richtet sich auf dem Sofa auf, räuspert sich und fährt mit feierlicher Stimme fort: »Fische: Vorsicht ist geboten! Heute lauert Gefahr im Beruf. Aber die Liebessterne sind dir wohlgesonnen.«

Sabrina gluckst, verstummt jedoch gleich wieder.

»Was habt ihr nur immer mit dieser *Miss Starlet?*«, wirft Lexy dazwischen. »Sie hat nur so viel Erfolg, weil all die hirnlosen Zweibeiner nicht hinterfragen, woher sie ihre ›Weisheiten‹ hat. Denn: Ein jeder hat sein Schicksal selbst in der Hand.«

Oh ja, Lexys gute Laune lässt heute definitiv zu wünschen übrig. Ich fühle mich nicht ganz unschuldig daran, vermutlich ist ihre gute Laune mit meiner übertriebenen Reaktion von vorhin Händchen haltend abgehauen. Sonst ist meine beste Freundin nicht so kritisch drauf. Klar versucht sie berufsbedingt vieles möglichst rational zu analysieren, aber nicht gleich zu kritisieren.

»Was ist dir denn über die Leber gelaufen?«, fragt Sue verwundert. Wie immer trägt sie das Herz auf der Zunge. »Hast du etwa Stress mit deinem Lover?«

»Warum muss für eure Probleme immer gleich ein Kerl verantwortlich sein? Ist das alles, was für euch wichtig ist?« Lexys Stimme klingt erhitzt und ihre Wangen nehmen dieselbe Farbe wie ihre

Locken an. Obschon sie sehr darum bemüht ist, ruhig und beherrscht zu bleiben – wie immer. Schließlich hat sie ihr Leben und vor allem ihre Gefühlswelt im Allgemeinen fest im Griff.

»Das war eine rein rhetorische Frage und du als Doktorandin der Psychologie solltest das zehn Meilen gegen den Wind riechen«, kontert Sue wenig beeindruckt.

Ich staune immer wieder, wie selbstsicher sie in solchen Situationen reagiert. Seelenruhig klaubt sie ein paar Gummibärchen aus der Schale und wirft sie sich in den Mund.

»Wann kommt Papa?«, fragt Melli und reibt sich über die Augen. Dann krabbelt sie vom Sofa und lehnt sich über Lexys Beine.

Ob sie die angespannte Stimmung im Raum wahrnimmt?

»Bald, er kommt bestimmt ganz bald.« Lexy seufzt und streicht Melli über den Lockenkopf. »Er muss nur noch kurz seine Arbeit abgeben und dann kommt er. Magst du solange etwas malen? Oder ein Bilderbuch anschauen?«

»Malen«, nuschelt Melli und gähnt. »Ich will malen.«

Während Lexy sich erhebt und zu ihrem Schreibtisch hinübergeht, um geeignete Malutensilien herauszusuchen, regt sich in meinem Innern das Verlangen, es dem kleinen Ding gleichzutun. Ich will malen.

Es kehrt ein Moment der Stille ein. Stille, die Platz für Verständnis und Klarheit einräumt.

Heute ist irgendwie der Wurm drin. Bei jedem zweiten Satz reagiert eine von uns eingeschnappt – mich eingeschlossen – und ausnahmsweise empfinde ich es nicht als sonderlich entspannend, den Abend mit den Mädels zu verbringen.

Aus dem Augenwinkel heraus beobachte ich, wie Melli nun voller Eifer Lexys Buntstifte aufs Papier drückt und sich im Kringelmalen versucht. – Hey, die Kleine ist gut!

»Ladys«, unterbreche ich die Stille. Ich schlage abermals das Buch auf und tippe auf die Kapitelüberschrift. »Hat überhaupt eine von euch Kapitel sechs gelesen?«

»Ich!«, sagt Sabrina sofort und hebt die Hand. Ich bin mir fast sicher, dass sie ähnlich fühlt wie ich und daher heilfroh über den Themenwechsel ist.

»Ich fand es wieder so toll!«, wirft Kathrin mit ein. Sie ist Emmi und Leo seit Anbeginn der Geschichte verfallen und restlos begeistert. »Hoffentlich gibt es ein Happy End. So ein richtig kitschiges Happy End«, seufzt sie und streicht verträumt über die aufgeschlagene Buchseite.

»Sollte es wie im richtigen Leben enden, dann stell dich lieber auf eine Enttäuschung ein.« Diese äußerst trockene Bemerkung stammt von Sue. Und sie kommt nicht von ungefähr.

Kathrin hat einige Beziehungen hinter sich, die ihr alles andere als guttaten. Außer Tom, dem Langweiler, zu dem es eigentlich nichts zu sagen gibt, war da noch der schöne Sven, der zwar einen netten Anblick bot, aber Kathrin nie allein weggehen ließ und jeden ihrer Schritte (inklusive Handy) überwachte. Oder Alex, der nur für den Fußball zu existieren schien. Hatte sein geliebter HSV ein mieses Spiel, war der Tag gelaufen und die Stimmung im Arsch. Dass Kathrin allerdings von jedem einzelnen der Kerle sitzen gelassen wurde, setzte dem Ganzen die Krone auf.

Sabrina wurde von Bastian, ihrem letzten Freund, verarscht, weil er es nicht für nötig befand, ihr mitzuteilen, dass er neben ihr noch eine Freundin in Berlin hatte, und das seit etlichen Monaten. Und als ob das nicht schon genug Drama wäre, erfuhr Sabrina erst davon, als eine entfernte Bekannte zu Bastians und Carlas Verlobungsparty eingeladen wurde. Es grenzt an ein Wunder, dass ein Kerl wie er nicht bereits verheiratet war oder gar Kinder in die Welt gesetzt hatte. Wobei … Vielleicht hat er das ja tatsächlich, nahm er es ja nicht so genau mit der Wahrheit …

Sue selbst hat seit Jahren ein Techtelmechtel mit ihrem Chef am Laufen. Falsche Versprechungen werden gemacht und andauernd erneuert. Was folgt, sind bittere Enttäuschungen. Immer wieder hält Daniel sie hin, und dann, wenn es endlich so aussieht, als würden sie das nächste Level erreichen und sich einer »fast normalen« Beziehung nähern, taucht plötzlich wieder seine Exfrau auf.

Tja, und von mir muss ich gar nicht erst reden. Marc. Immer wieder Marc. Und doch nie Marc.

Er ist die Unentschlossenheit in Person – vielleicht auch nur in Bezug auf sein Herz, denn dem Charakter nach zu urteilen, gehört er eher zu der Kategorie Mann, die sehr genau zu wissen scheint, was sie will. Eigentlich das genaue Gegenteil von mir. Er: ein absoluter Kopfmensch, ich: der Bauchmensch schlechthin. – Das passt einfach nicht. Womöglich haben Männer und Frauen auch einfach nicht dieselbe Adresse.

Wenn ich es recht bedenke, ist Lexy die Einzige von uns allen, die wenigstens ansatzweise so etwas wie eine intakte Beziehung vorweisen kann.

Pascal. Optisch eher ein Durchschnittstyp, aber echt sympathisch, humorvoll und – schlimm genug, dass ich das angesichts der Männerexemplare, die sonst hier so aufgekreuzt sind, explizit erwähnen muss – *gesellschaftsfähig.*

Komischerweise ertappe ich mich des Öfteren bei dem Gedanken, dass Pascal vielleicht *zu* perfekt ist. – Oh ja, ich hasse mich dafür. Hasse mich, dass ich mich nicht einfach uneingeschränkt für Lexy freuen kann. Bestimmt sind all die verkorksten und gescheiterten Beziehungen mit schuld daran, weil wir schon zu oft enttäuscht, verarscht, ausgenutzt und sitzen gelassen wurden, sodass ich den Glauben an die wahre Liebe verloren habe.

Kathrin seufzt laut.

Im ersten Augenblick fühle ich mich in meinen Gedanken ertappt, erst recht, als sie meint: »Sagt, was ihr wollt, aber ich glaube fest an die wahre Liebe. Und wenn sie schon im echten Leben auf sich warten lässt, dann doch wenigstens in der Welt der Bücher.«

»Schwesterchen, du bist und bleibst unsere unverwüstliche Optimistin«, sagt Sue lächelnd und legt ihr liebevoll den Arm um die Schultern. Ich weiß nicht genau, weswegen, aber ich spüre, dass Sue ihre kleine Schwester dafür bewundert.

»Aber mal ehrlich: Glaubt ihr wirklich, dass sich nur durch das Schreiben von E-Mails eine Liebesbeziehung mit echten Gefühlen entwickeln kann?«, frage ich skeptisch.

»Natürlich!« Erstaunlicherweise kommt dieser Ausruf von der kritisch gestimmten Lexy. »Denkt nur mal, wie das in früheren Zeiten war, wenn die Verliebten durch ganze Länder und Kriege voneinander getrennt waren und nur mittels Liebesbriefe ihre Beziehung aufrechterhalten konnten. Ich finde das unglaublich romantisch!«

Ein simultanes Aufseufzen geht durch den Raum.

Ach, ist nicht jedes Mädel im Innern eine kleine Prinzessin, die auf den Traumprinzen wartet?

»Na, dann würd ich sagen, lesen wir bis nächsten Donnerstag einfach Kapitel sieben«, grinst Sue und schlägt das Buch zu.

Ja, unsere Buchdiskussionen fallen meist eher dürftig aus, aber wie schon einmal erwähnt, sind wir auch kein normaler Buchclub.

Während ich *Gut gegen Nordwind* in die Tasche gleiten lasse, fällt mein Blick auf unseren heutigen Ehrengast. Melli. Sie ist inzwischen eingeschlafen, ihr Köpfchen liegt auf dem Malbuch, der Buntstift baumelt lose in ihrem Händchen, und eben umhüllt Lexy das Mädchen mit der missratenen Häkeldecke, die meine Mutter einst in einer Art Häkelwahn entworfen hat. Meine Freundin wurde kurz darauf mit dem guten Stück zu Weihnachten beehrt.

Die Kleine bemerkt nicht einmal, dass jemand sie berührt, sie schläft im wahrsten Sinne wie ein Baby.

Erstaunlich, wie vertrauensvoll ein Kind von Grund auf ist, und das bei fünf wildfremden Frauen, die schnattern, lästern und sich hin und wieder zanken. Doch die kleine Maus schwebt mit ihrem Geiste ungestört im Land der Träume.

Ich sammle meine Tasche und Jacke auf und mache einen Schritt auf das Mädchen zu. Sanft streiche ich über die hässliche Häkeldecke und zum aller-, allerersten Mal kann ich ansatzweise verstehen, was mit dem allseits berühmten Muttergefühl gemeint sein könnte. Nicht, dass ich mir sehnlichst ein Kind wünsche. – Um Himmels willen, nein! – Dafür fühle ich mich mit meinen zarten dreiunddreißig Jahren immer noch nicht bereit. Obwohl mir meine Mutter vermutlich vor lauter Begeisterung für den Rest ihres Lebens die Füße küssen würde. Die Familie Como darf nicht aussterben – jawohl! Aber ich habe auch überhaupt nicht in diese »langfristige« Richtung gedacht, sondern spiele lediglich auf das Empfinden an, auf das Gefühl in der Bauchgegend, wenn ich das kleine Mädchen beim Schlafen betrachte.

»Mädels, wir sehen uns in einer Woche, ja?«, ruft Sue über unsere Köpfe hinweg. »Und zwar bei mir zu Hause.«

»Alles klar«, sage ich, denn unser Buchclub wandert von Woche zu Woche zu einer anderen von uns.

Ein letzter Blick auf das Mädchen, dann löse ich mich von diesem friedlichen Bild.

Zum Abschied drücke ich meine Freundinnen der Reihe nach an mich.

»Macht's gut, Mädels«, ruft Lexy den Schwestern und Sabrina hinterher, die wie immer mit einem Wagen angereist sind.

Ich gehe einen Schritt auf Lexy zu. Ich muss etwas sagen, bevor ich mich von ihr verabschiede, denn ich ertrage es nicht, wenn diese Sache mit Melli zwischen uns steht.

Während die Schritte im Treppenhaus verhallen, nehme ich all meinen Mut zusammen. Komischerweise fällt mir in diesem Moment noch etwas ganz anderes ein:

»Sag mal, Lexy, du hast nicht zufällig noch den Zweitschlüssel zu meiner Wohnung?«

Lexys braune Augen weiten sich. »Doch klar, den für alle Fälle«, sagt sie langsam und zieht beim Schuhschrank die kleine Schublade auf. »Für alle Fälle« bedeutet, wenn ich vor lauter Chaos im Kopf nicht mehr wissen sollte, wo ich meinen Schlüssel deponiert habe – was bisher natürlich tatsächlich noch nie vorgekommen ist. »Hast du deinen verlegt?«

Ich nicke und spüre, wie sich mein Mund zu einem dankbaren Lächeln verzieht, als sie mir den Schlüssel in die Hand drückt. Plötzlich brauche ich überhaupt keinen Mut, denn die Worte purzeln einfach aus mir heraus:

»Tut mir leid, wenn ich mich vorhin etwas affig aufgeführt habe«, sage ich leise, weil ich Melli nicht aufwecken möchte – das rede ich mir zumindest ein. Eigentlich ist es eher mein schlechtes Gewissen, das mein Stimmorgan unter Kontrolle hält.

Ich blicke lächelnd zu ihr auf, denn Lexy ist ein gutes Stück größer als ich, und schenke ihr auf diese Weise mein Verstehen. Ich verstehe, dass sie ihrem Ex geholfen hat, verstehe, dass sie bei diesem engelsgleichen Anblick nicht *nein* sagen konnte und ich verstehe auch, dass sie es satt hat, wenn ich ihr ständig in ihr Leben reinrede.

Lexy schlingt ihre Arme um meinen Oberkörper und ich versinke in ihrer Umarmung. »Ach, mach dir keinen Kopf«, raunt sie mir zu und drückt mich noch fester. Doch es scheint so, als habe sich ein leichtes Beben in ihre Stimme geschlichen. »Du warst nur besorgt um mich und Ric ist und bleibt wohl immer ein heikles Thema zwischen uns.«

Einmal mehr hat sie mich durchschaut. Ja, ich sorge mich um sie, weil ich weiß, wie schwer es ihr fällt, *nein* zu sagen – besonders bei Ric. Doch zwischen zwei Atemzügen frage ich mich etwas ganz anderes: Könnte ich es? Könnte ich Marc einen Gefallen abschlagen, wenn er ganz unverhofft auftaucht?

»Du bist die Beste«, hauche ich, drücke ihr einen Kuss auf die Wange und gehe zur Tür. »Wir sehen uns.«

»Bis dann«, höre ich Lexy noch sagen, während ich die Wohnungstür zuziehe und langsam die Treppe hinuntersteige. Das Echo meiner Schritte prallt an den Wänden ab und weht unbemerkt an mir vorbei, denn ich hänge meinen Gedanken nach.

Sie gelten *Gut gegen Nordwind*, dem Happy End im wahren Leben, Kindern, aber vor allem der Freundschaft zu einem Menschen.

Ist es nicht mit das Wertvollste, was es gibt? Beinahe unersetzlich? Oftmals bleiben einem wahre Freunde ein Leben lang erhalten – was man von der Liebe nicht gerade behaupten kann.

Es sind die Freundschaften, die den öden Alltag bereichern. Mögen sie auch als noch so selbstverständlich gelten, manchmal fast als Nichtigkeit abgetan werden, so sind sie für mich die Würze des Lebens.

Am Wagen angekommen, drehe ich mich noch einmal um, schaue zu Lexys Wohnung empor und male mir aus, wie sie in diesem Augenblick durchs Fenster guckt.

Ich atme tief durch und wispere: »Danke, dass es dich gibt.«

Die Göttin der Liebe begleitet dich heute
mit ihrem Zauber durch den Tag und versetzt dich
in eine romantische, wenn nicht gar erotische Stimmung.
Der Nachteil?
Vor lauter Prickeln und Knistern in der Luft
kannst du dich nur schwer auf deine Arbeit konzentrieren.

#MissStarlet

Kapitel 4

Freitag mit Montagspotenzial

»Oh nein!«

Wie von der Tarantel gestochen, schnelle ich im Bett hoch.

»Verdammt! Verdammt! Verdammt!«

Ein Blick aufs Smartphone bestätigt meine Befürchtung.

Das Display zeigt neun Uhr achtundzwanzig.

Scheiße, ich habe verschlafen!

Mein Kopf dröhnt, dabei haben es die Mädels und ich gestern mit dem Alkohol wirklich nicht übertrieben.

Mein Kopf ist allerdings anderer Meinung …

Ich presse meine Hand gegen die Stirn und ziehe es für einen Augenblick in Erwägung, gar nicht erst aus dem Bett zu steigen. Mir ist vielmehr danach, meine Bettdecke zu schnappen und mich wieder darunter zu verkriechen.

Und dann tue ich es.

Ich schlüpfe in die wohlige Wärme zurück, schnappe den Zipfel meiner Decke, und während ich ihn bis zum Kinn hochziehe, fallen mir die Augen zu.

Aber an Schlaf ist nicht zu denken.

Mein Herz klopft viel zu heftig.

Entnervt schlage ich die Augen wieder auf, ebenso die Decke, und schwinge missmutig die Beine aus dem Bett.

Tatsächlich bringe ich es in den nächsten zehn Minuten irgendwie fertig, zu duschen, mich anzuziehen und mich einigermaßen für die Arbeit aufzuhübschen.

»Wie nett, Petrus«, murmele ich, als ich auf die Straße trete. War das Wetter gestern schon suboptimal, so ist es heute richtig grauenvoll. Es schüttet wie aus Eimern. Dumm nur, dass ich meinen Schlüsselbund immer noch nicht gefunden und somit keinen Schlüssel für das Parkhaus, den Briefkasten und auch nicht für die Garderobe im Atelier habe.

Ja. Der heutige Freitag besitzt wahres Montagspotenzial. (Und ich hasse Montage. Punkt!) Die kurze Strecke, die ich von der Wohnung bis zum Auto zu Fuß gehen muss – ohne Regenschirm, denn der liegt natürlich im Wagen –, reicht aus, um mich in einen begossenen Pudel zu verwandeln.

Hastig steige ich ein, lasse den Motor aufheulen und brause in Richtung *Couture Beck*. Die Strecke ist nicht wirklich weit, aber je nachdem, um welche Zeit man unterwegs ist, staut sich der Verkehr so unglaublich, dass man zu Fuß schneller ist als mit einem motorisierten Gefährt. Aber wer würde das bei diesem Mistwetter schon freiwillig in Erwägung ziehen?

»Immerhin ist Freitag«, raune ich mir selbst zu, um mich aufzuheitern, und drehe die Musik des Radios etwas lauter.

George Ezra hämmert sein *Blame it on me* durch das Wageninnere, meinen Gehörgang und mein Gehirn. Schon ertappe ich mich dabei, wie sich meine Lippen verselbstständigen und meine Finger im Takt der Musik aufs Lenkrad zu klopfen beginnen.

Dann trifft mich die Erkenntnis des jungen Tages. Sie schwebt in der Musik und lässt mich erröten.

Mein schlechtes Gewissen.

»Shit!«, fluche ich und schlage mit der Hand aufs Lenkrad. Ein unangenehm lautes Geräusch ertönt. »Shit!«, ärgere ich mich gleich noch einmal, weil ich auf die Hupe gehauen habe, und das keine fünf Meter vor dem Geschäft.

Sämtliche Passanten drehen sich zu mir um, als würde ich ihre Blicke magnetisch anziehen. Ha, ich weiß eben, wie man sich mit unangemessenem Verhalten in den Mittelpunkt drängt.

Kaum dass ich geparkt habe, zwänge ich mich hastig aus dem Wagen und eile zum Eingang. Ich hab das Entree noch nicht ganz betreten, als Stefanie aus dem Atelier hereingeschneit kommt. Ihr Gesichtsausdruck spricht Bände.

»Verdammt, Mina, wo warst du denn? Ich hab dir sicher hundertmal auf die Mailbox gesprochen und tausend WhatsApp-Nachrichten geschickt«, zischt sie, packt mich grob am Ellenbogen und zerrt mich zielstrebig in Richtung Tresen. »Weißt du, was hier los war?«

»Shit!«, entweicht es mir zum dritten Mal innerhalb weniger Minuten. Frau Beck hat ganz bestimmt das Kleid entdeckt!

Mir ist, als sacke mein Puls unter den Gefrierpunkt, und ich kralle mich in letzter Sekunde am Tresen fest. »I-ich ... es tut mir leid ... ich ...«, stammele ich wie eine Schwachsinnige, aber Stefanie hört gar nicht hin, sondern wischt sich immer wieder nervös die blonden Strähnen aus dem Gesicht und plappert wie ein Wasserfall:

»Maria musste das Atelier ganz allein schmeißen, weil Nina immer noch krank ist, und ich durfte von Kundenbegrüßungen zur Anprobe und wieder ans Telefon rennen, Frau Beck jeden Wunsch von den Augen ablesen und wieder zurück ins Entree hetzen.«

»Es tut mir leid!«, wiederhole ich mich. Ich kann nicht verhindern, dass sich ein kleines Lächeln in mein Gesicht stiehlt, denn ich begreife, dass sich die selbstlose Stefanie einzig über ihren Stress aufregt und es rein gar nichts mit meinem Katastrophen-Kleid zu tun hat. »Ich hab verschlafen und kam so schnell ich konnte. Jetzt bin ich ja da, also alles gut.«

»*Alles gut?!*«, krächzt Stefanie heiser und klatscht einen Post-it-Zettel nach dem anderen, natürlich mit ausführlichem Kommentar, auf den Tresen. »Frau Ernst wünscht eine Terminverschiebung, Frau Weiser hat eine Reklamation zu vermelden, Herr Robben braucht dringend eine Beratung, Frau Matthis will plötzlich einen völlig anderen Schnitt beim *Deux-Pieces* ... Ach, lies den Rest einfach selbst. Und das alles muss selbstverständlich noch in den Computer eingetragen und mit Frau Beck abgesprochen werden.« Sie stemmt die Hände in die Hüften und schnauft einmal tief durch.

»Hey, dein Hauch von Genialität ist nicht zu leugnen«, sage ich deutlich ruhiger als meine Arbeitskollegin und bin froh, dass sie den Sarkasmus, der unterschwellig mitschwingt, nicht bemerkt. Dann gehe ich seufzend um sie herum. Erst da bemerke ich den Blumenstrauß, der auf der kleinen Ablagefläche hinter dem Rechner steht. »Und was ist das?«

»Das?«, sie deutet mit der Hand auf die Sonnenblumen. Auf einmal verwandelt sich ihr angespannter Gesichtsausdruck. »Das ist das Rätsel des Tages. Also Maria und ich sind leider mit der Karte nicht gemeint. Vermutlich ist es wieder mal für Nina.« Jetzt ist es Stefanie, die seufzt und im Eiltempo in Richtung Atelier davonmarschiert.

Für Nina … Genauso wird es sein. Nina ist tatsächlich eine französische Schönheit und verzauberte mit ihrem Äußeren schon so manchen Kunden oder Lieferanten.

Ich schnappe mir mit einem ergebenen Seufzer jeden einzelnen Post-it und klebe ihn an meinen Bildschirm, damit ich einen nach dem anderen abarbeiten kann. Gerade als ich mit dem Stuhl etwas näher zum Rechner und dem Klebezettel-Mosaik heranrücke, gewinnt der Blumenstrauß wieder an Schärfe. In erster Linie aber die Karte, die zwischen den leuchtenden Sonnenblumen hervorlugt.

Einmal kurz lesen, schadet ja nichts …

Ich strecke meinen Arm aus und ziehe die Karte vorsichtig heraus.

»Mina?«, lässt mich eine Stimme erschrocken zusammenfahren. Frau Beck wirbelt ins Entree. »Schön, Sie haben endlich hergefunden.«

»Tut mir leid, ich habe verschlafen.«

»Ja, ja, ja. Schon gut, schon gut«, sagt sie hastig und bedeutet mir mit einer unmissverständlichen Handbewegung, dass sie nicht näher darauf eingehen möchte. »Arbeiten Sie bitte so schnell wie möglich alles ab und informieren Sie mich dann über das Wichtigste.«

Ich mache schon den Mund auf, weil ich Frau Beck unbedingt über die Kompletteänderungswünsche von Frau Matthis in Kenntnis setzen möchte, aber meine Chefin lässt mich nicht zu Wort kommen.

»Nicht jetzt sofort«, winkt sie ab. »Ich bin streng genommen bereits bei der Anprobe mit Frau Scheiloh.« Mit diesen Worten eilt sie auch schon zum Anprobezimmer, aber ehe sie eintritt, dreht sie sich noch einmal um und fuchtelt mit den Händen in der Luft herum. »Und finden Sie um Himmels willen heraus, was es mit diesen Blumen auf sich hat, damit die Damen wieder konzentriert arbeiten können.«

Keine Sekunde später ist sie im Zimmer verschwunden.

Ha! Das lasse ich mir nicht zweimal sagen.

Abermals greife ich nach der Karte, die so gelb ist wie die Blumen selbst, und ziehe sie heraus. Diesmal allerdings weder vorsichtig noch behutsam. Mit einem ebensolchen Ruck befreie ich die Karte aus dem Umschlag und mein Herz pocht schneller, als mein Blick über die Nachricht fliegt. Die Worte sind von Hand gekritzelt und das in einer eigenartigen Schrift – nicht direkt schön, aber auffällig:

Ich hoffe, Sie leben noch, Couture-Beck-Girl?

Wenn dem so sein sollte, habe ich etwas, dass Sie vielleicht vermissen!

Sollten Sie gestern tatsächlich ins Gras gebissen haben, ist diese Nachricht ja sowieso hinfällig und ich wünsche Ihnen eine stressfreiere Zeit im Jenseits. ;)

Und wenn Sie noch unter dem Sternenhimmel wandeln, melden Sie sich einfach unter: 012786635147

Frederic

Mit den Fingern streife ich gedankenverloren über die Worte. Es gibt nur eine logische Erklärung, wer diese Nachricht geschrieben haben könnte. Und diese bedeutet, die Sonnenblumen sind für … *mich?* Denn wer außer mir sollte gestern noch herumposaunt haben, dass er sterben muss? Das wäre schon ein ziemlicher Zufall …

Ein leises Lächeln huscht über mein Gesicht und mit ihm flimmert die Erinnerung an den gestrigen Zusammenstoß in mir auf. Wenn mich mein Sherlock-Holmes-Gespür nicht trügt, hat der gute Mann meinen heiß geliebten Schlüsselbund. Als ich leise seinen Namen flüstere, kribbelt und prickelt es ganz tief in meiner Brust.

»*Frederic …*«

Ob ich ihn anrufen soll?

Ein Blick auf den Rechner zeigt mir, dass er um die Uhrzeit garantiert anderes zu tun hat, als mit einem »*Couture-Beck*-Girl« zu plaudern. Ähm ja – das gilt auch für mich. Hier liegt jede Menge Arbeit herum, die erledigt werden will.

Ich blinzele, lege die Karte mit einem kleinen Lächeln beiseite und greife stattdessen zum ersten Post-it.

Frau Linzer wünscht so schnell wie möglich einen Termin
–Beratung für neue Garderobe
–Kostüm oder Hosenanzug
–zusätzlich ein Kleid für den Urlaub
Bittet um Rückruf von Frau Beck!

Ich öffne den Terminkalender – den elektronischen –, um den Terminplan der nächsten Woche durchzugehen. – Alles voll. Mist! Wo packe ich die gute Frau bloß rein?

Noch während ich über dem Terminplan brüte, wandert mein Blick auf die Karte zurück.

»Hm …«, mache ich.

Meine Finger verselbstständigen sich und tänzeln auf die Karte zu. Wer sagt denn, dass ich Frederic anrufen muss? Ich kann ihm ja einfach eine kurze Nachricht schicken.

Nein!, ermahne ich mich. *Erst die Arbeit, dann das Vergnügen.*

Vergnügen? Tz …

Immerhin hat der Kerl etwas, das mir gehört.

Im selben Moment wird mir klar, dass mir das Ganze sowieso keine Ruhe lässt, solange ich nicht darauf reagiere. Nur eben ein kurzes Lebenszeichen schicken, nach meinem Schlüssel fragen, und gut ist. Das dauert keine zwei Minuten. Also los!

Rasch speichere ich seinen Kontakt im Handy und suche den Namen bei WhatsApp.

Frederic.
Status: Mich kann man nicht beschreiben, mich muss man erleben.

Schmunzelnd tippe ich auf seinen Namen und erwische mich, wie ich mit steigender Neugier sein Profilbild betrachte.

Im Hintergrund ist ein Gesicht – Etwa sein Gesicht? – in Schwarzweiß mit vorgehaltenem Foto in Farbe, sodass man lediglich einen Teil seiner Sturmfrisur und Bartstoppeln am Kinn erkennen kann. Auf dem farbigen Bild ist ein anderes Gesicht abgebildet. Das von einer Frau. Von *seiner* Frau? – Vermutlich, ja. Dass sich bei dem Gedanken mein Herz leicht zusammenzieht, verdränge ich in die hinterste Ecke meines Bewusstseins.

Was schreib ich denn bloß?

Ach, nicht lange überlegen, einfach frei Schnauze:

Danke für den sonnigen Blumengruß. Und dann sogar noch meine Lieblingsblumen!
Wie Sie unschwer erkennen können – aufgrund besonderer kosmischer Umstände lebe ich noch. ;)
Wie komme ich denn an das, was ich vermisse?
Couture-Beck-Girl
(aka Mina)

Ein letzter Kontrollblick auf den Text, dann drücke ich auf Senden. Ich will das Smartphone auch gleich beiseitelegen und mich wieder Frau Linzers Anliegen widmen (Ehrlich!), aber da sehe ich, dass Frederic in dieser Sekunde meine Nachricht anklickt und liest.

Mein Herz klopft.

Warum zur Hölle klopft es so heftig?

Die Online-Anzeige wechselt, jetzt schreibt er.

Meine Güte, das Anstarren des Displays fühlt sich so spannend an wie ein Kinofilm.

schreibt …

Ich warte ungeduldig. Mein Fuß beginnt zu wippen und ich nage auf meiner Unterlippe herum.

schreibt …

Ich könnte einfach weiter arbeiten. Ich könnte … Aber ich starre immer noch auf das Display.

schreibt …

Plötzlich realisiere ich, dass ich vor lauter Aufregung die Luft anhalte.

schreibt …

Entweder ist er ein verflucht langsamer Tipper oder er schreibt einen halben Roman.

schreibt …

Dem Display dauert es offensichtlich auch zu lange, denn es schaltet erst einmal in den Schlafmodus und wird schwarz.

Viel zu hastig entsperre ich es wieder.

schreibt …

Das dauert ja eine Ewigkeit!

Dabei ist es nicht wirklich so, dass ich nichts Besseres zu tun hätte …

schreibt …

Okay, okay. Ich schaue später – *Plopp!*

Das Couture-Beck-Girl hat einen Namen!
Hallo, Mina, freut mich, dass Sie sich melden. Aber noch viel mehr, dass das Kleid Sie nicht erwürgt und in tausend Stücke zerfetzt hat. Oder wie war das noch mal? War das Kleid in diesem ganzen Szenario das Opfer? Ich bin verwirrt.
Gestern war sowieso ein Scheißtag, da waren Sie ein richtiger Lichtblick – und das will schon was heißen … Oh, ich schwafle (besser gesagt: schreibe) mal wieder zu viel. Berufskrankheit.
Was genau vermissen Sie denn? Nur zur Sicherheit, dass das, was ich aufgelesen habe, auch wirklich Ihnen gehört.

Frederic
10:11

Ich muss schmunzeln – schon wieder. Dabei will ich doch gar nicht schmunzeln, schließlich kenne ich den Kerl überhaupt nicht. Trotzdem wird mir etwas ganz anderes bewusst: Dass Frederic nun mit diesem Sicherheits-Gequatsche kommt, obwohl er mir zuvor Blumen mit seiner Handynummer schickte … Ich würde behaupten, der Fremde spielt mit mir. Aber wenn ich meine Schlüssel wiederhaben möchte, bleibt mir wohl nichts anderes übrig, als mitzuspielen.

Gut, Frederic, dann wollen wir mal …

Oder auch nicht, denn gerade fliegt die Ateliertür auf und Stefanie kommt herausgestürmt. »Mina, das absolut Wichtigste hab ich vergessen!«, keucht sie und beugt sich über den Tresen zu mir hinunter.

»Du musst aufs Klo?«, frage ich und lächle sie herzallerliebst an, denn das ist der häufigste Grund, weswegen sie zu mir eilt. Dass ihr danach immer eine stinkig verqualmte Note anhaftet, ist wohl jedem hier drinnen bewusst – außer ihr.

So unauffällig wie möglich versuche ich die Karte unter die Tastatur zu schieben, aber zu spät …

»Was tust du da?«, fragt sie beim nächsten keuchenden Atemzug.

Ja, Stefanie ist echt eine liebe Arbeitskollegin, allerdings ist sie mir einen Tick zu neugierig. Manchmal führt sie sich auch auf, als wäre sie nicht nur die rechte Hand von Frau Beck, sondern Chefin Nummer zwei, da sie schon am längsten hier arbeitet. Und diese Kombination ist nicht immer angenehm. Deswegen steht es für sie außer Frage, dass sie das Recht hat, alles zu erfahren, was hier drinnen passiert. Aber für mich existiert eine klare Abgrenzung zwischen Berufs- und Privatleben, und diese Blumenstrauß-Geschichte gehört definitiv in die Kategorie »privat«. Hinzu kommt, dass ich sonst unter Umständen dazu gezwungen bin, allen reinen Wein einzuschenken, was es mit dieser Karte auf sich hat.

»Ist das etwa die Karte von den Blumen?«, bohrt sie weiter.

Oje, was sage ich denn jetzt, ohne zu verraten, dass die Blumen für mich gedacht sind?

»Frau Beck hat mich beauftragt, der Sache nachzugehen, damit im Atelier wieder Ruhe einkehrt«, gebe ich mich diplomatisch.

»Ach so«, erwidert sie und zuckt mit den Schultern. Die Geste wirkt enttäuscht.

»Was gibt es denn so absolut Dringendes?«, bringe ich sie mit der Frage auf den ursprünglichen Grund ihres Besuchs zurück.

»Du musst morgen Ninas Schicht übernehmen.«

»Was? Schon wieder einen Samstag?«, frage ich empört. Eigentlich haben wir alle einen Samstag im Monat, an dem wir arbeiten müssen. Aber das gilt irgendwie nicht für unsere hübsche Französin.

»Beschwer dich doch nicht! Du musst nur den Vormittag übernehmen. Am Nachmittag macht Frau Beck früher zu.« Ohne auf meine Antwort zu warten, wirbelt sie herum und entschwindet wieder durch die Tür, durch die sie eben das Entree betreten hat.

Na toll! Schon wieder die Samstagsschicht!

Einen Moment schaue ich stur geradeaus und überlege, ob ich mich nicht einfach weigern sollte, die Schicht zu übernehmen, dann hämmere ich auf die Enter-Taste, um den Rechner wieder zu aktivieren. Ich bin weder in Stimmung, um weiterhin mit Frederic zu chatten, noch ist hier im Geschäft der richtige Ort dazu.

Daher widme ich mich endlich dem Post-it von Frau Linzer und quetsche sie in der kommenden Woche zwischen zwei Termine, die, wenn es gut läuft, womöglich Platz für eine kurze Sitzung einräumen.

Weiter geht's mit Frau Matthis' Änderungswünschen, danach folgt Frau Weisers Reklamation.

Mit einem Mal komme ich gut voran, kein Telefonat unterbricht mich, kein Kunde schneit spontan herein, nicht mal eine Lieferung trifft ein.

Nach einiger Zeit ist der Post-it-Berg abgearbeitet und alles so weit vorbereitet, dass Frau Beck nur noch ihr Okay dazu geben muss.

Ich lecke mir mit der Zunge über die trockenen Lippen. Ich habe so konzentriert gearbeitet, dass ich gar nicht gemerkt habe, wie durstig ich eigentlich bin.

»Ach, 'ne kleine Kaffeepause habe ich mir jetzt mehr als verdient«, murmele ich.

Als ich mich erhebe, fällt mein Blick auf die Sonnenblumen. Ich hab die Karte und Frederic völlig vergessen.

Schnell schnappe ich mir mein Handy, melde mich kurz bei Stefanie ab, damit sie das Entree im Auge behält, und verkrümele mich in den hinteren Raum, der außer einer Toilette auch ein kleines Regal mit einer betagten Kaffeemaschine und darunter einen Kühlschrank beinhaltet Während die Maschine aufheizt, greife ich zu meinem Smartphone.

Wo war ich vorhin stehen geblieben? Ach ja … wie komme ich an meinen Schlüssel heran.

Irgendwie sagt mir mein Bauchgefühl, dass der gute Herr mir diese nicht einfach per Post zukommen lässt. Dem leisen Stimmchen in meinem Kopf, das mir zuflüstert, ich könnte mich doch darüber freuen, ihm noch einmal unter normalen Umständen zu begegnen, schenke ich kein Gehör.

Soso … Berufskrankheit?
Steht diese Nur-zur-Sicherheit-Frage vielleicht auch im Zusammenhang mit Ihrem Beruf?
Dann formuliere ich mein Anliegen diesmal etwas anders: Was muss ich tun, damit ich meine heiß geliebten Schlüssel zurückbekomme, sodass ich bei diesem Scheißwetter wieder den Luxus genießen kann, in der Tiefgarage zu parken?
Mina

PS: Mein altersschwacher Briefkasten würde es Ihnen auch danken, wenn er die Last der vergangenen Tage wieder ausspucken darf. ;)
PPS: Scheißtag trifft es haargenau!
11:47

Mein Finger drückt auf Senden, noch bevor ich den Text ein zweites Mal durchgelesen habe, denn mein niedriger Kaffeepegel lässt mich schwach werden. Neulich habe ich eine Studie gelesen, die besagt, dass man von diesem schwarzen Gebräu nicht süchtig wird, und dieser Studie schenke ich seither meinen uneingeschränkten Glauben.

»Genau!«, murmele ich bestätigend und drücke auf den Knopf. Einmal die große Tasse, bitte. Und während die alte Lady zu rattern beginnt – allein des Duftes wegen bekomme ich schon bessere Laune –, widme ich mich wieder meinem Handy.

Und bin enttäuscht.

Keine Antwort. Er hat es noch nicht einmal gelesen.

Ich weiß nicht, warum ich davon ausgegangen bin, dass er auch diesmal sofort reagiert. Ich schnappe mir meinen Kaffee und gehe zurück ins Entree. Stefanie ist gar nicht da, dafür ein neuer Post-it.

Musste zur Anprobe
Stefanie

Zum Glück bin ich so schnell zurückgekehrt.

War es vorhin total ruhig, steht das Telefon jetzt nicht mehr still, und ich bekomme nicht mal die Gelegenheit, einen Blick aufs Handy zu werfen.

Erst als Frau Beck mit der Kundin aus dem Anprobezimmer kommt und sich im Entree von ihr verabschiedet, kehrt Ruhe ein. Es ist wie verhext!

Ob ich dennoch einen Blick wagen soll?

Verstohlen schiele ich zu meiner Chefin hinüber und ziehe gleichzeitig das Handy aus der Hosentasche. Das Display leuchtet auf und ich sehe die Nachricht sofort.

Die Kandidatin erhält hundert Punkte. Schlüssel ist korrekt! :D
Und weil gestern Ihre kleine Scheißwelt auf meine nicht größere Scheißwelt prallte, will ich es Ihnen so angenehm wie möglich gestalten, damit Sie wieder an Ihren Schlüsselbund gelangen. Trinken Sie gerne Kaffee? Bestimmt!
Kennen Sie das Café »Hallo Kleines«? Sagen wir um 18 Uhr?
Frederic
12:13

»Mist!«, entweicht es mir und ich ernte einen skeptischen Blick von Frau Beck. Ausgerechnet heute Abend kann ich nicht …

Nur ganz kurz – Chefin im Anmarsch!
Kaffee ist mein zweiter Vorname. ;) Aber heute Abend geht leider nicht, da bin ich anderweitig verpflichtet. Wie wäre es mit morgen Nachmittag?
Mina
12:15

Ich hoffe inniglich, dass Frederic gleich antwortet, damit ich mich endlich, endlich wieder konzentrieren und der Arbeit widmen kann.

Mein Gebet wird erhöht!

Morgen geht leider bei mir nicht.
Wie wäre es mit Sonntag zum Brunch?
Gleicher Ort um 10 Uhr?
Frederic
PS: Und wir wollen Ihr Schicksal nicht überstrapazieren, wo Sie dem Tode doch so knapp entronnen sind … Antworten Sie einfach, wenn Sie Zeit haben.
12:15

Ich tippe so schnell, dass ich sicher bin, Frau Beck hört das Aufschlagen meiner Fingerspitzen. Uh, ich muss mich beeilen, denn sie verabschiedet sich soeben von Frau Scheiloh. Viel Zeit bleibt mir nicht …

Einverstanden!
Ich werde kommen …
Mina
12:16

Noch bevor das Display erlischt, flattert Frederics Antwort herein:

Dann haben wir ein Date.
Ich werde da sein – freu mich!
Frederic
12:16

Ein Date?

Mein Mundwinkel verzieht sich zu einem schiefen Grinsen und gleichzeitig schüttele ich verwirrt den Kopf. So war das aber nicht geplant.

Und doch ist es das erste Mal, das mir bewusst wird – so *richtig* bewusst –, dass mir der Kerl auf dem Rad verdammt gut gefällt.

Bitte anschnallen!
Es wird ein Tag voller Turbulenzen.
Besonnenes Handeln ist jetzt angesagt.
Vertritt deine Position mit Nachdruck,
aber lass dich nicht provozieren.
Und übrigens: Die Sterne der
Liebe leuchten hell auf.

#MissStarlet

Kapitel 5

Manchmal fällt der Apfel eben doch weit vom Stamm

Ich beobachte meinen Finger, wie er sich langsam der Klingel neben der Tür nähert.

Es regnet immer noch.

Schwere Tropfen klatschen mir in den Nacken und ich schlage den Kragen meines Mantels hoch. In diesem Moment verfluche ich mein Organisationstalent, denn mein Regenschirm fühlt sich in meinem Wagen nach wie vor verdammt wohl.

Ich stehe vor der Haustür meiner Mutter und das beinhaltet gleich drei Fakten.

1. Endlich Feierabend. Dem gibt's nichts hinzuzufügen.

2. Endlich Wochenende. Bedeutet: In den Erhol-Modus umschalten, wenn irgendwie möglich beim Malen und Designen Energie tanken und die Seele baumeln lassen.

3. Freitagsbesuch bei meiner Mutter: Es gleicht viel eher einem Pflichtbesuch, der mir nicht selten den letzten Nerv raubt.

Ich klingle dreimal kurz, drücke, ohne auf eine Reaktion zu warten, die Klinke hinunter und trete ein. Auch wenn ich froh bin, dem ungemütlichen Nass entkommen zu sein, kostet es mich doch eine beachtliche Portion Überwindung, herzukommen. Jedes Mal aufs Neue.

Denn seit dieser Sache ist nichts mehr so, wie es mal war. Klar, die Zeiten ändern sich. Unaufhaltsam. Das ist überall das Gleiche und dann hört man solche Sätze wie: »Früher war alles besser!« – und belächelt sie. Aber manchmal liegt zwischen Früher und Heute ein einziger Tag.

Vor jenem Tag war es tatsächlich anders, wesentlich entspannter nämlich. Mehr das Gefühl von *nach Hause kommen*. Mama hat schon immer die Weisheit mit dem Löffel gegessen, nett ausgedrückt. – Ach, was rede ich da! Nicht bloß gegessen und vor allem nicht mit einem Löffel. Es war eine Suppenkelle. Mindestens. Auch war sie seit jeher eine anstrengende Person und ich wage zu behaupten, dass diese Einschätzung nicht nur darauf beruht, dass sie meine Mutter ist. Sie ist sehr anspruchsvoll und ihre hohen Erwartungen sind kaum bis gar nicht zu erreichen. Doch ich habe mich daran schon längst gewöhnt und gelernt, wie ich ihre Zurechtweisungen zwar registriere, aber nur in einem gefilterten Maß aufnehme, sodass ich weiß, um was es geht und worauf die Diskussion hinausläuft. Alles andere lasse ich unverarbeitet an mir abprallen. Das ist das Ergebnis langjähriger Erfahrung. Und Übung.

Trotz allem war meine Mutter immer ein Energiebündel ohnegleichen. Sie strotzte vor unbändiger Lebensfreude, die unglaublich ansteckend wirkte. Mit ihr an meiner Seite wusste ich immer, dass kein Weg zu weit und kein Berg zu hoch war. Nichts schien unmöglich.

Aber seit einigen Wochen ist das alles hinfällig …

Ich betrete die kleine Eingangsdiele, sie begrüßt mich mit Ordnung und Sauberkeit. Von Mama habe ich das Chaos-Gen garantiert nicht geerbt. Manchmal bezweifle ich, ob ich überhaupt irgendwas von ihr geerbt habe. Die dunklen Haare vielleicht und die fast schwarzen Augen, aber das sind bloß Äußerlichkeiten. Die einzig andere Verbindung lag stets in unserer Kaffeesucht, doch selbst die ist nun verloren gegangen.

Als Kind habe ich mir nicht selten vorgestellt, dass es an der Tür klingelt und eine fremde Frau mit tränenüberströmtem Gesicht erklärt, dass ich das Opfer einer tragischen Verwechslung wurde und sie hergekommen ist, um mich mitzunehmen. – Okay, ein bisschen viel Drama vielleicht, vor allem für die Kindertage, aber so bin ich eben. Chaotisch, kreativ, durchaus zuverlässig, nicht auf den Kopf gefallen (Hoffe ich zumindest!), spontan und mit einem gewissen Faible fürs Melodramatische.

»Mama«, rufe ich durch die Diele, während ich mir die Schuhe abstreife.

Kein Licht ist an und auch der einst unfehlbare Geruch von frisch gemahlenen Kaffeebohnen, der in jeder Ritze kauerte, beim kleinsten Windhauch aufwirbelte und die Luft parfümierte, fehlt gänzlich.

Ich vermisse diesen Geruch. Ist er doch ein Geruch, den ich mit der Zeit verknüpfe, in der wir noch eine Familie waren. Mama, Papa und ich.

Mittlerweile hat meine Mutter Mann Nummer drei. Thomas. Er ist ganz nett. – Ja, dieses Wort beschreibt ihn ausgezeichnet.

Was stellt man sich unter einem »netten« Menschen vor? Zuvorkommend und liebevoll, aber nicht aufdringlich. Hilfsbereit und ein guter Zuhörer, aber selbst nur wenig von sich preisgebend – schließlich will man ja nicht taktlos sein. Immer zur Stelle, wenn Not am Mann ist. Immer beherrscht und der jeweiligen Situation angemessen. Dumm nur, dass all das leider auch zum Charakter eines Langweilers passt, eines Langweilers mit dem Gefühlsstatus eines Kühlschranks.

Doch womöglich ist dies auch die einzige Sorte Mann, die neben meiner Mutter bestehen – oder sie aushalten – kann.

»Mama, ich bin's!«

Keine Antwort.

Noch vor wenigen Wochen hätte mich das beunruhigt, wenn nicht sogar in Panik versetzt. Heute nicht mehr. Heute bin ich es gewohnt. Schließlich komme ich etwa dreimal pro Woche vorbei. Deshalb weiß ich, wo ich sie finde.

Seitdem ihr das Schicksal in die Quere kam, sitzt Mama immer auf dem unbequemen alten Holzstuhl, der neben dem Fenster in der Küche steht. Was bedeutet, dass sie mich sowieso hat kommen sehen.

Ich schreite durch den Flur, streiche mit den Fingerspitzen über den rauen Putz und betrete die Küche.

Ich habe mich nicht geirrt.

Mama sitzt reglos auf dem Holzstuhl am Küchentisch, den Blick weiter starr aus dem Fenster gerichtet und die Hände zusammengefaltet in den Schoß gelegt.

Auf den ersten Blick sieht sie aus wie immer. Es ist dieselbe Frau, die mich großgezogen und mit ihrem Perfektionismus schier in den Wahnsinn getrieben hat, die Powerfrau, die jede Haushälterin ins Schwitzen brachte und zwei Männern das Herz brach. Die Frau, die vor Leben nur so sprühte und allen Mädels, die nicht einmal halb so alt waren wie sie, locker davontanzte.

Jetzt hängt ein Gehstock an der Stuhllehne …

Ich seufze. Dann gehe ich auf sie zu, lege meine Hand behutsam auf ihre Schulter und drücke sie. Mir wird einmal mehr bewusst, wie zart und zerbrechlich sie wirkt.

Es ist, als ob sie durch den Schicksalsschlag nicht nur völlig aus dem Leben gerissen wurde, sondern auch das Vertrauen darin verloren hat.

»Hallo, Mama.« Ich küsse ihren grauen Haarschopf und lächele sie aufmunternd an. »Ich koche uns erst einmal einen Tee.«

Mit wenigen Schritten bin ich beim großen Wandschrank neben der Spüle, krame den Wasserkessel heraus, fülle ihn und stelle ihn auf die Herdplatte.

»Wie geht es dir heute?«, frage ich so beiläufig wie möglich, um es als harmlosen Einstieg in unser Gespräch zu tarnen – dabei ist es unser Thema Nummer eins.

Tja, es misslingt mir gründlich.

»Wie soll es mir schon gehen«, mault sie mich an.

Und doch bin ich froh, dass sie wieder sprechen kann, obwohl ihre Mundwinkel die Krankheit noch verraten, wenn man genau hinsieht.

Das alles kam so unerwartet und ich werde diesen Moment nie wieder vergessen, als Thomas in seiner nüchternen und beherrschten Art auf meine Mailbox sprach.

»Deine Mutter ist im Krankenhaus.
Schlaganfall.
Komm vorbei, wenn du das hörst.«

Das war alles.

Eine Nachricht, so erschütternd und schockierend, dass sie sich für immer in mein Innerstes brannte.

Die ersten Tage waren grauenvoll. Ich durchlebte alles wie in Trance. Handelte, reagierte und agierte, so wie man es von mir verlangte, und doch fühlte ich mich, als wären meine Sinne in Watte gepackt und nicht mehr fähig, spontan zu funktionieren.

Es war unklar, ob und inwiefern sich meine Mutter erholt. Gott sei Dank war der Kopf sehr schnell wieder da, nur der Körper spielte nicht mit. Und will auch nach fast zwei Monaten immer noch nicht so, wie es meine Mutter gerne hätte.

»Ich bin an diesen Stuhl gefesselt«, schimpft sie missmutig.

»Das ist nicht wahr«, versuche ich sie zu besänftigen, obwohl ich genau weiß, dass es sinnlos ist. »Es tut dir sogar gut, wenn du dich bewegst. Der Arzt meinte …« Weiter komme ich nicht.

»Was der Arzt meint, interessiert mich nicht«, brummt sie dazwischen.

Gerade wenn sie aufgebracht ist, schleicht sich ein leises Schwanken in ihre Stimme. Für viele ist es nicht auffällig, aber ich höre es – und sie auch. »Ginge es nach seiner Vorhersage, sollte ich schon längst wieder herumhüpfen wie ein junges Rehkitz. Und?!« Endlich schnellt ihr Kopf in meine Richtung und ihre schwarzen Augen blitzen mich vorwurfsvoll an. Nur kurz, dann schaut sie wieder aus dem Fenster. »Ich gehe am Stock, an manchen Tagen bin ich sogar auf den Rollstuhl angewiesen. Wie ein Großmütterchen, dabei bin ich weit davon entfernt, Oma zu sein.«

Ihre Augen streifen mich abermals flüchtig. Zwar dreht sie ihren Kopf nicht, aber ich bemerke den Blick trotzdem, weil er sich im Fenster spiegelt, während ich mich auf einen freien Stuhl setze.

Ich unterdrücke den Seufzer, der in mir hochklettert und entweichen will. Wir wären also bereits bei Thema Nummer zwei: *Das grässliche Leben ohne Enkel.*

Wirklich beeindruckend, wie schnell und galant sie jeweils den Übergang findet, darin ist sie eine wahre Meisterin. Und dennoch … Auch hier hat es keinen Sinn, darauf einzugehen und darüber zu diskutieren. Das artet sowieso nur in Streit aus.

Also sage ich das einzig Mögliche: »Mama, ich will keine Kinder.«

Es ist hart, ich weiß, aber Herrgott noch mal, ich kann doch kein Kind in die Welt setzen, nur weil das die Gesellschaft von mir erwartet. Weil es langsam an der Zeit ist. Oder weil es nett wäre, meine Mutter endlich glücklich zu machen.

Nett … Schon wieder dieses dämliche Wort.

Nett ist eben wirklich die kleine Schwester von *scheiße*. – Verdammt, mir fehlt einfach dieses Ich-liebe-Babys-über-alles-Gen. Keine Ahnung, was bei mir schiefgelaufen ist.

Halte mir einen Welpen unter die Nase und ich schmelze dahin. Das funktioniert auch mit Katzen- und Kaninchenbabys, Fohlen, sogar bei frisch geschlüpften Spinnen (Okay, die Begeisterung hält sich dabei im überschaubaren Rahmen!). Aber, um zum Thema zurückzukommen, bei einem Baby? – Nix. Nada. Niente. Nothing. Rien.

»Du benimmst dich wie ein unreifes Kleinkind.«

Auch das höre ich nicht zum ersten Mal.

»Tut mir leid, dass ich dich enttäusche, Mutter«, gebe ich trocken zurück und bereue es im selben Moment, denn beim Aussprechen des Wortes *Mutter* zucken ihre Augenlider. Sie hasst es, wenn ich sie so nenne, dann bevorzugt sie es noch eher, mit Sybille angesprochen zu werden. *Mutter* geht gar nicht.

»Ich verstehe. Du bist unzufrieden mit deinem schrecklichen Leben und lässt es einmal mehr an deiner wehrlosen *Mutter* aus. Gut, dann sag ich dir mal was, Kleines: Jeder ist seines Glückes Schmied. Also ändere dein Leben. Such dir einen Mann. Einen neuen Job. Seit Jahren jammerst du über Frau Beck, dabei ist sie solch eine liebe und zuvorkommende Person.«

Der Kommentar, dass die Glückes-Schmied-Phrase durchaus auch für sie gelten würde, liegt mir schon auf der Zunge. Aber ich verkneife es mir und versuche stattdessen die Stimmung zu retten – wobei ich auch das Such-dir-einen-Mann-Thema wissentlich ignoriere. Ebenso wie die Tatsache, dass mir dabei für eine Millisekunde Frederic in den Sinn kommt.

»So schlimm ist es auch wieder nicht bei Frau Beck.«

Mama schnaubt. »Mina, du bist doch noch jung. Hast das ganze Leben noch vor dir. Hör auf, vor dich hinzugammeln und zu jammern. Tue etwas!«

»Ich jammere nicht«, verteidige ich mich und weiß im selben Augenblick, dass ich mich jetzt tatsächlich anhöre wie ein trotziges Kind, das seinen Lolli nicht bekommt. Natürlich hat sie recht. Ich möchte nicht bis zum hohen Rentenalter hin im *Couture Beck* »vergammeln«. Wenn ich es mir wünschen könnte, würde ich einen Beruf wählen, bei dem man zeichnet und gestaltet.

Malen, mein Herzenswunsch.

Nur bezahlt einem diese Sehnsucht nicht die Brötchen …

Der Wasserkessel pfeift und ich erhebe mich langsam.

»So?«, fragt meine Mutter und schaut mich das erste Mal richtig an. Der Eindruck, dass sie bloß gelangweilt auf dem Stuhl sitzt und aus dem Fenster starrt, darauf hoffend, ihr altes Leben kommt herbeigeflogen, fällt endlich von ihr ab. Ihre Brauen wandern hoch zum Haaransatz und ihr Mund wird seltsam spitz – eine Mimik, die ich vermisst habe.

»Was war denn letzte Woche, als du dich über die aufgebrummten Zusatzstunden am Samstag geärgert hast?«, bohrt sie weiter, während ich damit beschäftigt bin, das Wasser in zwei Tassen zu gießen. Trotzdem kann ich es nicht verhindern, dass sich bei der Erwähnung der Samstagsschicht meine Finger um den Kessel verkrampfen. »Und über diese Kundin, die angeblich alles und jeden korrigiert? Irre ich mich, oder hat dich das nicht gewaltig geärgert?«

»Ja, klar«, entgegne ich und stelle ihr eine Tasse auf den Tisch. Danach setze ich mich erst hin, bevor ich weiterrede – sonst verschütte ich noch den Tee. »Solche Dinge gehören einfach zum Job. Das ist nun mal so, damit muss man leben.«

»*Man* vielleicht. Aber nicht meine Tochter.« Das klingt beinahe wie ein Kompliment … »Meine Tochter ist nur zu faul, um sich beruflich neu zu orientieren. Womöglich strengt sie sich auch zu wenig an, denn andernfalls hätte Frau Beck ihre Qualitäten gewiss längst honoriert.«

Wie gesagt: *Beinahe* ein Kompliment.

So wie Mama es hasst, wenn ich sie *Mutter* nenne, so wenig kann ich es ausstehen, wenn sie von mir in der dritten Person redet, als wäre ich nicht anwesend. Oder zu dumm, um es zu verstehen.

Ich schweige. Nicht weil mir keine Antwort einfallen will, ganz im Gegenteil. Eher weil all die möglichen Antworten, die mir in den Sinn kommen, viel zu verletzend wären.

»Damals, als du noch mit Marc liiert warst, sah deine Zukunft äußerst vielversprechend aus.« Sie sagt das so beiläufig, dass es nur als Beleidigung aufgefasst werden kann. Ich kenne meine Mutter. – Oh ja, ich kenne sie nur allzu gut.

Mag sein, dass der Schlaganfall ihre Agilität in Mitleidenschaft zog, aber nicht ihren Geist. Der arbeitet nach wie vor auf Hochtouren.

»Was in aller Welt sah denn so vielversprechend aus? Dass ich studiert habe? Dass die Wahrscheinlichkeit einer Heirat in greifbare Nähe gerückt war?«, erhebe ich meine Stimme, eine Charaktereigenschaft, die ich selbst nicht an mir mag. Dafür bewundere ich meine Mutter. Sie wird nie ausfällig und wenn doch, verpackt sie das in ruhige, aber messerscharfe Sätze.

Meine Finger umklammern die Teetasse und die Wärme tut gut.

»Haus bauen, Baum pflanzen, Kinder kriegen – ist das deine Vorstellung von vielversprechenden Zukunftsaussichten, ja?« Das konnte ich mir nicht verkneifen.

Mama stemmt sich mühevoll auf der Stuhllehne ab und greift zum Gehstock. Sie braucht zu viel Kraft, um mir antworten zu können. Augenblicklich bin ich in Alarmbereitschaft, meine Muskeln sind angespannt, um jeden Moment aufzuspringen, wenn es nötig sein sollte.

Aber Mama schafft es auf die Beine. Ihre Schritte wirken trotz Gehstock wackelig und unsicher. Würde sie sich mit der freien Hand, die leider noch nicht ganz funktionsfähig ist, nicht zusätzlich am Fensterbrett abstützen, wäre ich zu ihr hingeeilt.

Mit vorsichtigen und erschreckend steifbeinigen Schritten steuert sie den großen Schrank an.

Es schmerzt mich zu sehen, dass Mama immer noch nicht besser beieinander ist. Nun tut es mir wieder leid, dass ich sie angefahren habe.

»Ich will damit nur sagen …«, beginne ich erneut und werde ein weiteres Mal von ihr unterbrochen:

»… dass du auch ohne Mann klarkommst. Ich weiß, ich weiß«, wirft sie ein und stützt sich krampfhaft am Waschbecken ab. »Ein kleiner Denkanstoß: Klarkommen und glücklich sein, das sind zwei verschiedene Paar Schuhe.«

Großartig. Jetzt sind wir endgültig beim Thema Nummer drei angekommen.

»Ich habe im Moment keinen Bock auf eine Beziehung«, versuche ich es im Keim zu ersticken.

Wieder erwische ich mich dabei, wie ich an den heutigen Nachrichtenaustausch mit Frederic denken muss. Was soll das? Ich kenne den Kerl doch überhaupt nicht.

Rasch schiebe ich den Gedanken und das Kribbeln, das mein Herz belebt, beiseite und bemerke, dass Mama Mühe hat, ihren linken Arm anzuheben, um die Kekse aufzutischen, die sie eben aus dem Schrank geholt hat.

»Lass nur, Mama«, sage ich wesentlich ruhiger und gehe auf sie zu.

Mit zitternder Hand umklammert sie die Kekspackung, lässt erst los, als sie meine Hand auf ihrer spürt. Dabei schafft sie es nicht, mich anzusehen. Ich höre, wie sie heftig schnauft, und weiß sofort, dass sie sich über die unkontrollierbare Körperfunktion ärgert.

»Ich mach das schon.«

Mama zieht scharf die Luft ein und ihre Schultern sacken ab. Als ich zu ihr hinüberschiele, erkenne ich, dass sie die Augen zusammenpresst. Dann sagt sie: »Du willst keine Kinder, willst keinen Mann und bist schon dreiunddreißig. Manchmal frage ich mich, ob du …« Nun schlägt sie die Augen auf und mustert mich mit einem neugierigen Gesichtsausdruck, analysiert meine Reaktion und meine Mimik, während sie sich zurück auf den Stuhl kämpft und fortfährt: »… ob du homophil bist. Nicht, dass ich ein Problem damit habe … Du weißt, eine meiner besten Freundinnen lebt seit vielen Jahren glücklich mit ihrer Lebenspartnerin zusammen. Aber es würde dir bestimmt besser gehen, wenn du dich geoutet hast und zu deiner Neigung stehst.«

Eines muss ich meiner Mutter lassen: Sie ist und war schon immer ein sehr weltoffener Mensch ohne Berührungsängste, weder mit fremden Kulturen noch mit der Modernisierung. Smartphone, Laptop, HD-TV – sie hat alles. Und mit der gleichen Selbstverständlichkeit und Offenheit gegenüber gleichgeschlechtlicher Liebe bin ich aufgewachsen. Ihre Andeutung entlockt mir also nicht mal ein Wimpernzucken.

»Nein Mama, das ist es nicht. Ich habe einfach keine Lust, mich wie eine Verrückte auf die Suche nach dem perfekten Mann zu begeben und dabei völlig zu verzweifeln, weil er nicht existiert. Wem sollte das was bringen, außer vielleicht meinem angestauten Stress-Haushalt oder dem ohnehin schon übersättigten Drama-Modus?«

Mama kennt meine zynische Ader und schenkt meiner Bemerkung nicht die Beachtung, die ich wollte. »Wem das was bringen soll?« Jetzt lacht sie auf – eben in dieser verzweifelten Art, die ich partout vermeiden möchte. »Wie wäre es mit deinem Wohlbefinden? Und deinem Herzen?«

Meine Güte! Mittlerweilen hören sich schlichtweg alle in meinem Umfeld wie ein Abklatsch von *Miss Starlet* an.

»Natürlich«, sage ich ruhig und wiederhole es gleich noch einmal. »Natürlich.« Damit wähle ich eine Antwort, die weder gewertet noch dementiert werden kann, und ich weiß, dass damit die Diskussion beendet ist. Offen gesagt winke ich Mamas esoterisch angehauchtes Geschwafel als völligen Schwachsinn ab.

Denke ich zumindest.

Und doch scheint ein Nachhall dessen, was sie gesagt hat, in meinem Innern haften zu bleiben, und die Frage, die hinter meiner Stirn pocht, wird mich wieder einholen, dessen bin ich mir bewusst.

Warum sticht mich Mamas Aussage mitten ins Herz?

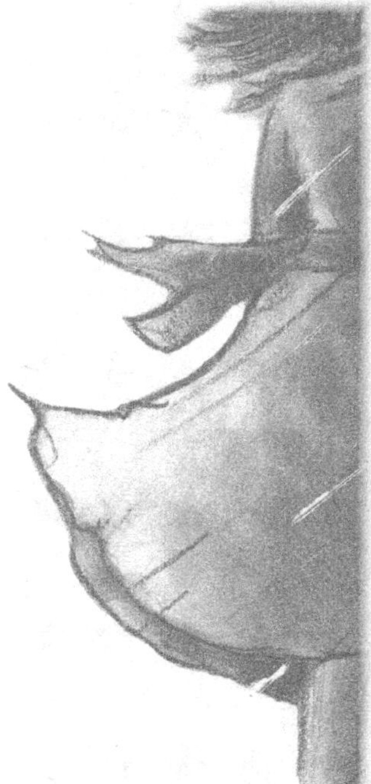

Deiner Fantasie wächst nicht nur ein flauschiges Gefieder,
sondern regelrechte Kreativitäts-Flügel.
Neue Projekte profitieren von der
inspirierenden Sternenkonstellation.
Du kannst in dieser Woche aber auch
beflügelnde Impulse für eine junge Liebe entwickeln.

#MissStarlet

Kapitel 6

Wie man mit einer Absage zu einem Fast-Date kommt ...

Mina, ich muss den morgigen Brunch mit Ihnen leider absagen. Vor wenigen Minuten ist mir eine nicht verschiebbare Verpflichtung dazwischengekommen. Es tut mir sehr leid! Ab Dienstagabend stehe ich Ihnen wieder zur freien Verfügung. Sagen Sie einfach, wann und wo ...
Frederic
19:46

Oh ... Ich starre verwundert auf das Handy in meiner Hand.

Seit einigen Augenblicken liege ich im Bett. Müde. Doch es ist mehr als das. Es geht tiefer. Eine Erschöpfung, die an meiner Energie zehrt und sich offenbar mit meinem chronischen Dauerschlafmangel verbündet hat. Kein Wunder, dass ich gestern verschlafen habe.

Allerdings sehe ich die Nachricht erst einige Stunden später, nachdem Frederic sie abgeschickt hatte, weil ich so lange zu Besuch bei meiner Mutter war.

Samstagabend ist immer der Wochenendeinkauf angesagt. Nicht etwa gemeinsam. Meine Mutter erstellt eine Liste mit den wichtigsten Sachen und ich besorge alles für sie – vorausgesetzt, Thomas ist nicht zugegen. Häufig ist er auf Geschäftsreisen. England, Frankreich, aber auch Indien und sogar China sind an der Tagesordnung. Mama begleitet ihn stets – *begleitete*, Vergangenheitsform, Mina!

Sie liebt es, zu verreisen, neue Länder zu erkunden und sich mit anderen Kulturen zu beschäftigen. Bedeutet für mich das Malen die Welt, ist es für sie – im direkten Sinne – das Reisen. Umso bitterer, dass sie genau diese Erfüllung durch den Schlaganfall – vorübergehend, wie ich hoffe – verloren hat. Könnte ihre Hauseinrichtung sprechen, würden sie ganze fremdländische Enzyklopädien füllen.

Leider ist Thomas diese und nächste Woche nicht hier. Also doppelter Frust für meine Mutter – und für mich, denn sie wollte mich einfach nicht ziehen lassen. Und so ging mein ganzer freier Abend flöten. Da passt doch diese Absage perfekt ins Bild …

Das hört sich jetzt negativer an, als ich es meine. Eigentlich hab ich mich gefreut, dass Mama mich bei sich haben wollte. Es tut so gut zu sehen, dass ihre Lebensgeister allmählich zurückkehren.

Gerade wollte ich rasch meine Nachrichten checken, bevor ich noch ein paar Seiten in der Mädelsabend-Lektüre schmökere und danach ganz brav das Licht ausknipse.

Tja, unter den Nachrichten befand sich – neben Lexys Frage nach einem morgigen Spontantreffen – eben auch diese WhatsApp-Nachricht von Frederic.

Damit hätte ich nicht gerechnet.

Dem Strauß Sonnenblumen, den ich unauffällig an Stefanie vorbeischmuggelte, mit nach Hause nahm und der seither meine Fensterbank schmückt, werfe ich einen mürrischen Blick zu. Ich habe keinen Plan, was ich darauf antworten soll. Ist es nicht offensichtlich, dass Frederic mir damit einen höflich verpackten Korb verpasst hat?

In meinem Kopf kristallisieren sich zwei mögliche Antworten heraus. Ich schwanke zwischen:

1. Leider bin ich die kommenden Tage, Wochen und gar Monate komplett ausgebucht.

Oder …

2. Kein Problem, schmeißen Sie bei Gelegenheit einfach die Schlüssel in den Briefkasten.

Unschlüssig tippe ich die ersten Wörter, lösche sie wieder und lege entnervt das Handy auf die schmale Ablage hinter meinem Bett, nur um keine zehn Sekunden später wieder danach zu greifen.

Mit einem tiefen Seufzer entsperre ich den Bildschirm und bin überrascht.

Sagte ich schon, dass es mir leid tut?
Tut es!
Frederic
23:01

Gegen meinen Willen verziehen sich meine Mundwinkel zu einem Lächeln. Ein guter Menschenkenner könnte es glatt als ein Ich-nehme-die-Entschuldigung-an-Lächeln kategorisieren und genau deswegen schreibe ich weder Mögliche-Antwort-Nummer-eins noch Mögliche-Antwort-Nummer-zwei in das Chat-Fenster.

Was sagen Sie?
Verzeihung, Ihre letzte Botschaft ist so schwer zu entschlüsseln, dass sie irgendwie noch nicht zu hundert Prozent hier angekommen ist.
Können Sie diese Worte vielleicht noch ein bis hundert Mal wiederholen?
Mina, die gerade ziemlich blind, meschugge und dazu auch sehr gefühlsresistent ist. – schuld daran ist wie immer meine Mutter.
23:03

Immer noch ein Schmunzeln auf den Lippen, nähert sich mein Finger dem Senden-Button. (Unglaublich, wie schnell die bittere Enttäuschung verraucht ist?!)

Mit Freude stelle ich fest, dass Frederic nur auf meine Antwort zu warten schien, denn er schreibt bereits zurück:

Es tut mir leid …
Es tut mir leid …
Es tut mir leid.
23:05

Mehr steht da nicht, aber er schreibt weiter:

Es tut mir leid …
23:06

Ich kann nichts dagegen tun, meine Mundwinkel verziehen sich noch ein bisschen mehr.

Es tut mir leid …
PS: Stoppen Sie mich ruhig, wenn die Botschaft sesshaft geworden ist.
23:06

Die Versuchung, Frederic das wirklich an die hundert Mal schreiben zu lassen, ist groß – das gebe ich ehrlich zu.

Es tut mir leid …
23:07

Was, wenn er wirklich die Wahrheit sagt?

Vielleicht hat er diese Absage gar nicht selbst zu verschulden, so wie ich jeweils nichts gegen die mir aufgebrummte Samstagsschicht tun kann. Hm …

Es tut mir leid …
PS: Mina, Mina … Sie sind wirklich gefühlsresistent …
23:08

Ich muss unwillkürlich kichern, während ich mich im Bett aufrichte. Das Kopfkissen wird zur Rückenstütze umfunktioniert, um eine halbwegs bequeme Sitzposition zu erschaffen. Dann dauert es auf einmal unendlich lange, bis die nächste Entschuldigung eintrudelt. Als sie ankommt, sehe ich auch, weshalb. Seine Berufskrankheit hat wieder zugeschlagen …

Es tut mir leid …
PS: Sind Sie sich dessen bewusst, dass ich noch nie zuvor bei einem Menschen so oft um Verzeihung gebeten habe, wie bei Ihnen? Dabei kennen wir uns kaum. Ich bitte Sie, das zu honorieren.
PPS: Noch etwas … Nur um Sie daran zu erinnern: Schon bei unserer allerersten – eher etwas unschönen – Begegnung bat ich um Entschuldigung. Eine Entschuldigung, die Sie bis heute als nicht angenommen im leeren Raum schweben lassen!
23:10

»Ups!«, entweicht es mir. Es gilt dem PPS.

Das Argument ist überzeugend, und noch während ich zu tippen beginne, flattert die nächste Entschuldigung rein:

Es tut mir leid …
Es tut mir leid …
Es tut mir leid …
PS: Wir sind nun bei Nummer 13 ;)
23:11

Ich überfliege die Zeilen flüchtig – Dreizehn? Hey, meine Lieblingszahl! – und tippe unbeirrt meinen Text zu Ende.

Wow! Frederic, Sie haben es tatsächlich geschafft und meine Gefühlsresistenz durchbrochen. Das hat bisher noch kein Mensch – ähm, ich korrigiere, noch kein männliches Wesen geschafft.
Herzlichen Glückwunsch!
Und auch wenn Sie sich davon nichts sündhaft Teures kaufen können, so wird Ihnen für immer dieser Ruhm zuteilwerden.
23:13

Kaum abgeschickt, erhalte ich schon eine Reaktion darauf. – Der Kerl ist echt schnell!

Ich gehe in die Geschichte ein. ☺
23:13

Schon wieder lache ich laut auf. Wenn jemand mich sehen könnte: Er würde mich garantiert für verrückt erklären.

Als der Mann, der Minas Gefühls-Resistenz-Barriere heldenhaft durchbrochen hat.
23:16

Ich halte es kaum für möglich, aber ich würde behaupten, dass ich mit Frederic flirte.

Wow, ein Held noch dazu …
Sie sollten mein Lächeln sehen!
23:17

Darauf gibt es nur eine Antwort!

Selfie!
23:17

Nichts passiert.

Frederic liest die Nachricht nicht einmal.

War meine Direktheit zu dreist?

Es dauert einen weiteren Augenblick, ehe mir klar wird, dass ich nur zu gerne wissen möchte, wie er aussieht, wenn er wegen mir lächeln muss – oder überhaupt, wie er aussieht, ohne Fahrrad und Cap!

Immer noch keine Reaktion.

Ich nutze die Gelegenheit, um Lexy für das morgige Spontantreffen zuzusagen. Dann klicke ich abermals Frederics Profil an. Das Bild ist immer noch dasselbe, aber etwas anderes sticht mir ins Auge:

Status: Ich wünschte, es wäre gestern und ich hätte den Verstand von heute!

Der Status wurde gestern aktualisiert.

Für zwei, vielleicht auch drei Herzschläge beginnt mein Bauch zu schweben und flattert hoch zu meinem Herzen.

Bevor ich es fassen kann, werde ich von dem aufploppenden WhatsApp-Icon unterbrochen.

In derselben Sekunde folgt ein Foto.

Frederic sieht nicht so aus, wie ich ihn in Erinnerung hatte. Und so leid es mir tut: Sein optisches Erscheinungsbild erfüllt meine Erwartungen nicht. – Nein. Es übertrifft sie bei Weitem …

Frederic

Musste erst zum Realitäts-Check!
PS: Sie wissen doch hoffentlich, was das für Sie bedeutet?
23:23

Mina!, ermahne ich mich selbst. *Wenn die Frau auf dem Profilbild seine bessere Hälfte ist, dann hör auf der Stelle damit auf, solche Emotionen wie Kribbeln im Bauch zuzulassen.*

Noch einmal huscht mein Blick über sein Foto.

Seine hellen Augen stehen im Kontrast zu seinem Dreitagebart und den markanten Wangenknochen, doch der geschwungene Mund und die leichten Wellen in den Haaren runden das Gesamtbild auf eine unvergleichliche Art ab. Der Kerl hat etwas Atemberaubendes und Faszinierendes zugleich.

Ja, er gefällt mir. Er gefällt mir verdammt gut!

Und … Realitäts-Check bestanden?
PS: Warte auf Revanche …
23:27

Revanche? Natürlich ist mir klar, was er damit sagen will, aber ich zögere.

Der kurze Kontrollblick in den Spiegel bestätigt meine Befürchtung. Es würde mich nicht verwundern, wenn Kinder schreiend die Flucht ergreifen, weil sie Angst vor der Zombie-Frau haben, die sich ihnen zeigt.

Tja, der Schlafmangel macht sich eben nicht nur geistig bemerkbar; auch das Zombie-Face ist die Quittung dafür. Meine Augenringe sind viel zu tief und viel zu dunkel, die Haut wirkt unnatürlich blass und selbst die Lippen scheinen von einem milchigen Schleier überzogen.

Aber eigentlich finde ich mich so in Ordnung, wie ich bin. Klar dürften die Hüften etwas schmaler sein, der Busen etwas üppiger und die Beine ein paar Zentimeter länger … Aber mal ehrlich: Wo wären wir denn, wenn jede Frau gleich aussähe?

Noch einmal lese ich die letzten Zeilen, da flattern drei weitere PS' hinterher.

Keine Ahnung, woran das liegt. Ich bin ja nicht wirklich ein Mensch, der wahnsinnig gerne und viel schreibt. Aber bei den Nachrichten an Frederic kommen mir immer tausend PS' und PPS' in den Sinn … Es beruhigt mich ungemein, dass es ihm anscheinend nicht anders ergeht.

PPS: Nicht, dass mir Ihr gestresstes und dem Tod geweihtes Gesicht je entfallen würde.
PPPS: Ebenso wenig das weiße Kleid, das Sie mit Ihrem Leben verteidigt haben.
PPPPS: Verdammte Scheiße! – Wollen Sie etwa heiraten?
23:29

Haha! Das letzte PS ist der Brüller!

Ich komme gar nicht dazu, darauf zu reagieren, die nächste Nachricht kommt herein:

Sie sind doch nicht etwa eine kleine …?
Stellen Sie sich hier bitte das Bild einer ganz bestimmten Frucht vor, die Ähnlichkeit mit einem Herzen hat, und dazu ein Tier, welches ziemlich pink daherkommt.
23:31

Ich bin perplex. Was will er mir damit mitteilen? Eine herzförmige Frucht – Vielleicht eine Erdbeere? Eine Kirsche? Oder eine Feige? Und mit dem Tier spielt er ganz eindeutig auf ein Schweinchen an …

Ein versautes Früchtchen? Eine *fruchtige Sau?*

Bitte um Erklärung, beginne ich zu tippen, als es mir wie Schuppen von den Augen fällt.

Boah! Wer ist da dreist? Aber ich möchte nur ungern den Ruf einer *feigen Sau* aufgehalst bekommen. Solche Dinge wird man nur ganz schwer wieder los.

Und dann tue ich es. (Scheiß auf den Zombie-Look!)

Nina

Tja sorry! Feige sind allerhöchstens die Punkte auf meinem Shirt …
PS: Realitäts-Check bestanden. ;)
PPS: Zu Ihrer Verdammte-Scheiße-Information: Nein, so was wie Heiraten, Haus bauen und Kinder kriegen sagen mir die holden Sterne nicht voraus.
23:37

Merkwürdigerweise bin ich unglaublich nervös …

Was soll das Getue? Ich bin weder ein hormonell gesteuerter Teenie noch eine oberflächliche Tussi.

Also reiße dich gefälligst zusammen, Mina, und benimm dich auch dementsprechend!

Aber sag der Nervosität mal, sie soll von dannen ziehen … Und dann, mit nur einem Wort, löst sich die Nervosität in Luft auf – einfach so.

Dito!
23:38

Trotzdem – oder gerade deswegen – weiß ich nicht mehr, was ich darauf antworten soll. Sanft lächelnd betrachte ich mein Smartphone, bis das Display schließlich erlischt.

Ich kuschle mich mit einem zufriedenen Seufzer unter die Bettdecke. Eine wohlige Wärme umgibt mich und kurz bevor mir die Augen zufallen, weiß ich, was ich Frederic noch schreiben möchte.

Ich verabschiede mich für heute …
Hat Spaß gemacht, mit Ihnen zu »plaudern«, das nächste Mal dann im Real-Life.
Gute Nacht wünscht Ihnen,
Mina
23:46

Genau in diesem Augenblick, als ich meine Verabschiedung abschicke, flattert eine Antwort von Frederic rein.

Tja, zwei Dumme – ein Gedanke.

Danke für die unterhaltsame Nachtlektüre. Einmal mehr haben Sie mir den Tag versüßt.
Nicht vergessen: Ich warte auf Ihren Wunschtermin.
Gute Nacht!
Frederic
PS: Sie glauben allen Ernstes an die Deutung von Sternen?
PPS: Das war doch ein richtig schönes erstes Fast-Date, Couture-Beck-Girl!
23:46

Dieser Tag ist wie geschaffen für berufliches Networking
oder aber ein Treffen mit Freunden,
denn die Sterne der Kommunikation leuchten
heute besonders hell.
In der Liebe bleiben jedoch einige Fragen offen
und lassen sich auch nicht so schnell beantworten.

#MissStarlet

Kapitel 7

Regen-Kaffee schmeckt doch am besten

Neun Uhr einundfünfzig.

Es ist allerhöchste Eisenbahn, möchte ich rechtzeitig zu Lexys Spontantreffen kommen. Kaffee, Croissants und Quatschen: Was will man mehr? – Hm, vielleicht endlich mal wieder Sonnenschein?

Ja, ein Treffen … Das mit Frederic wäre um die gleiche Uhrzeit gewesen …

Na und?, schalt ich mich sofort. *Freue dich doch auf die Verabredung mit deiner BESTEN FREUNDIN, zu der du jetzt ZU SPÄT kommst!* Zumindest prophezeit mir das mein Zusatzhirn – auch bekannt als Handy –, denn es ist jeden Moment zehn Uhr.

»Scheibenkleister!«

Schnell stülpe ich mir das Shirt über den Kopf, ziehe mir die Jeans erst über das eine Bein, dann hüpfe ich ins zweite, nur um beinahe das Gleichgewicht zu verlieren. Ich hetze weiter ins Bad, kämme mir ruppig die Haare und verpasse meinem Gesicht ein dezentes und sommerliches Make-up. Jetzt nur noch in die Ballerinas schlüpfen und fertig bin ich. *Fast fertig.* Denn diesmal möchte ich vorbereitet sein, wenn ich aus dem Haus gehe.

Mit Trenchcoat und Regenschirm bewaffnet verlasse ich um eine Minute vor zehn die Wohnung und ahne bereits, dass ich unmöglich pünktlich ankommen werde. Dafür war meine Ausrüstung goldrichtig. Es schüttet wie aus Eimern. Hatte ich schon erwähnt, dass wir eigentlich SOMMER haben?

Glücklicherweise ist es bis zum Café *Kaffeeklappe* nicht weit – wenn man Zeit hat. Kann die verfluchte Uhr nicht etwas langsamer laufen?

Ich hetze die Straße hinunter und steuere die große Kreuzung an. Sobald ich näher komme, springt die Ampel auf Rot. Es ist wie verhext!

In einiger Entfernung mache ich das Café aus.

Ob Lexy schon auf mich wartet?

Ich kneife die Augen zusammen, der Regen klatscht so heftig zu Boden, ich kann kaum etwas erkennen. Doch wenn mich nicht alles täuscht, steht niemand draußen, was bei diesem Kackwetter nicht weiter verwunderlich ist.

Hastig werfe ich einen Blick aufs Handy: Ich bin bereits sieben Minuten zu spät. Mist!

Vielleicht ist sie schon wieder weg? – Nein, sie kennt mich ja …

Ich hätte das Treffen besser um eine Stunde nach hinten verschoben. Sonntagfrüh komme ich meist so schlecht in die Puschen. Hätte mir das nicht klar sein müssen?

Ich bin so in Gedanken versunken, dass ich das grüne Licht der Fußgängerampel erst registriere, als eine alte Dame links an mir vorbeizieht. Im Laufschritt schlage ich den Kragen meines Mantels hoch, umklammere den Griff meines Schirms noch ein wenig fester, weiche einer riesigen Pfütze aus und bahne mir die letzten Meter durch Regen und Wind.

Gut, dass ich mir das Haare frisieren gespart habe! Nun komme ich eben mit einer hippen Bad-Hair-Day-Frisur und dem dazu passenden Zombie-Look im Café an. *Whatever!*

Hauptsache, ich bin nun da.

Eigentlich könnte ich reingehen, aber der Treffpunkt ist stets vor dem Eingang. Trotzdem werfe ich einen hastigen Blick durch die beschlagenen Fensterscheiben des Cafés. Von Lexy ist auch drinnen nichts zu sehen – mehr als untypisch für meine Freundin mit Zweitnamen »Pünktlichkeit in Person«.

Und wie ich so wartend vor dem Café stehe und mein Blick die Straße rauf und runter wandert, wird mir klar, dass an diesem Szenario etwas nicht stimmt. Sonst ist Lexy immer diejenige, die bereits an Ort und Stelle auf mich wartet, und ich habe den Part, total abgehetzt und verschwitzt aufzukreuzen. Jetzt scheine ich ihre Funktion mit übernehmen zu wollen.

Zum x-ten Mal drücke ich einen Knopf meines Smartphones. Keine Nachricht, aber das Display zeigt zehn Uhr vierzehn.

Ein Windstoß kommt auf und zerrt hartnäckig an meinem Regenschirm. In der Nacht hat es sich merklich abgekühlt.

Fröstelnd schaue ich mich um. Das Wetter spielt verrückt, und wenn ich nicht wüsste, dass wir Anfang Juli hätten, würde ich behaupten, wir stecken in einer Zeitschleife im Monat April fest. Brrrrrr! Einfach grauenvoll und ekelhaft kalt!

Um mir die Wartezeit zu vertreiben, stöpsle ich mir meine Kopfhörer in die Ohren und schalte meine Playlist an. Während die Musik erklingt, flackert die Erinnerung an Frederics Gesicht in mir auf. Ich lächle versonnen, und auch wenn ich es nicht zugeben möchte, so fühle ich es trotzdem: das leise Kribbeln in meinem Bauch. Und genau darüber möchte ich mit Lexy reden.

Ich friere immer mehr.

Mit schlotternden Händen ziehe ich die Ärmel meines Shirts über die Fingerspitzen, um sie ein bisschen vor der nassen Kälte zu schützen, und umklammere wieder den Regenschirm.

Aber das Kribbeln bleibt, vermischt sich mit der Erinnerung, meinem Lächeln und schleicht sich klammheimlich in mein Herz.

Lexy ist immer noch nicht da. Wo bleibt sie nur?

Ich wechsele die Hand am Regenschirm und ziehe erneut das Handy aus der Hosentasche, um nun kurz bei ihr durchzuklingeln, als mich plötzlich jemand von hinten an der Schulter packt.

»Uah!«, schreie ich auf und schrecke zurück.

Der Duft von Kaffee strömt mir in die Nase.

Es ist Lexy – wer sonst.

»Hey, was stehst du bei dem Hundewetter denn hier draußen? Wir warten drinnen.«

»*Wir?*«, frage ich und verstehe im selben Atemzug. »Ist Pascal zurück?« Deswegen habe ich Lexy nicht entdeckt. Weil sie zu zweit am Tisch saßen, muss ich sie schlichtweg übersehen haben. Doch warum klingt meine Stimme enttäuscht?

Lexy kapiert es, bevor ich dahinterkomme.

»Du kannst auch vor ihm über alles reden«, liest sie meine Gedanken, nachdem sie mich mit den obligatorischen Wangenküsschen begrüßt hat. »Und komm jetzt endlich, es ist verflucht ungemütlich hier draußen«, bestimmt sie und schiebt mich ins Innere des Cafés.

Ich kann gerade noch den Schirm zusammenklappen, ohne dass er sich mit der Eingangstür kabbelt.

Das Café *Kaffeeklappe* liegt nicht nur in der Nähe meiner Wohnung, sondern kann es auch mit den etablierten Szenecafés aufnehmen. Ein kleines, uriges Stübchen, das alles bietet, was das Herz begehrt. Der liebevoll gestaltete Innenraum mit dem alten Zaun und einem Kunstwerk aus Moos wirkt unglaublich einladend und selbst die Wochenkarte liest sich so wunderbar, dass der Magen vor Appetit rumort.

So verwundert es nicht, dass das Café vor buntem Treiben bebt. Musik rieselt aus den Lautsprechern, vermischt sich mit Gesprächsfetzen, Gelächter und der Feuchtigkeit des Regens, die wie Nebel in der Luft über den Köpfen der Gäste schwebt und die Fensterscheiben anhaucht. So gut wie jeder Tisch ist besetzt.

Lexy fasst mich an der Hand und schlängelt uns beide zielstrebig in die hintere Ecke zu einem kleinen Holztisch am Fenster durch. Ich schiele an ihr vorbei und entdecke den dunkelhaarigen Mann, dessen Mund sich zu einem Grinsen verzieht.

Es gilt nicht mir.

Pascal. *Ihr* Pascal.

Wie es scheint, hat er in der Zwischenzeit erfolgreich das Territorium verteidigt.

»Hey, Pascal«, begrüße ich ihn – der nur Augen für meine Freundin hat. Ich seufze. Zwar ist es zum Teil ein neidisches, aber in erster Linie ein glückseliges Seufzen, weil ich mich ehrlich für Lexy freue und hoffe, diese Verliebtheit hält bis ans Ende ihrer Tage an.

Nun löst er seinen verträumten Blick doch noch von ihr, während sie sich an seine Seite kuschelt und ich geräuschvoll den Stuhl nach hinten ziehe. »Hallo, Mina, alles klar?«, fragt er.

»Alles bestens«, lächle ich. »Auch wieder mal in der Stadt?«

»Wurde höchste Zeit«, antwortet Pascal und haucht Lexy einen zärtlichen Kuss auf die Wange. Häufig ist Pascal nur am Wochenende in Hamburg, die Woche über ist er als IT-Spezialist in ganz Deutschland unterwegs.

Aber hach, die beiden sind so verliebt. Ich komme nicht gegen das Gefühl an, dass ich hier ein bisschen fehl am Platz bin.

»Ich besorg uns erst einmal ein ordentliches Frühstück«, sagt Pascal überraschenderweise.

Nun bin ich verwirrt. Eigentlich kommt eine Bedienung an den Tisch, um die Bestellung aufzunehmen. Weiß Pascal das nicht?

Ich will meine Verwunderung eben laut aussprechen, als sich sein Lächeln in ein breites Grinsen verwandelt. »So habt ihr zwei Hübschen ein paar Minuten für euch allein.«

»Ach Lexy, der Mann ist zu gut für diese Welt«, grinse ich zurück. Ich bin wirklich froh, wenn ich ihr in wenigen Sätzen von meinem Fast-Date berichten kann.

Sobald Pascal außer Hörweite ist, hole ich tief Luft und beuge mich etwas tiefer über die Tischplatte. »Ich muss dir unbedingt was erzählen«, beginne ich und höre, dass Lexy zur selben Zeit auch etwas gesagt hat, nur habe ich nicht einmal die Hälfte davon verstanden.

»Was?«, machen wir simultan und brechen in Gelächter aus.

»Du zuerst«, sage ich schnell und ziehe mich wieder zurück.

»Ich muss dich nur etwas fragen«, winkt Lexy ab. »Erzähl du ruhig, was du loswerden möchtest.«

Ich lehne mich in meinem Stuhl zurück. Das alte Holz knarzt verdächtig laut. Und plötzlich kommt es mir so vor, als lausche jeder Gast interessiert, was ich zu berichten habe. Auf jeden Fall die zwei alten Damen zu meiner Rechten.

Ich straffe die Schultern und atme tief durch. Auch wenn es mir nicht gefällt, unter Beobachtung zu stehen, so gibt es mir dennoch einen (genervten) Energieschub und das Gefühl, meine Erschöpfung im Griff zu haben. Gleichzeitig scheint der Tisch zwischen Lexy und mir eine Grenze zu bilden. Eine Grenze der Gegensätze. Wie zwei Welten, die sich nicht vereinen lassen. Verträumte Zweisamkeit prallt auf das überforderte Gefühlsleben einer Singlefrau. Und wenn ich nach links schaue, trifft mein Blick auf zwei alte und äußerst neugierige Jungfern. Das alles vermischt sich mit dem Duft des Sommerregens auf nassem Asphalt und mit dem Duft von gerösteten Kaffeebohnen und frisch gebackenen Brötchen. Eigentlich eine schöne Mischung!

»Also, dann schieß mal los. Was hast du auf dem Herzen?«, will Lexy wissen.

»Ich … ähm … Es ist so …« Verunsichert schaue ich meine Freundin an. Ich möchte ihr von Frederic erzählen. Davon, wie alles begann. Von dem Blumenstrauß, dem verlorenen Schlüsselbund, dem geplanten Treffen und unserem Nachrichtenaustausch gestern Nacht. Aber ich war noch nie besonders gut darin, mein Herz auszuschütten. Und plötzlich habe ich Angst, dass der Zauber, der sich unsichtbar und magisch über all das mit Frederic und mir gelegt hat, verschwindet, wenn ich es jemandem erzähle. Als könnte ich dadurch etwas kaputt machen, was noch zart und zerbrechlich ist. Zudem habe ich keine Ahnung, wo ich anfangen soll …

Lexy muss mir meine Unsicherheit anmerken, denn sie fügt noch an: »Oder hat es mit mir zu tun?«

Warum klingt ihre Stimme auf einmal so belegt?

»Mit dir?« Ich schüttele entschlossen den Kopf.

»Dann kann es sich nur noch um eine Herzensangelegenheit handeln«, diagnostiziert die Psychologin in ihr. – Oh ja, sie weiß haargenau, das mir diese Kategorie besonders schwerfällt.

Ich spüre ihre Hand auf meiner und wie sie diese sanft drückt. »Immer raus damit, es wird bestimmt nicht wehtun.«

Ich gluckse – reine Verlegenheit. »Ja, es geht um einen Kerl. Genauer gesagt um den Kerl, der mir neulich vor die Füße fiel …«

Ihr Mund verzieht sich. Es ist kein Grinsen, viel eher wirkt es bemitleidend. »Willst du mir jetzt weismachen, dass du wegen dieses Kerls tatsächlich deinen Job verloren hast?«

Kurz halte ich in der Bewegung inne. Dieser unverdauliche Katastrophen-Kleid-Klumpen im Magen scheint immer größer und schwerer zu werden. »Das steht noch in den Sternen«, gebe ich mich verhalten, weil ich das Thema lieber verdrängen möchte – zumindest bis zum nächsten Morgen. »Aber darum geht es nicht.«

»Ha! Es geht tatsächlich um den Kerl?«

Kurz senke ich den Blick und fahre mit meinen Fingern über die hölzerne Tischplatte, die etliche Kerben und eingedrückte Stellen aufweist. Es wird Zeit, mit jemandem zu reden. Tief in meinem Innern spüre ich das Bedürfnis danach, ja geradezu die Notwendigkeit. Vermutlich ist es das, was *Miss Starlet* als »Bauchgefühl« bezeichnen würde.

»Irgendwie schon.« Entnervt über meine eigene Unsicherheit, hebe ich den Kopf und blicke Lexy eindringlich an. »Es ist so viel Verrücktes passiert.«

»Etwa noch verrückter als die üblichen chaotischen Zwischenfälle, die tagein, tagaus auf dich warten?«, bohrt meine Freundin nach.

»Exakt das meine ich.«

»Ich bin ganz Ohr.« Lexys Lächeln tut gut. Es ist nicht nur das professionelle Lächeln einer Psychologin, sondern wirkt vor allem vertrauenerweckend.

»Okay …«, beginne ich – und stocke abermals. Meine Fingerkuppen trommeln unruhig auf dem Rand des Tisches herum. Was hält mich davon ab, ihr alles zu erzählen?

Wieder steigen Erinnerungsfetzen wie Nebelschwaden in mir hoch. Frederics Gesicht, sein Lächeln, seine Nachrichten …

Eigentlich zählt nur diese eine Frage: Vertraue ich Lexy etwa nicht? Lexy, meiner besten Freundin?

»Mina?« Ihre Stimme hat sich verändert. Sie wirkt zaghaft und vorsichtig. »Du musst es mir nicht erzählen, wenn du nicht …«

Wieder schüttele ich energisch den Kopf, nehme all meinen Mut zusammen, atme tief durch – der Duft von frisch gemahlenen Kaffeebohnen tut echt gut – und rede endlich drauflos:

»Als ich vorgestern ins *Couture Beck* kam, stand ein großer Blumenstrauß mit einer Karte auf dem Tresen.«

»Sag nur, der war für dich?«

»So ist es. Denn ich Schussel hab dummerweise meinen Schlüsselbund verloren, als der Kerl in mich reingedonnert ist. Deswegen wollte er sich mit mir treffen, um ihn mir zurückzugeben.«

»Uuuh!«, kreischt Lexy, während sich ihre Finger voller Eifer in meinen Unterarm krallen. »Unglaublich, dass du darüber bisher noch kein Wort verloren hast! Und wie war euer Treffen?«

»Es war nichts.« Ich reibe mir die Stirn und seufze schwer.

»War es eine Katastrophe?«

»Nein, nein, er hat gestern abgesagt. Aber aus der Absage wurde ein ständiges Hin-und-her-Schreiben. Und was soll ich sagen? ... Ähm ... Wir haben geflirtet.«

»*Geflirtet?*« Lexys Stimme überschlägt sich vor lauter Anspannung. »Ich werd verrückt! Erzähl mir mehr!«

»Eigentlich war ich mir sicher, dass alles nur auf ein belangloses Treffen hinausläuft, wegen der Schlüssel und so. Schließlich ist auf seinem Profilbild eine Frau abgebildet und er ist bestimmt in festen Händen. Trotzdem hat er die eine oder andere Bemerkung fallen lassen. Anfangs haben wir nur ganz normal geschrieben. Wegen der Absage und dass es ihm leidtut. Dann haben wir uns Selfies geschickt und es war ganz witzig. Zuerst war ich genervt, denn ich brauche ja irgendwann meine Schlüssel wieder, aber ich habe nicht im Traum daran gedacht, dass seine Nachricht mehr zu bedeuten hat – bis er schrieb, dass es ein tolles ›Fast-Date‹ gewesen sei, und dass ich ihm schon zum zweiten Mal den Tag versüßt habe.«

»Aha, also doch ein Date?«

»Es war eben nur ein *Fast-Date*«, korrigiere ich Lexy.

»Was verstehst du unter einem *Fast-Date?*«

»Tja, das musst du wohl ihn fragen, denn ich habe keinen Plan«, gestehe ich und verziehe meinen Mund. »Aber die Sache geht noch weiter: Ich darf jetzt meinen Wunschtermin für ein Treffen angeben und er nennt mich immer *Couture-Beck-Girl.*«

»Hach, so romantisch. Wie bei Emmi und Leo«, lächelt Lexy und ihr Gesicht bekommt jenen verträumten Ausdruck, den sie immer hat, wenn Pascal bei ihr ist. »Das hat etwas von einer kitschigen Lovestory.« Nach einer Atempause hängt sie noch an: »Natürlich nur, wenn die ganze Geschichte mit dem Kleid und deinem Job nicht wäre. Aber was ist das Leben ohne ein bisschen Drama.«

»Auf dieses Drama könnte ich liebend gern verzichten.«

Lexys Gedanken gehen bereits wieder in die andere Richtung. »Stell dir nur vor, das ist deine große und wahre Liebe?«, seufzt sie, wobei sie das Wort »Liebe« unendlich in die Länge zieht.

»Ach Blödsinn! Ich kenne ihn doch gar nicht.«

Noch während ich das sage, flimmern sein Lächeln und seine hellblauen Augen in mir auf.

So hell wie Aquarellfarben, denke ich seufzend.

Unglaublich! Ich kann sie so deutlich sehen, als würde er vor mir stehen.

»Und wenn doch?« Lexy mustert mich prüfend und intensiv, und ich weiß, sie versucht jedes noch so kleine Mimikfältchen an mir zu deuten …

Klar, da ist dieses ominöse Bauchkribbeln – dem sich die Frau auf seinem Profilbild entgegenstellt.

Entschieden verneint mein Kopf und ich sage mit zusammengekniffenem Mund: »Auch wenn es sich durchaus romantisch anhört: Du liegst definitiv falsch!«

»Vielleicht«, räumt Lexy ein. »Aber gib wenigstens zu, dass du mit dem Gedanken auch schon gespielt hast.«

Ich stöhne. »Frag mich was Leichteres. Ich weiß momentan überhaupt nicht, was mit mir los ist. Was ist das nur, dass er mit mir anstellt?« Ein leises Klirren vom Nachbartisch dringt in mein Bewusstsein und durchbricht für einen Moment mein Gefühlschaos.

»Ganz ehrlich?« Lexys legt ihren Kopf schief und kräuselt die Stirn, dann schaut sie auf und mir direkt in die Augen.

Ich zwinge mich, ihrem Blick standzuhalten. Natürlich ist mir klar, was meine Freundin mir sagen möchte. *Es ist Liebe* – oder sonst irgendein schnulziger Blödsinn.

»Ach Lexy, ich kenne ihn doch gar nicht. Ich bin mir gerade nur sicher, dass ich nicht will, dass irgendwer – außer dir – von dieser Sache erfährt. Also auch Sue, Kathrin und Sabrina nicht, verstanden?«

»Ich hülle mich in Schweigen«, schmunzelt Lexy und zieht mit einer affektierten Geste einen unsichtbaren Reißverschluss von links nach rechts über ihren Mund. Er hält wohl auch ihre ehrliche Vermutung in Sachen Liebesprophezeiungen in Schach.

Jetzt muss ich grinsen. »Danke.«

»Für dich jederzeit, Picassa«, sagt sie und zwinkert mir zu. Dann wandert ihr Blick in die Ferne und ich ahne, dass Pascal im Anmarsch ist.

»Was wolltest *du* mich eigentlich fragen?«, erinnere ich mich an ihr Anliegen.

»Ach, es geht um den Mittwochabend«, sagt sie. »Hast du vielleicht schon was vor?«

Eigentlich dachte ich, ich schlage Frederic den Mittwochabend als meinen Wunschtermin vor, denn der Dienstag geht leider nicht, weil dessen Abendstunden schon meiner Mutter gehören. Aber andererseits will ich auch hören, was Lexy mir zu bieten hat. »Nichts Konkretes, was gibt's denn?«, entgegne ich daher.

Lexy streift sich ihre Locken aus der Stirn. »Eine meiner Patientinnen ist umgezogen und gibt eine pompöse Einweihungsparty, bei der ich nicht fehlen darf. Hättest du nicht Lust, mich dahin zu begleiten? Es schickt sich nicht, allein dort aufzukreuzen, und da Pascal wieder unterwegs ist ...« Sie zuckt unbestimmt mit den Schultern.

»... hast du an mich gedacht?«, ergänze ich ihren Satz und gebe ihr hastig meine Zustimmung, als Pascals Schatten auf den Tisch fällt. »Ich bin zu allen Schandtaten bereit.«

»Schandtaten?«, schnappt Pascal die letzten Worte auf. »Was habe ich verpasst?«

»Nichts«, beantworten Lexy und ich seine Frage wie aus einem Mund und dadurch wirkt es erst recht, als haben wir uns abgesprochen und hüten ein dunkles Geheimnis.

»Notiz an mich selbst«, interveniert Pascal. Zwar lächelt er, aber der verunsicherte Schimmer in seinen Augen blitzt trotzdem durch. »Ich sollte meine Freundin nicht ständig allein lassen.«

Ich lächele und überlasse das Antworten Lexy.

Meine Konzentration ist dahin und ich höre nicht mehr, was die beiden zusammen tuscheln und nuscheln. Stattdessen schweift mein Blick aus dem Fenster.

Die Stadtkulisse verfließt zu einem grauen Farbklecks, es scheint heute gar nicht richtig hell zu werden. Tiefgraue Wolken schweben dicht über dem Asphalt und der Regen klatscht unaufhörlich an die Glasscheiben.

Dennoch fühle ich mich besser und auch erleichtert, weil ich mit meiner Freundin über mein Gefühls-Wirrwarr reden konnte. Ein wenig zumindest.

Genüsslich nehme ich einen Schluck Kaffee und er schmeckt besonders lecker. Weil ich durch meine kleine Offenbarung endlich wieder Platz für den Genuss und die Liebe in meinem Innern geschaffen habe, jawohl!

Hm, vielleicht liegt es aber auch am grauen Regenwetter da draußen, das alles Warme noch verlockender macht? – Wer weiß das schon …

Ach, eins weiß ich: Ich freue mich auf ein Treffen mit Frederic! Und das gestehe ich mir unumwunden ein.

Eine Wundertüte der Gefühle,
das haben die Sterne für dich im Gepäck.
Mach dich bereit für eine emotionale Achterbahnfahrt,
denn die kosmischen Strömungen intensivieren
dein Gespür für Romantik und lassen deinem Herzen
Flügel wachsen. Extra-Sternentipp:
Lausche deinem Bauchgefühl.
Hörst du es nicht, das leise Wispern
ganz tief in dir drin?

#MissStarlet

Kapitel 8

*klopf*klopf*

Ein Vibrieren stiehlt sich in mein Bewusstsein. Es ist so leise, als schwebe es aus einer weit entfernten Galaxie zu mir herüber.

Es kümmert mich nicht.

Ich bin zu müde, um dem Geräusch nachzugehen, und drehe mich im Bett auf die andere Seite.

Wieder das Surren.

Diesmal kann ich immerhin ausmachen, dass das Geräusch von meiner Ablage hinter dem Bett kommt.

Blindlings taste ich mit meiner Hand nach hinten, ergreife das Handy und hole es zu mir. Das Licht des Displays ist viel zu grell und blendet unangenehm in den Augen. Mit zusammengekniffenen Lidern versuche ich zu entziffern, wer mich zu dieser nachtschlafenden Zeit geweckt hat.

Mein Herz klopft schneller, als ich den Namen lese.

Zwei WhatsApp-Nachrichten von Frederic.

Entschlossen (und plötzlich gar nicht mehr so verschlafen) richte ich mich auf und betrachte die Nachrichten im Vorschau-Modus.

Die erste enthält bloß zwei Wörter:

klopf*klopf
01:41

Die nächste besteht aus zwei simplen Sätzen. Kurz – aber sie gehen mitten ins Herz:

Noch wach?
Ich musste gerade an Sie denken …
01:42

Dass mir in diesem Moment *Gut gegen Nordwind* in den Sinn kommt, obwohl ich heute nicht einmal darin gelesen habe, ist schon sonderbar. Ob Lexy mit ihrer Andeutung allerdings recht hat, wage ich immer noch stark zu bezweifeln. Dabei stimmt es schon, was sie gesagt hat … Es ist ziemlich romantisch.

Noch bevor ich die Nachrichten anklicken und darauf reagieren kann, erreichen mich seine nächsten Worte. Ich muss schmunzeln, denn sie kommen wieder in Form eines PS:

PS: Verwundert hab ich festgestellt, dass mir die Konversation mit Ihnen fehlt, wenn ich mehr als zwei Tage nichts von Ihrem Chaos-Leben höre …
01:43

Ich seufze und streiche leicht über das Display. Auch wenn ich es nicht selbst sehen kann, so weiß ich doch sehr genau, dass Frederic mir mit seiner Nachricht ein verträumtes Lächeln ins Gesicht gezaubert hat.

Entschlossen öffne ich die App, wähle sein Profil – und mein Lächeln vertieft sich noch ein bisschen mehr. Das Bild, welches er mir vor zwei Tagen als Selfie schickte, strahlt mir nun entgegen.

Ich hab Sie doch nicht etwa geweckt?
01:44

Leise – und sicher auch etwas albern – glucksend beginne ich zu antworten:

Wenn das nicht mein Schlüsselhüter ist!
Ich habe mir Gedanken wegen des Wunschtermins gemacht: Da mir leider morgen etwas dazwischengekommen und der Donnerstag immer fix verplant ist, bleibt einzig der Freitag übrig. Was meinen Sie?
Mina
PS: Oh bitte, könnten Sie diesen Satz mit dem Chaos-Leben etablieren und als erstrebenswert vermarkten? Das würde meine Komfortzone unglaublich erweitern.
01:47

Ich verschicke die Zeilen, reibe mir über die Augen und obwohl ich unglaublich müde sein sollte, fühle ich mich so aufgedreht wie nach einem Hundert-Meter-Lauf. – Ähm, okay, ich weiß echt nicht, wie ich auf dieses Beispiel komme, denn ich kann mich nicht einmal daran erinnern, wann ich das letzte Mal hundert Meter unfallfrei gesprintet bin …

Frederic ist mit Schreiben beschäftigt.

Dass er an mich gedacht hat, lässt mein Herz schneller schlagen. Und dass ich ihm inklusive meines Chaos-Lebens sogar gefehlt habe, lässt mich zufrieden seufzen.

Ihretwegen gehe ich bereits in die Geschichte ein – Sie wissen schon, wegen Ihrer Gefühlsresistenz. Dazu bin ich ein Held und nun auch noch Ihr Schlüsselhüter?
Mina, Sie machen mich noch zu einem besseren Menschen! (Lassen Sie diesen Satz um Himmels willen niemals meine Exfrau hören!)
Was Ihren Wunschtermin betrifft: Freitag klingt wunderbar. Wenn Sie sich für ein Wunschlokal entschieden haben, dürfen Sie mir jederzeit schreiben – natürlich auch sonst jederzeit!
Frederic
PS: Denken Sie hin und wieder auch an mich?
01:51

Wie macht er das nur? Dass ich jedes Mal ein Flattern in meiner Brust verspüre, wenn ich seine Zeilen lese. Gehört dieser Part vielleicht auch zu seiner »Berufskrankheit«?

Ausnahmsweise brauche ich länger, um eine Antwort zu verfassen. Es ist nicht so, dass mich seine Zeilen nicht freuen würden. Ganz im Gegenteil! Viel eher verwirren sie mich, weil doch vor wenigen Tagen noch die andere Frau auf seinem Bild war …

Frederic, Frederic … sind Sie betrunken?
Verraten Sie mir, was Sie beruflich treiben? Haben Sie gelernt, sich mit Ihren Worten mitten ins Herz der Damenwelt zu schreiben? Anders kann ich mir nicht erklären, wie Sie es allein mit der Macht Ihrer Worte schaffen, dass ich mich von Tag zu Tag mehr für Sie interessiere. – Vielleicht sogar mehr, als gut für uns beide ist?
Mina
01:58

Mein Finger zittert über dem Senden-Icon. Soll ich das wirklich abschicken? Wo ist die innere Stimme, der ich vertrauen kann, wenn ich sie wirklich brauche?

Was stand heute in meinem *Miss-Starlet*-Horoskop? Irgendetwas von *Wundertüte, welche die Sterne für mich bereithalten. Achterbahn der Gefühle und Romantik.* Aber an etwas erinnere ich mich ganz genau, an einen Satz nämlich, den ich so zauberhaft fand: *Sie lassen deinem Herzen Flügel wachsen.*

Abermals huscht mein Blick über die geschriebenen Worte – und ich ergänze schnell noch etwas:

Mina, die so schlaftrunken keine WhatsApp-Texte verfassen sollte.

Dann schicke ich die Nachricht ab.

Mit bebenden Fingern, flatterndem Herzen, kribbelndem Bauch und einem riesigen Kloß im Hals, der mir das Atmen gewaltig erschwert, warte ich Frederics Reaktion ab.

Doch sie kommt nicht.

Zwei Uhr zwei.

Sie kommt einfach nicht.

Zwar hat Frederic die Nachricht sofort gelesen, aber er antwortet nicht.

Mein Magen rumort.

Und ich warte, kämpfe gegen die Müdigkeit und die schweren Augenlider an. Doch vor allem gegen das ungute Gefühl in der Bauchgegend.

Ich warte noch immer – höchst verunsichert und ungeduldig.

Frederic, sind Sie noch da?
02:11

Ich warte erneut.

Den Nachtrag liest er nicht einmal mehr.

»Verflucht!«, brummele ich. Einerseits, weil ich vergeblich auf eine Rückmeldung warte, andererseits auch, weil ich wütend bin. – Oh ja, ich bin wütend auf mich selbst, dass ich, naiv, wie ich bin, einen Gefühls-Striptease hinlege und damit voll auf die Fresse falle.

Ich warte immer noch.

Warum kann ich nicht *einmal* den Mund halten? Womöglich habe ich zu viel in seine Zeilen hineininterpretiert? Ich schlage mir mit der flachen Hand gegen die Stirn und tippe noch ein paar letzte Zeilen. Kurz und bündig.

Entweder sind Sie eingeschlafen (dann lobe ich mir meinen Unterhaltungs-Faktor!), oder Sie haben sich so über meine obige Nachricht erschrocken, dass Sie sprachlos sind …?
So oder so, ich wünsche Ihnen eine gute Nacht.
Wir lesen uns …
Mina
02:21

Ich warte nicht mehr länger ab und lege mein Handy nach dem Versenden der Nachricht zurück auf die Ablage.

Doch es lässt mir keine Ruhe. Ein ungutes Gefühl ist zurückgeblieben. Es vermischt sich mit dem dringenden Bedürfnis, mich zu rechtfertigen.

Mit einem Stöhnen hole ich das Smartphone noch einmal hervor. Wider alle Vernunft. Es wird Zeit für ein PS.

PS: Bitte vergessen Sie, was ich geschrieben habe …
Ich bin nicht zurechnungsfähig, unbrauchbar, geistig umnachtet, verblödet … (Liste ist endlos fortführbar!)
Seit dem Tag, als ich das Kleid ruinierte, ist mein Leben noch mehr außer Rand und Band geraten als ohnehin schon. Nicht etwa allein auf meinen Job bezogen. Das Chaos beherrscht mich überall. (Mutter krank, also nicht nur »Mädchen für alles« im Couture Beck, sondern auch notgedrungen für meine Mutter. Da wären so schöne Aufgaben wie Einkäufe erledigen, zuhören, wenn sie reden will, ihren Frust auffangen, wenn es ihr schlecht geht, versuchen, sie aufzubauen, und so weiter …).
Aber wenn ich den Job verlieren sollte, verliere ich auch die einzig sichere Komponente in meinem Leben. Dabei hasse ich meinen Job… – Sehen Sie, da passiert es schon wieder! Was machen Sie bloß mit mir? So offen und ehrlich habe ich das bisher nie ausgesprochen. Nicht bei meinen Freundinnen, geschweige denn bei meiner Mutter. Nicht einmal mir selbst gegenüber! Dabei merken sie es alle. Jeden Tag aufs Neue.
Und dann fallen Sie mir vor die Füße, Frederic, und nichts ist mehr, wie es war. Endlich beginne ich mich ernsthaft mit dem Gedanken anzufreunden, den Job hinzuschmeißen.
Ja, ich hasse meinen Job! (Ha, tut das gut, es gleich noch einmal auszusprechen!) Ich hasse es, ständig rumkommandiert zu werden und für jedermann im Atelier alles zu erledigen.
»Mädchen für alles« – wow, was für ein toller Werdegang! Und so erfüllend!
Nur weil ich (meist!) alles zur Zufriedenheit erledige (und das trotz Chaos-Gen!), heißt das noch lange nicht, dass ich diese Tätigkeit für den Rest meines Lebens ausüben möchte …
*Vielleicht bin ich Ihnen eines Tages zu Dank verpflichtet, dass Sie mir zum Katastrophen-Kleid verholfen haben. Vielleicht schaue ich in einigen Jahren zurück und denke: Wäre das Dilemma mit dem Katastrophen-Kleid damals nicht passiert, hätte ich nie den Mut aufgebracht und den Schritt gewagt, etwas Neues auszuprobieren. Vielleicht ist das auch der erste Schritt in Richtung Verdammnis, wer weiß …. (*Stellen Sie sich hier ein hysterisches*

und verzweifeltes Lachen vor. Sie wissen, welches ich meine. Dasselbe wie bei unserer schicksalshaften Begegnung)*
Wo bin ich stehen geblieben? – Ach ja – Verdammnis, richtig. Sehr verlockend, nicht wahr?
Weil es so schön war: Ich hasse meinen Job! (Ich glaube es nicht, wie leicht mir das über die Lippen kommt – oder besser: über die Finger. Schließlich tippe ich es ja lediglich ins Handy.) Hasse mich für mein Zögern, meine Zurückhaltung. Hasse meine Angsthasenhälfte, die manchmal überhandnimmt. Doch vor allem hasse ich es, dass ich meine Kreativität so jämmerlich krepieren lasse. Ich schaffe es nicht einmal mehr, zumindest am Wochenende zum Pinsel zu greifen, obwohl ich ganz genau weiß, dass es das ist, was mein Herz belebt. Es mit Energie tränkt. Wie gesagt: jämmerlich! Alles. Auch das, was ich hier tippe. Ich kann das nicht entschuldigen. Das Einzige, was ich zu meiner Verteidigung anbringen kann: Ich bin momentan nicht ich selbst! So rundet sich meine Nachricht, die aus allen Nähten platzt, mit der Einstiegszeile ab.
Warum ich ausgerechnet Sie damit zutexte, weiß ich auch nicht.
Vergessen Sie bitte, was ich geschrieben habe …
Mina, die sich vor lauter Chaos-Leben verloren hat.
02:44

Ich schicke den Roman ab, ohne noch einmal drüber zu lesen – und bevor mich der Mut verlässt. Dabei rechne ich nicht einmal damit, dass darauf eine Antwort folgt, zumindest keine konstruktive.

Ich habe mich geirrt …

Es tut mir leid – schon wieder.
Sehen Sie, auch Sie lösen die merkwürdigsten Emotionen in mir aus. Ich habe Ihnen antworten wollen und im Kopf tat ich es so an die tausend Mal. Daraufhin verwarf ich meine Zeilen auch wieder an die tausend Mal. Aber in diesen frühen Morgenstunden möchte ich Ihnen wenigstens diese Antwort zukommen lassen und eine gute (obwohl sehr kurze!) Nacht wünschen.
Ihr Frederic – heute viel mehr verwirrt als heldenhaft.
PS: Morgen folgt eine ausführliche Antwort – versprochen.
02:49

Im alltäglichen Leben sind deine Spontanität
und dein Kreativgeist gefragt. Vieles läuft nicht so wie geplant.
Das führt zu Terminkollisionen und anderweitigen Problemen.
Behalte den Überblick und übe dich in Gelassenheit,
indem du dich der jeweiligen Situation anpasst. –
Das gilt ebenso in Herzensdingen.

#MissStarlet

Kapitel 9

Lauernder Hysterieanfall im Klamottenschrank

Gegen sieben Uhr am Mittwochabend stehe ich nur mit Top und Unterwäsche bekleidet vor dem großen Wandspiegel im Schlafzimmer, der dicht neben dem Kleiderschrank hängt, und halte mir eine Chiffonbluse an den Oberkörper.

»Nein …«

Im Schrank herrscht mittlerweile gähnende Leere und ich habe nichts, wirklich *absolut nichts* anzuziehen.

Entnervt werfe ich die Bluse über die Stuhllehne, die unter dem Kleiderberg inzwischen nur mehr zu erahnen ist. Nicht bloß der Stuhl muss als kurzfristiger Kleiderständer herhalten, nein. Mein Bett, die Schranktüren, sogar der Fußboden verschwinden unter meinen Klamotten, von denen kein Kleidungsstück wirklich zu einer Einweihungsparty passen will.

Es ist zum Haare raufen!

Mein Magen rumort. Fast könnte man den Eindruck gewinnen, er möchte mich zurechtweisen, damit ich endlich eine Entscheidung treffe. Noch zwanzig Minuten. *Nur noch zwanzig Minuten!*

Ich habe keinen Plan, warum mir das ausgerechnet heute so schwerfällt. Es ist ja nicht so, dass ich noch nie auf einer Einweihungsparty war. Vielleicht sind Lexys Worte schuld daran, die sie mir vorhin per SMS schickte:

Die Patientin gehört zum gehobenen Kreis, also zieh dir was Hübsches an.

Womöglich steckt aber auch etwas anderes dahinter. Zum Beispiel das ungeduldige Warten auf die versprochene Rückmeldung eines gewissen *Jemands*, die einfach nicht kommt …

Der erneute Kontrollblick aufs Handy lässt mich aufseufzen. Null neue Nachrichten. Was hat das bloß zu bedeuten?

Okay, keine Zeit für einen Hysterieanfall!

Himmel! Wenn mich Mama jetzt sehen könnte …

Als ich gestern zum obligatorischen Dienstagsbesuch bei ihr auftauchte, erschrak ich ein bisschen. Seit vielen Tagen am Gehstock, musste sie gestern auf den Rollstuhl zurückgreifen, weil sie nicht genug Kraft zum Stehen aufbringen konnte.

»Letzte Nacht habe ich furchtbar schlecht geschlafen«, suchte sie vor mir nach einer Entschuldigung. Dabei brauchte sie sich mir gegenüber doch nicht zu rechtfertigen. Überhaupt schien sie sonderbar drauf zu sein. Selbst ihre spitze Zunge hielt sie im Zaum.

Ja, ich befürchtete sogar, dass Mama zu schwach für ihre Lieblingsthemen Nummer eins, zwei und drei sein könnte. Als sie dann jedoch verkündete: »Thomas kommt einen Tag eher nach Hause«, war der Fall klar.

Ich kann mich nicht daran erinnern, wann ich sie das letzte Mal so glücklich habe lächeln sehen, und für einen Wimpernschlag blitzte meine alte Mama in ihr durch.

Ich liebte sie für diese Millisekunde und gäbe es einen Weg oder eine Maschine, um die Zeit einzufrieren, ich hätte es getan.

»Das freut mich für dich«, wisperte ich und drückte ihre Hand, die nicht sichtbar, aber spürbar zitterte – und schon zerbröckelte der heile Augenblick.

Es war auch dieser eine Augenblick, in dem mir mit voller Wucht bewusst wurde, dass meine Mutter nie mehr die Alte sein wird. Nicht zum ersten Mal schwankte mein Gefühlszustand zwischen Bedauern und Trauer, Hoffnung und Wut auf das beschissene Universum, das definitiv noch nie etwas von Gerechtigkeit gehört haben musste. Und doch … Ich begann zu akzeptieren. Ganz langsam, so langsam, wie die Sonne jeden Morgen über den Horizont klettert, begann ich zu akzeptieren, dass es ist, wie es ist. Und versuchte der ganzen Situation sogar etwas Gutes abzugewinnen.

Es ist gut, dass Mama sich so weit erholt hat, und es ist gut, dass sie – wenn auch nur für einen Wimpernschlag – wieder Freude empfinden und zulassen kann.

So wurde der gestrige Abend tatsächlich wieder einmal richtig entspannt. Obschon ich die verdrängte Angst, dass Mama nur zu schwach war, um sich anders zu verhalten, im Hinterkopf pochen spürte, genoss ich das friedliche Beisammensein mit ihr sehr.

Ich bin mir mehr als sicher, dass ihr mein hysterisches Getue um die »richtige« Kleiderwahl ein weiteres kleines Schmunzeln abluchsen würde.

Noch während ich die Ausläufer der missratenen Modenschau-Orgie um mich herum betrachte, erinnere ich mich an meine eigenen Worte, die ich vor wenigen Tagen in Mamas Gegenwart sagte:

Ich habe einfach keine Lust, mich wie eine Verrückte auf die Suche nach dem perfekten Mann zu begeben, und dabei völlig zu verzweifeln, weil er nicht existiert.

Und jetzt?

Zwar bin ich nicht wirklich auf der Suche, aber den zweiten Teil, den Teil mit *dabei völlig zu verzweifeln*, dem komme ich schon verdächtig nahe.

Kurzerhand werfe ich alle Klamotten zurück in den Schrank, greife nach einer dunkelgrauen, verwaschenen Jeans und einer gepunkteten Bluse. Das muss reichen, denn das Wichtigste ist, dass ich mich in meiner Haut wohlfühle. Punkt. (Im wahrsten Sinne des Wortes.)

Bemüht ruhiger ziehe ich mir Hose und Oberteil über und wandere ins Bad. – Meine Güte, hier sieht es ja auch aus, als hätte eine Bombe eingeschlagen. Eine Bombe namens Mina …

Hastig räume ich Bodylotion, Wattepads, Shampoo und den ganzen restlichen Krempel weg, der mein Waschbecken in Beschlag nimmt, damit ich wenigstens Platz habe, um mich zu frisieren und das Make-up aufzutragen.

Als ich die Konturen der Augen mit einem feinen Lidstrich nachziehe, kommt sie, die Nachricht, auf die ich den ganzen Tag hingefiebert habe.

Mit gemischten Gefühlen betrachte ich das Display. Zu einem Teil freudig, aber zu einem Großteil auch skeptisch, verunsichert, kritisch, aufgeregt und sogar ängstlich – alles auf einmal.

Ich klicke die Nachricht nicht sofort an. Eine Weile starre ich einfach nur auf das kleine Vorschaufenster. Erst als das Display erlischt, bin ich wieder imstande, zu reagieren.

Mit klopfendem Herzen plumpse ich aufs Klo, drücke auf Frederics Antwort und beginne zu lesen.

Wie gut, dass Sie in den letzten Minuten nicht neben mir gesessen haben. Mein Verhalten gleicht dem eines Teenagers im schlimmsten Hormonschubstadium. Ich kann nicht einmal mehr zählen, wie oft ich den Text getippt, gelöscht, wieder getippt, abgeändert und abermals gelöscht habe, nur um das Szenario von vorne zu beginnen.
Verzeihen Sie also, wenn die Zeilen Gedankensprünge oder seltsame Übergänge enthalten sollten.
Weil ich jeden Augenblick auf eine Party muss – Geschäft sei Dank! –, schicke ich Ihnen diese Version hier zu, einfach so, wie die Gedanken aus mir herausfließen.
Wo soll ich anfangen?
Ihre gestrigen Zeilen haben mich sehr gefreut, doch noch mehr als das verwirrt, und wenn ich ehrlich bin, sogar verunsichert. (Zu Ihrem ausführlichen PS werde ich später Stellung nehmen, wenn ich mich nicht wieder in Wortfindungsproblemen verlieren sollte. Nur eines vorweg: Wink des Schicksals – kündigen Sie! Kündigen Sie am besten gleich morgen!)
Aber zurück zum Thema, das mich kaum schlafen ließ.
*Ich muss etwas ausholen, damit Sie mein Gefühlswirrwarr nachvollziehen können. (Ich befürchte, Ihr Chaos-Leben färbt ab! *Ironie off*)*
Vor nicht allzu langer Zeit habe ich der Frauenwelt abgeschworen, und zwar für jetzt und alle Zeit.

Ja, ich kann Ihre Frage bis hierhin hören. Sie vermuten richtig. Eine Frau ist »schuld« daran, denn sie hat meinen Glauben an die Liebe zerrüttet. Vielleicht klingt es dramatischer, als es wirklich war. Denn uns verband nicht die märchenhafte Vorstellung der großen wahren Liebe. Auch keine Liebe auf den ersten Blick, das kann ich rückblickend beurteilen. Und doch war es Liebe. So viel Liebe, dass es für die Ehe gereicht hat. Wir haben sogar das verflixte siebte Jahr überstanden, doch dann kam er: unglaublich gut aussehend, unglaublich charmant und unglaublich heiß – wie ihr Frauen die Männer der Begierde gerne betitelt. – Oh ja, er war heiß! Verdammt heiß auf meine Frau. Natürlich braucht es bereits unterschwellige Probleme in einer Beziehung, bröckelnde Verliebtheit oder wenigstens im Ansatz den Wunsch, ein anderes Leben zu führen. So ehrlich bin ich zu mir selbst. Deshalb kam es, wie es kommen musste …
Ich habe mich relativ schnell gefangen, das war nicht das Problem, aber das ganze Tamtam drumherum – gemeinsame Wohnung auflösen, Scheidungspapierkram ausfüllen und so weiter –, man möchte im Strahl brechen! Darauf kann ich liebend gern verzichten! Keine Herzqualen mehr, kein überflüssiger Ärger, keine Streitgespräche bis in die frühen Morgenstunden hinein. Deswegen habe ich der Frauenwelt ein für alle Mal abgeschworen.
…
Eigentlich!
Doch dann kamen Sie, Mina.
Sie, die in meinem Kopf herumspuken, wenn ich längst schlafen sollte.
Sie, die mich von der Arbeit abhalten. – Na ja, nicht absichtlich, aber in Gedanken.
Sie, die mir komplett unter die Haut gehen, sodass ich Angst habe, die Kontrolle über meinen Verstand zu verlieren.
Nun ist es passiert. Ich bin geistesgestört … anormal … ticke nicht mehr richtig im Kopf. So zumindest erlebe ich mich selbst.
Was ist nur mit mir los? Kann das noch normal sein?
Durchaus möglich … Aber eben auch nicht.
Sagen Sie es mir, Mina! Was geht in Ihrem hübschen Kopf vor, wenn Sie diese Zeilen lesen?
Oh ja, ich interessiere mich auch für Sie – stärker, intensiver und vielleicht mehr, als uns beiden guttut …

(Ich sage: Vielleicht … Vielleicht aber auch nicht …?)
Dieselben Worte – oder so ähnlich – haben Sie gestern verwendet. Deshalb frage ich Sie nun ganz direkt: Warum diese Formulierung? Was steht uns beiden im Wege?
Tatsächlich war es dieser kleine Zusatz, der mich gestern davon abhielt, die Gedanken ins Chat-Fenster zu tippen. Warum, fragte ich mich, warum dieses kleine, aber eindrückliche Wörtchen? Es muss etwas zu bedeuten haben.
Alles Hinterfragen führte mich zu der einen Schlussfolgerung: Sie sind in festen Händen. Wie dumm von mir, dies eine solch lange Zeit nicht einmal in Erwägung zu ziehen. Stattdessen lasse ich es zu, dass meinem Herzen Flügel wachsen, wenn ich Ihre Zeilen lese, und verrenne mich in der verführerischen Vorstellung, dass Sie frei und ungebunden sind …
Nichtsdestotrotz ändert es nichts an der Tatsache, dass ich durch Sie realisiert habe, dass ich es nicht getan habe. Das mit der Frauenwelt und ihr abzuschwören. Es muss eben nur die Richtige sein. Die Eine, deren Lächeln mein Herz berührt – wie das Ihre.
Zwar bin ich immer noch nicht leer geschrieben, noch genauso verwirrt und verunsichert, aber froh, Ihnen die Gedanken mitgeteilt zu haben.
Ihr Frederic, dessen gefühlskalt geglaubtes Herz durch Sie zu neuem Leben erwacht – uh, wie urkitschig, aber wahr!
19:32

Ich stiere auf seine Nachricht.

Immer noch auf dem Klo hockend.

Fixiere und verdaue.

Es vergehen einige Augenblicke, bis ich begreife, *so richtig* begreife, was seine Worte zu bedeuten haben.

Soll das etwa heißen …? Soll das bedeuten, Frederic fühlt wie ich?

Ich möchte ihm so gerne antworten, ihm schreiben, dass sich mein Zusatz einzig auf sein Profilbild bezog und ich weder gebunden noch in festen Händen bin.

Doch noch während ich die ersten Wörter tippe – meine Finger beben, als ginge es um mein Leben –, schrillt die Türglocke dreimal kurz hintereinander.

Lexys Code für: *Ich bin da und warte unten auf dich!*

Mit wenigen Handgriffen sammele ich meinen Kram zusammen (Handtasche, Handy, Ersatz-Wohnungsschlüssel), schlüpfe im Laufschritt in meinen Karo-Blazer und eile aus der Wohnung.

Mitten auf der Treppe bleibe ich abrupt stehen, krame in der Tasche nach dem Handy und beginne hastig eine stichwortartige Nachricht zu tippen, während sich meine Beine in Zeitlupe nach unten bewegen.

Nur kurz. Muss gleich lossspurten, bin jetzt schon zu spät. Melde mich morgen ausführlicher. Aber das hier muss ich dringendst loswerden: Mein Zusatz bezog sich einzig auf Ihr vorheriges Profilbild.
Bis spätestens Freitag!
Ihre Mina
19:56

Ich kann die WhatsApp-Nachricht gerade noch abschicken, als unten auf der Straße ein lautes Hupkonzert losgeht und zu mir nach oben dringt.

»Ich komme!«, rufe ich durchs Treppenhaus, auch wenn Lexy es garantiert nicht hören konnte. – Aber hey, womöglich kommt es energetisch an?

Diese Ansicht vertritt meine Mutter mehr oder weniger. (Zumindest dann, wenn sie sich im *Alles-ist-gut*-Modus befindet, was früher ein wichtiger Teil von ihr war.)

Gedanklich sende ich Mama sogleich eine Ladung Energie, damit sie schneller auf die Beine kommt. Ob es tatsächlich was hilft, wissen nur die Götter.

Während ich Sekunden später mit einem kräftigen Ruck die Ausgangstür aufreiße und gleichzeitig versuche, das abermals einsetzende ohrenbetäubende Hupen zu ignorieren, rufe ich noch einmal: »Ich komme ja schon!« Dann stakse ich so schnell es geht auf Lexys VW Polo zu.

*Heute ist im Freundeskreis die Hölle los.
Einladungen zu Partys und Treffen flattern
im Minutentakt in den Briefkasten oder ins Mailpostfach.
Dumm nur, dass du dich nicht vierteilen kannst.
Und bedenke auch, dass unter dem Einfluss von Mars
keiner auf Kuschelkurs ist.*

#MissStarlet

Kapitel 10

Wenn das Karomuster die Punkte beißt, ist auch Frau Gretener nicht weit

»Sind wir hier richtig?« Meine Stimme klingt nur halb so skeptisch, wie ich mich tatsächlich fühle.

Lexy und ich treten zur selben Zeit aus dem Fahrstuhl, der uns mittels Zahlenkombination bis in die oberste Etage gebracht hat, und nichts lässt mehr erahnen, dass ich noch knappe zwanzig Minuten zuvor wie ein aufgescheuchtes Huhn durch Berge von Kleidern flatterte. Ich weiß das so genau, weil das Innenleben des Fahrstuhls komplett verspiegelt ist. Ein erster Eindruck auf das, was uns hier oben erwartet?

Immer noch skeptisch blicke ich mich in der Partylocation um. Es ist befremdlich, weil ich diese Art von Bauweise sonst nur aus Filmen kenne. Denn mit dem Verlassen des Fahrstuhls betritt man auch gleich den Eingangsbereich der Wohnung.

Offen, weitläufig und mit großer Fensterfront, deren Lichtflut mich mordsmäßig beeindruckt.

Wir sind nicht die Ersten, die eintreffen. Vermutlich eher die Letzten.

Seite an Seite betreten wir das Wohnzimmer und es entgeht mir nicht, dass die geladenen Gäste überall paarweise herumstehen. Zwischen einem *Max-Bill*-Sideboard (da ist sich die Lady im taubengrauen Kostüm absolut sicher) und einer Polstergarnitur von *Jan Grey* (seine schlichten und geraden Linien sind offenbar unverkennbar – wusste ich davor ebenfalls nicht) unterhalten sich zwei Pärchen angeregt über die Inneneinrichtung, als ob es das Trendthema schlechthin wäre.

»Ich geh ganz kurz die Gastgeberin begrüßen«, raunt mir Lexy ins Ohr.

Ich nicke und während meine Freundin zwischen den Leuten verschwindet, mustere ich mit zusammengekniffenen Augen die Einrichtung. Weitere Worte blitzten in meinen Kopf auf: leblos, fast steril und so farblos.

Nein, hier könnte ich nicht wohnen. Aber jedem das seine …

Langsam setze ich meinen Rundgang fort. Egal, wo ich hinkomme – ob ins Esszimmer, in die Küche oder gar ins Bad –, überall wird genauso angeregt diskutiert. Natürlich ist das Gesprächsthema gleichbleibend spannend. Wieder gilt es zu klären, ob es sich um *Jan Grey, Max Bill* oder gar *Ellie Cullman* handele, denn eigentlich kommt für das Esszimmer keine andere Designerin infrage. Jedoch ist einzig *Max Bill* der Experte des sinnlichen Minimalismus. Diskrete Formen und ein ausgeprägter Sinn für aparte Materialien zeichnen seine Entwürfe mit einer raffinierten Simplizität und klaren Linienführung aus. *Aha* …

Moment! Schon wieder die klare Linienführung? Hatten sie diesen Ausdruck nicht schon bei diesem *Grey*-Typen? Dieser Meinung ist auf jeden Fall ein Mann, der dies so präsentiert, als rezitiere er den Slogan eines Großkonzerns – und dafür prompt zustimmenden und selbstverständlich auch bewundernden Beifall seines weiblichen Gegenstücks erntet.

Randnotiz an mich selbst: Eine klare Linienführung ist das A und O, wenn nicht gar Markenzeichen *jedes* Möbeldesigners.

Amüsiert schreite ich durch den schmalen Korridor zwischen Bad und Schlafgemach, versucht, die Einrichtung aus neutraler Sicht zu betrachten, und werfe, immer noch im Korridor stehend, einen weiteren Blick ins Wohnzimmer. Es ist schlicht eingerichtet in hellgrauen

Farbtönen. Nebst der *Jan-Grey*-Polstergarnitur und dem *Max-Bill*-Sideboard steht nur noch ein kleiner Beistelltisch auf dem farblich passenden Teppich. – Nicht schlicht, eher spartanisch, korrigiere ich meinen ersten Eindruck.

Aber ich komme nicht umhin, es mit Mamas Wohnzimmer zu vergleichen. Mit ihren Bücherregalen, die den Raum wie eine kleine Festung ummauern.

Dicht an dicht ragen die Regale bis an die Decke und bergen unzählige Schätze an Abenteuern und neuen Welten und fantastische Geheimnisse in sich ... Okay, ihre Einrichtung ähnelt wahrscheinlich eher einer Ikea-Katalogseite, aber mir gefällt es.

Und nun diese elegante, in ihrer Einfachheit auch irgendwie protzige Möblierung, die ein Normalsterblicher kaum zu berühren wagt.

Eine näselnde Frauenstimme hinter mir holt mich ins Geschehen zurück: »Wirklich ein extravagantes Design von B&B.«

Ich wirbele herum und nicke ihr als Begrüßung lächelnd zu, doch meine Geste wird nicht erwidert. Offenbar schaltet hier jeder auf den Ignorier-Modus, wenn ich dazustoße.

Noch immer besteht die Hauptbeschäftigung der Leute darin, Namen von Möbeldesignern hin und her zu schmeißen. Namen wie *Le Corbusier, Max Bill* (Ha, das ist der mit dem Sideboard!), *B&B* und *Morteens*. Namen, die ich noch nie zuvor gehört habe. Namen, die ich nach diesem Abend sofort wieder vergessen werde.

In meiner Vorstellung male ich mir aus, wie die Näselstimme zuvor stundenlang zu Hause vor dem Rechner hockte, nur um alle angesagten Designer zu pauken, damit sie hier angemessene Konversation betreiben kann. Schon wieder huscht mir ein Grinsen übers Gesicht.

Die geladenen Gäste sind sich nicht immer einig über das Design oder den Erschaffer, natürlich nicht. Jeder scheint auf seine verquere Art am besten zu wissen, wessen Name hinter dem jeweiligen Einrichtungsgegenstand steht. In einem Punkt jedoch stimmen alle überein: Die Einrichtung ist erstklassig und so geschmackvoll und nicht zu vergessen extravagant, luxuriös, dekorativ und äußerst stilvoll. So einzigartig, wie es eben nur die Gastgeberin selbst vollbringen kann. Welches Gesicht zu ebenjener Dame gehört, ist unschwer zu erkennen, denn die für mich nach wie vor namenlose Gastgeberin, alias Patientin von Lexy, lullt sich genüsslich in die Schichten der Lobeshymnen ein. Hätte man die Schichten sehen können, würde sie längst nicht mehr durch den schmalen Korridor passen, in dem wir uns befinden.

Doch wo steckt Lexy nur, wenn nicht bei der Dame, die eingeladen hat? Ich kann sie nicht entdecken und lasse mich weiterhin in dem Meer aus Komplimenten treiben.

All das Gerede und Getue stört mich nicht wirklich. Etwas anderes beschert mir ein Gefühl des Unwohlseins. Die Tatsache, dass alle Leute zwar nicht sichtbar, aber dafür deutlich spürbar aneinandergekettet zu sein scheinen und in Zweiergrüppchen aus Mann und Frau umherstehen, lässt in mir den Eindruck aufkommen, dass ich hier vollkommen fehl am Platz bin. Verstärkt wird das Ganze durch die über alles schwebenden *Wir*-Sätze.

»Liebes, *uns* gefällt die neue Wohnung ausgesprochen gut!«, wabert eine rauchige Männerstimme an mir vorbei.

»Danke, wie lieb von *euch,* Norbert!« Noch eine weitere Schicht kleisterte sich an das Ego von Lexys Patientin. Ich schätze sie auf Ende vierzig. Dazu mittelgroß, schlank und mit einem schicken Hosenanzug in Marineblau gekleidet. Sie hat bestimmt einen exotischen Namen wie Angelina oder Estelle. »Du weißt, *eure* Meinung bedeutet mir unglaublich viel«, gibt sie ein Kompliment zurück.

»Und alles ist so extravagant!«, mischt sich die bessere Hälfte des Mannes ein und legt der Dame des Hauses schlaff die Hand auf den Unterarm. »Wir sollten uns unbedingt mal wieder treffen, Magda.«

Magda? Darauf wäre ich im Leben nicht gekommen.

Obwohl an Komplimenten nicht gespart und eine ungeheure Konzentration an Nettigkeiten ausgetauscht wird, beschleicht mich der Eindruck der Oberflächlichkeit. Eine Oberflächlichkeit der gehobenen Klasse. Überhaupt wirkt dieser Anlass wie eine geheime Studentenverbindung, über der das stillschweigende Einvernehmen hängt, nur in Begleitung zu erscheinen. – Tja, mit einem Mal bekomme ich einen völlig neuen Blinkwinkel, Lexys Aussage beim Sonntagskaffee betreffend.

Es schickt sich nicht, da allein aufzutauchen.

Aha … alles klar.

Tatsächlich habe ich das Gefühl, es ist an der Zeit, zu gehen. In meinem ganzen Leben habe ich mich noch nie so unsichtbar gefühlt – und das will schon was heißen.

Ich wende mich von den Leuten ab, doch da halten mich Magdas Worte zurück:

»Ich muss euch ein Geheimnis anvertrauen«, wispert sie und bedeutet den Pärchen näher zu kommen, die sich ohnehin um sie scharen und sie umschwirren wie die Motten das Licht. »Wir erwarten heute Abend noch einen Ehrengast.«

»Wen? Verrat es uns!«, meint die Näselstimme energisch und liefert der Gastgeberin exakt die Reaktion, die sie damit bezwecken wollte.

Magdas Stimme senkt sich, wenn überhaupt möglich, noch ein bisschen mehr und doch kann ich ihre Worte so gut verstehen, als würde sie es durch einen Lautsprecher posaunen: »*Miss Starlet.*«

Jetzt hat sie auch mich an der Angel.

Ein aufgeregtes Raunen geht durch den Korridor. Alle murmeln wild durcheinander und schauen mit weit aufgerissenen Augen zu Magda und dann wieder in die Runde. Offen gesagt bin ich überrascht, dass *Miss Starlet* sogar in diesen Kreisen einen Namen hat.

»Willst du damit sagen, du kennst *Miss Starlet?*«, fragt die Näselstimme viel zu laut und viel zu schrill.

Magda zerrt sie ungestüm ein Stück weiter. »Nein, natürlich nicht. Aber Pauls Sekretärin kennt eine, die angeblich mit einem Mann befreundet ist, deren Schwester mit *Miss Starlet* zusammenarbeitet.«

Tz, klar! Ich muss mir das Lachen verkneifen. Gibt es nicht diese Studie, dass man über sieben Ecken jeden Menschen auf der Welt kennt?

Damit ich ihre Unterhaltung weiterhin unauffällig mitverfolgen kann – es hat auch Vorteile, wenn man unsichtbar ist! –, gebe ich mich desinteressiert, indem ich die Gemälde betrachte, die an der Anthrazitwand des Korridors aufgehängt sind. Drei Bilder in drei unterschiedlichen Bilderrahmen, aber alle in derselben Größe und in Schwarz-Weiß gehalten. Sie erschlagen mich mit ihrer fehlenden Schönheit.

Sind die geladenen Gäste durchweg »Asse« im Metier des Möbeldesigns, so ist das hier meine Kernkompetenz. Und wie bereits erwähnt: Mein Geschmack ist es nicht. Zumal die Gemälde weder hübsch in Szene gesetzt sind noch farblich Eyecatcher-Potenzial bieten und auch stilistisch absolut nicht harmonieren. Links ein Bild mit Regentropfen in kindlicher Form und fettem Filzstift gezeichnet, in der Mitte ein Kreis, der von mehreren Wellenlinien umfasst wird, und rechts ein wildes Gekritzel. – Ich kann nichts dafür, ehrlich! Aber ich erkenne darin einen missratenen Penis.

Ich schüttle mich. Ob Magda die Bilder selbst gemalt hat? Irgendwie würde es mich nicht wundern, aber die Signatur ist nicht zu entziffern.

»Tja, über Geschmack lässt sich bekanntlich nicht streiten«, murmele ich und schüttele den Kopf, als mich eine Stimme hinter meinem Rücken zusammenfahren lässt.

»Gefällt es Ihnen nicht, Frau Como?«

Schlagartig ist mir klar, wer hinter mir steht. Langsam drehe ich mich um und mein Verdacht bestätigt sich.

»Oh, Frau Gretener«, stammele ich überrumpelt. »Was für eine Überraschung, Sie hier zu sehen!«

»Derselbe Gedanke kam mir auch«, antwortet sie mit ihrem sanften Lächeln auf den Lippen. »Ich wollte Sie nicht bei der Begutachtung der Gemälde unterbrechen. Fahren Sie fort.«

»Ah, nein. Kein Problem«, winke ich ab und halte Hilfe suchend nach Lexy Ausschau. Auf eine Extraportion des berühmten Frau-Gretener-Charmes kann ich liebend gern verzichten. »Sie haben mich bei nichts unterbrochen.«

»Sie verstehen nicht«, entgegnet Frau Gretener unbeirrt. »Mich interessiert es sehr, was die Bilder für Emotionen in Ihnen erwecken und Ihrem letzten Satz entnahm ich, dass das Betrachten der Gemälde sehr wohl ein Gefühl in Ihnen ausgelöst hat.«

Ein Schreckgedanke durchzuckt mich: Himmel, hat Frau Gretener etwa diese »Werke« gemalt?

»Ich … ähm …« Mist! Schon wieder dieses Wort, das meine Unsicherheit in Gegenwart dieser Person verrät. »Die Schönheit liegt im Auge des Betrachters«, reagiere ich möglichst ausweichend.

»Was ist denn das für eine blödsinnige Antwort!« Frau Greteners Ausruf verwundert mich total. Diese Wortwahl sieht ihr überhaupt nicht ähnlich. Bestimmt hat sie schon zu tief ins Glas geschaut. Der Blick auf den Sekt in ihrer Hand lässt mich allerdings daran zweifeln, das Glas ist noch randvoll.

Unruhig beobachte ich, wie sie sich durchs dunkle Haar streift. »Ich will explizit *Ihre* Meinung dazu wissen. Ihre *ehrliche* Meinung. So wie ich Ihnen auch die Meinung zu Ihrer Kleiderwahl gebe – ungefragt. Denn Kindchen, eine Frau in Ihrer beruflichen Position sollte doch wissen, dass sich Karomuster und Punkte immer beißen.« Frau Greteners Augenbrauen zucken neckisch. »Nun sind Sie an der Reihe. Was haben Sie zu verlieren? Das hier hat absolut nichts mit Ihrem Job gemein.«

Ich zögere trotzdem, betrachte die Bilder vor meinen Augen eingehend und beginne endlich meine Gedanken in Worte zu fassen. »Einerseits ähnelt die Linienführung der eines Zehnjährigen und im völligen Gegensatz dazu springen mich auf dem anderen Gemälde Obszönitäten an. Leider kommt im Gesamtbild der Dreier-Konstellation keine Harmonie, aber auch kein Leben und keine Ruhe auf.« Mit spitzem Mund drehe ich meinen Kopf zu der zierlichen Frau, die sich gedankenverloren übers Kinn fährt und schweigt. Deswegen spreche ich weiter: »Zudem fehlt es diesem Haus an Farbe. Es wäre also ein Leichtes gewesen, dies mittels der Bilder zu bewerkstelligen. Aber wie gesagt, das ist nur meine …«

Die Hand, die nach vorne schnellt, unterbricht mich. Frau Gretener fasst mich wortlos am Arm (verschüttet dabei die Hälfte ihres Sektes!) und zieht mich entschlossen und energisch zugleich aus dem Korridor. Weiter durchs Wohnzimmer, vorbei an den herumstehenden Gästen und der Designercouch, bis hinüber zum Arbeitsraum.

»Was sagen Sie zu dieser Konstellation?«

Jetzt bin ich es, die schweigt.

Eine Tischplatte auf zwei Bockfüßen, darauf ein Stapel Bücher, Ordner und ein großer Bildschirm. Daneben ein Schubladenschrank. Und die Wand, die hinter dem Tisch entlangführt, ist vollgehängt mit Bücherregalen. Aber nicht dieser Anblick lässt mich verstummen. Es sind die Bilder, die an der gegenüberliegenden Seite zwischen einem antiken Schrank und einer Topfpflanze platziert sind.

Wieder drei Gemälde. Wieder drei unterschiedliche Bilderrahmen, ebenso wie die Motivwahl. – Und doch ist alles ganz anders.

Es ist eine Zusammenstellung aus Aquarell in zarten Tönen ganz links, einem abstrakten Gemälde in der Mitte und einem rechten Bild in bunten Farben.

»Ich bin beeindruckt«, sage ich und meine es ehrlich.

»Ich ebenso.« Frau Gretener lächelt. Es ist ein fremdes Lächeln und es gilt dem, was ich gesagt habe.

Sie macht abermals den Mund auf, aber was sie sagt, geht in Lexys Worten unter:

»Hier steckst du also«, sagt meine Freundin. »Hätte ich mir ja denken können, dass dich die wenigen Bilder in der Wohnung magisch anziehen. Hey, nimm endlich wieder einen Pinsel in die Hand und male! Hörst du?«

Ich winde mich unbehaglich. Irgendwie ist mir das Thema vor Frau Gretener unangenehm.

»Heißt das, Sie malen auch?«, fragt sie prompt. »Diese Bilder sind von mir. Damit will ich nicht sagen, dass ich sie selbst gemalt habe, sondern …«

»Greta!«, erklingt ein Ruf aus der Ferne, dem alsbald die Person folgt. Es ist die Gastgeberin. »Schwesterchen, kommst du bitte in die Küche?«

Ne! Die beiden sind Schwestern?!

»War schön, Sie zu sehen«, beendet Frau Gretener das Gespräch und marschiert strammen Schrittes in Richtung Küche davon.

»Die Freude war ganz meinerseits«, gebe ich zurück. Es ist bloß ein Reflex, denn die gute Frau kann meine Antwort längst nicht mehr hören.

Dann drehe ich mich zu meiner Freundin um. »Wo warst du denn die ganze Zeit?«

Lexy seufzt. »Ein dringender Anruf.«

»Alles klar, ein Patient in Not«, lächele ich verständnisvoll und hake mich bei ihr unter.

Wir schlendern zurück ins Wohnzimmer, als Lexy ihrerseits eine Frage stellt: »Und wer war die Frau?«

»Frau Gretener.«

»Wie jetzt?! *Die* Frau Gretener, die dir im Atelier immer das Leben schwer macht?«

Ich nicke langsam und zustimmend.

»Ach du heilige Scheiße!«, entweicht es Lexy.

»Das kannst du laut sagen. Und Magda ist deine Patientin?« Plötzlich muss ich kichern. »Die Vorstellung, dass sowohl du als auch ich beruflich in den Genuss derselben Familie kommen, ist schon irgendwie amüsant.«

»Tja, die Welt ist ein Dorf«, sagt Lexy und lässt sich von meinem Kichern anstecken. »Zufälle gibt's, die gibt's gar …« Mitten im Satz geht ihr die Luft aus. Ihr Blick geht mit einem Mal stur an mir vorbei. »Ich glaub es nicht«, haucht sie, dabei wird sie zusehends bleicher und presst sich die Hand auf den Mund.

»Was ist denn?«, frage ich schließlich, weil sie immer noch ungerührt an mir vorbeistarrt.

Miss Starlet, ist der erste Gedanke, der mich durchzuckt.

Es ist bloß ein Wort, das ihr über die Lippen kommt. – Nein, kein Wort. Ein Name.

Der Name, den ich am wenigsten hören möchte.

»Ric …« Es kommt als explosiver Atemhauch aus ihrem Mund.

In Zeitlupe drehe ich mich um und folge Lexys Blickrichtung. Augenblicklich erstarre ich zu Eis.

Das ist nicht Ric …

Viel zu viel ist los und dann holt dich heute auch noch
die Vergangenheit ein. Das Problem ist, dass du
die ungelösten Konflikte nicht einfach
unter den Teppich kehren kannst.
Lass dich nicht von falschen Worten blenden,
denn auch in der Liebe tendierst du
zu geistigen und manchmal
illusionistischen Höhenflügen.

#MissStarlet

Kapitel 11

Intelligenzallergiker durch und durch …

»D-das ist Ric?« Meine Stimme versagt und ich spüre, wie mir die Kinnlade runterfällt. Ich kann nichts dagegen tun.

Mein Herz pocht so wild, dass es schmerzt.

Wie er da steht, breitbeinig und mit verschränkten Armen vor der Brust, während Magda ihn als ihren neuesten Gast euphorisch begrüßt, ist einfach unwiderstehlich.

Ja, ich erkenne ihn sofort. Den Kerl, dem ich das missratene Kleid zu verdanken habe. Den Kerl, der mir Sonnenblumen ins *Couture Beck* liefern ließ. Mein heldenhafter Schlüsselhüter. Mein Frederic.

Erst auf den zweiten Blick sehe ich die bildschöne Frau an seiner Seite. Auch sie erkenne ich sofort. Es ist die Frau auf seinem ehemaligen Profilbild.

Ähm … ich muss nicht erwähnen, dass ich mir gerade ziemlich verarscht vorkomme, oder? All das Geschwafel darüber, dass er der Frauenwelt abgeschworen hat, und sein Blablabla von wegen »*total verwirrt und verunsichert …*« Ja klar! Oder noch besser: »Und dann kamen Sie, Mina …« Was zum Henker sollte das?!

Tja, wenn Lexys Ric und »mein« Frederic ein und dieselbe Person sind, sollte es mich nicht verwundern, dass er ein Arschloch-Potenzial an den Tag legt, und vermutlich auch nicht, dass er hier in Begleitung erscheint. Ric ist und bleibt eben doch ein Intelligenzallergiker, und zwar durch und durch.

Ich realisiere erst, dass Lexy auf mich einredet, als sie mich unsanft in den Unterarm kneift. »Aua!«, motze ich sie an und schlage ihre Hand weg.

»Hast du gehört? Du musst mir einfach glauben«, wiederholt Lexy einen Teil von dem, was sie offenbar zu erklären versucht hat.

»Was muss ich dir glauben?«

1. Dass Ric eigentlich Frederic *heißt?*

2. Dass er wieder eine neue Freundin hat?

Oder 3. Dass er mit Worten verdammt gut umgehen kann?

Doch das behalte ich schön für mich. Nicht weil ich es Lexy nicht zumuten kann, viel eher bin ich es, die diese Gedanken kaum erträgt.

Ich schlucke.

Meine Stimmung sackt auf ein unterirdisches Level ab, und als hinter mir das Näselstimmchen wispert: »Diese Schönheit muss diese *Miss Starlet* sein«, gibt sie mir damit unbeabsichtigt den Rest.

»Ich hatte keine Ahnung, dass Ric heute auch hier sein wird. Sonst hätte ich dich sicher nicht gefragt, ob du mich begleitest«, sagt Lexy flehend. Sie sieht verunsichert aus und ich weiß auch, warum. Weil ich dreinblicke, als wäre ich soeben sieben Tode gestorben. Dabei hat das gar nichts mit ihr zu tun – nur indirekt. Aber das kann ich ihr unmöglich sagen.

Oh Mann, das darf doch alles nicht wahr sein!

»Schon okay«, sage ich und stelle mit Entsetzen fest, dass Frederic und seine *Miss Starlet* auf uns zukommen. Er – ein fröhliches Lächeln im Gesicht, sie zupft unzufrieden am Ausschnitt ihres blutroten Kleides herum.

Ich würde am liebsten im Boden versinken.

Was sage ich ihm denn jetzt? Einfach nur ein knappes *Hallo, wie geht's?* Oder tue ich besser so, als würden wir uns hier zum ersten Mal begegnen? Wenn ich einen zusätzlichen Wirbel vermeiden möchte, wäre das vermutlich sinnvoll.

Die letzten Sekunden, die mir noch bleiben, verfluche ich meine Ignoranz gegenüber »Ric«. Hätte ich ihn mir wenigstens einmal auf einem Foto von Lexy angeguckt, wäre mir das alles erspart geblieben. Das Schlimmste daran ist, dass mein Herz in eine ganz andere Richtung fühlt wie mein bierkutschermäßig fluchender Verstand.

Oh fuck!

Nur noch wenige Schritte. Frederics Lächeln wird breiter und doch sehe ich, dass sein Mundwinkel leicht zuckt, als er Lexy neben mir bemerkt.

»Hey«, raunt er. Wieder diese angenehm tiefe Stimme. »Wen man hier nicht so alles trifft.« Dabei schaut er mich an, obwohl er auf Lexy zugeht und sie mit zwei Wangenküsschen begrüßt.

»Was machst du denn hier?«, murmelt Lexy ihm ins Ohr und schiebt ihn wieder ein Stück von sich weg.

Immer noch schaut er mich an.

»Ich bin geschäftlich hier.« Er sagt es so leise, dass es nur als Geheimnis aufgefasst werden kann. Vielleicht das Geheimnis um *Miss Starlet?* Prüfend mustere ich seine Begleitung. Makellos schön, perfekt gestylt und frisiert.

Ist sie das? Ist DAS *Miss Starlet?* – Anscheinend ja …

Also keine alte Sternen-Lady mit unzähligen Tüchern und Vintage-Halsketten.

Ich bemerke, dass sie ihn mehrfach am Arm zupft. Als er darauf immer noch nicht reagiert, räuspert sie sich und streckt erst Lexy, dann mir die Hand mit den Worten entgegen: »Freut mich, euch kennenzulernen, ich bin Isabella.«

»Bist du *Miss Starlet?*«, purzeln die Worte aus meinem Mund heraus – und ich bereue es sofort. Der Blick, den ich dafür ernte, ist echt spooky.

Hat sie Angst, dass ihre Tarnung aufgeflogen ist?

Sie gibt keine Antwort.

Na, wie heißt es so schön: Keine Antwort ist auch eine Antwort …

In welcher Art Verbindung *Miss Starlet* allerdings zu Frederic steht, ist mir schleierhaft. Die Bemerkung, dass er geschäftlich hier ist, lässt den Wunsch in mir aufkeimen, dass sie nicht seine Freundin, sondern lediglich eine Arbeitskollegin ist.

Verstohlen schaue ich zu ihm hinüber. Er scheint meinen Blick zu spüren, denn im selben Moment senkt er den seinen und unsere Augen finden sich. Trotzdem ändert es nichts an der Tatsache, dass Frederic auch *Ric* ist. Ich kann nicht einfach all das Wissen der vergangenen zehn Jahre beiseiteschieben. Leider auch nicht auf Knopfdruck abschalten.

Warum denn *leider?!* – Argh! Das ist Ric. Ric, der Intelligenzallergiker!

Genau. Immer schön die negativen Punkte vor Augen halten, dann verschwinden die Schmetterlinge im Bauch, die gerade hoch zu meinem Herzen flattern und es leicht wie eine Feder werden lassen, bestimmt von ganz allein wieder.

Ric ist ein Ego.

Ric ist selbstverliebt.

Und Ric nutzt meine beste Freundin aus.

»Mina, kann ich kurz mit Ihnen unter vier Augen reden?«

Seine Stimme klingt sonor und verführerisch – aber er ist ein Arschloch!

Lexy schaltet sofort. »Wie jetzt, ihr beide kennt euch?«

»Witzig, dasselbe hab ich vorhin von euch beiden auch gedacht«, sagt Frederic schmunzelnd.

Doch meiner Freundin ist nicht zum Schmunzeln zumute – ich kann ihre Verwirrung beinahe körperlich spüren. Deswegen durchbohren mich ihre Augen mit der Röntgenblick-Methode.

Ich ziehe sie am Unterarm einen halben Schritt beiseite und ignoriere Frederics Aufforderung. »Wir kennen uns nicht so richtig«, beginne ich.

»Aber offenbar dennoch *so richtig*, dass er deinen Namen kennt und du wohl auch den seinen. Oder sehe ich das falsch?«

Ich starre auf meine Füße, die auf dem sündhaft teuren Teppich stehen und mir trotzdem kein wohliges Gefühl spenden.

Der Ehrengast *Miss Starlet* und ihr Begleiter, aka mein Schlüsselhüter, werden mittlerweile von Gästen umgarnt. Immer wieder fallen Wortfetzen mit der Frage nach der Sternen-Lady. Aber Isabella gibt sich geheimnisvoll. Keiner darf wissen, wer sich hinter *Miss Starlet* verbirgt, und dennoch spricht sie jeder darauf an. Doch was noch auffälliger ist: Jeder hier in der Wohnung scheint es irgendwoher aufgeschnappt zu haben. Magda ist offenbar keine gute Geheimnishüterin.

Aber das alles ist nicht mein Problem. Mein Problem steht direkt vor mir.

»So ist das nicht«, versuche ich die Sache zu erklären. »Ich kenne ihn nur unter dem Namen ›Frederic‹. Ich hatte keine Ahnung, dass … dass …« Mensch, sogar in Gedanken will ich diese Tatsache nicht wahrhaben, deswegen kann ich es unmöglich aussprechen. »Wenn ich gewusst hätte …« Abermals muss ich abbrechen. »Oh Mann, Lexy, ich fühle mich richtig mies!«

Sie presst die Lippen aufeinander. »Geh ich richtig in der Annahme, dass es sich bei Ric um deinen *Emmi-und-Leo*-Typen handelt?«

Ich nicke und bin mir zu hundert Prozent sicher, dass mir diese Zustimmung viel mehr abverlangt, als Lexy die Tatsache, dass ich mich offenbar auf ihren Ex eingelassen habe.

Wie man sich doch irren kann …

»Du hattest tatsächlich ein Fast-Date mit meinem dir so verhassten Ex?«

Ich reibe mir übers Gesicht. »Ich hatte keine Ahnung. Du redest doch andauernd nur von Ric, woher hätte ich wissen sollen, dass der Intelligenzallergiker in Wahrheit Frederic heißt?«

Lexy schüttelt genervt den Kopf. Was hat sie denn bloß? »Echt, Mina!«, zischt sie mit gesenkter Stimme. »Das hätte ich nicht von dir erwartet.«

»Es war doch keine Absicht!«, verteidige ich mich.

»Ach komm! So ahnungslos kannst du gar nicht gewesen sein. Du willst mir doch nicht weismachen, dass du bei mir noch nie ein Bild von ihm gesehen hast? So blind ist ja nicht mal mein Großvater.«

Ich stöhne auf. »Gerade du solltest wissen, dass ich mich nie absichtlich mit einem Ex von dir treffen würde.« Ich wiederhole es gleich noch einmal, um es zu verdeutlichen. »Niemals! Und schon gar nicht, wenn der Kerl Ric heißt.«

»Tja, und doch hast du es getan.« Lexy verzieht ihren Mund. »Vielleicht kannst du jetzt endlich damit aufhören, mich als den totalen Loser hinzustellen, weil ich vor einer Ewigkeit mit einem Kerl wie

Ric liiert war? Aber vermutlich ist es nun sowieso etwas ganz anderes, jetzt, wo es dich persönlich betrifft – wie immer.«

Die Boshaftigkeit in ihren Worten schmerzt. »Worüber streiten wir hier eigentlich?« Dass ich in dieser Diskussion die alles entscheidende Frage stelle, stimmt mich nachdenklich. Empfindet Lexy doch noch mehr für Ric, als ihr bewusst ist? Dem folgt gleich der nächste Schreckgedanke in Begleitung eines Herzpikens: Wenn dem so wäre, darf es niemals zu einem Treffen zwischen mir und Frederic kommen. Die Erkenntnis trifft mich mehr, als ich für möglich gehalten habe.

So oder so gibt es nur eine Schlussfolgerung: »Zwischen mir und Frederic war nichts und wird auch nie etwas sein. Also lass deine Beleidigungen stecken, Frau Psychologin.«

»Gleichfalls«, zischt Lexy. Ein zorniger Funke blitzt mir aus ihren schwarz getuschten Wimpern entgegen.

Das ist dann wohl das Stichwort: Es wird Zeit für mich zu gehen.

Ohne ein weiteres Wort lasse ich meine Freundin stehen und steuere auf den Fahrstuhl zu. Die läppischen paar Kilometer, die mich von meiner Wohnung trennen, werde ich ja wohl auch zu Fuß schaffen. Dass ich mir insgeheim wünsche, Lexy läuft mir nach und entschuldigt sich, lässt sich nicht leugnen.

Und dann höre ich es tatsächlich. Schritte, die mich einholen.

Erleichterung macht sich in mir breit, denn ich hasse es, wenn Lexy und ich Streit haben.

Kurz bevor ich den Fahrstuhl erreiche, fühle ich eine Hand auf meiner Schulter – und weiß, dass es unmöglich Lexy sein kann, die da hinter mir steht.

In meinem Innern herrscht das reinste Gefühlschaos. Für den Bruchteil einer Sekunde scheint die Zeit stillzustehen.

Ich schließe die Augen und atme diesen Augenblick, der von etlichen widersprüchlichen Emotionen getränkt ist. Enttäuschung mischt sich mit Schwerelosigkeit. Vertrauen mit verletzender Ehrlichkeit. Und der verführerische Duft von Sonnenblumen mit salzigen Tränen.

»Mina, Sie wollen doch nicht etwa schon gehen?«

Diese tiefe Stimme – unverkennbar.

Ich hole tief Luft, dann drehe ich mich zu ihm um.

Verwunderung liegt in Frederics Gesicht und Unsicherheit in seinen Augen. Hat er nicht genau darüber in der letzten WhatsApp-Nachricht geschrieben?

Ich schüttle kaum merklich den Kopf. Nicht um seine Frage zu beantworten. Ich weise damit stumm die Stimme meines Herzens zurecht.

Das ist nicht der Mann, an den du begonnen hast, dein Herz zu verlieren, Mina. Das ist der Mann, dessen Herz einst deiner besten Freundin gehörte.

»Ich muss unbedingt mit Ihnen reden«, sagt er mit einem verführerischen Lächeln auf den Lippen.

»Ich kann nicht«, wispere ich und meine Stimme klingt belegt. Rasch senke ich mein Gesicht, um ihm nicht zu zeigen, wie sich Tränen in meine Augen kämpfen.

»Mina?«

Ich schaue nicht auf.

Plötzlich liegt sein Zeigefinger unter meinem Kinn, der es zärtlich anhebt. Die Berührung fühlt sich gut an. Fuck, *verdammt gut!* Seine Hand ist warm und ein bisschen rau.

»Was ist denn los?«

Ich schaue auf in seine aquarellblauen Augen und fühle, wie mein Herz zu pochen beginnt. Rieche den verführerischen Duft seiner Haut nach Sommerregen und Sonnenblumen und dem verborgenen ersten Kuss, den wir niemals haben werden. Ich spüre seine Wärme und bilde mir ein, das Klopfen seines Herzens zu hören, das mit meinem im Gleichtakt schlägt. Dennoch weiß ich in diesem Augenblick, dass es kein Wiedersehen geben wird.

Ich lächele ihn mit dem Wissen an, dass er in meinem Herzen immer mein Schlüsselhüter bleiben wird. Zu mehr hat es leider nicht gereicht. *Darf* es nicht mehr reichen.

Als das *Pling* des Fahrstuhls ertönt, ziehe ich mich langsam von ihm zurück, immer noch das Lächeln auf den Lippen, und winke ihm zum Abschied.

Leise, so leise, dass er es unmöglich hören kann, sage ich: »Ich werde dich nie vergessen, Frederic.«

Die Sterne prophezeien
eine anbahnende Umbruchstimmung.
Dem normalen Alltag zu frönen,
funktioniert nicht mehr.
Es wird Zeit für eine Veränderung!
Mit der nötigen Portion Mut
kannst du ein Risiko wagen.
Denn auch in Sachen Liebe gilt:
Wer nicht wagt, der nicht gewinnt.

#MissStarlet

Kapitel 12

Fazit: Damit kann ich leben – denke ich.

Zum tausendsten Mal starre ich, möglichst unauffällig, auf mein Handy. Denn ich bin nicht allein. Ich weiß nicht, was heute mit Stefanie los ist, vermutlich befinden sich Merkur, Venus und Jupiter alle in einer für sie ungünstigen Konstellation. Oder war es die Sonne? – Ach, egal …

Auf jeden Fall scheint ihr die Sternenwirkung nicht gutzutun, denn sie wirbelt ständig durchs Entree.

Keine Nachricht von Lexy.

Auch keine von Frederic – nicht, dass ich darauf gehofft oder gar gewartet hätte.

Auch zum tausendsten Mal ertappe ich mich dabei, wie sich meine Gedanken verselbstständigen und anstatt zu den Kundenwünschen zum gestrigen Abend abschweifen.

Ich wische mir mit dem Unterarm über die Augen und blinzele einige Male, weil der fehlende Schlaf die Lider unglaublich schwer wiegen lässt. Ich registriere kaum, was vor sich geht.

- Kunden begrüßen.
- Telefonanrufe entgegennehmen.
- Kaffee kochen für Frau Beck.
- Bestellungen entgegennehmen.
- Lieferanten die Tür aufhalten.
- Kunden verabschieden.
- Kaffee Nummer zwei für die Chefin kochen.
- Termine koordinieren.

Zwar erledige ich brav die Arbeit, doch meine Gedanken sind ganz woanders.

Ich habe gewusst, dass Lexy immer noch viel auf ihren Verflossenen gibt, und es ist ein ungeschriebenes Gesetz, dass man die Finger von dem Ex der Freundin lässt – auch wenn sie das nie laut ausgesprochen hat. Aber *wie* sie von ihm gesprochen hat, ihr Lachen, wenn sie zusammen telefonierten ... Alles Zeichen, die eine beste Freundin zu deuten versteht.

Deshalb hat mich ihre Reaktion nicht überrascht. Ich kann es sogar vollkommen verstehen. Mich ärgert nur der Umstand, dass ich es *tatsächlich* nicht wusste. Nicht wusste, wer sich hinter dem Namen »Frederic« verbirgt. Nicht wusste, dass ich mich auf ihren Ex einlasse. Und nicht wusste, dass ich mich in den Aquarellaugen verlieren werde ...

Doch hätte Lexy nicht auch spüren müssen, dass Frederic mir wirklich gut...

Sogar in meinen Gedanken unterbreche ich mich. Ich kann diese Gefühle nicht zulassen. Nicht mehr. Der Kerl, an den ich mein Herz zu verlieren drohe, könnte keine ungünstigere Vergangenheit mit sich bringen.

Unmerklich schüttele ich den Kopf. Leider lassen sich die aufkommenden Emotionen und die Aquarellaugen in meinem Innern nicht auf diese Weise loswerden.

Gestern Nacht habe ich lange mit mir gerungen, wie ich mich Lexy gegenüber verhalten soll. Ich wage zu behaupten, ich bin über meinen Schatten gesprungen, denn ich schrieb ihr eine ellenlange Nachricht, nachdem der größte Ärger verraucht war. Darin habe ich noch einmal explizit erwähnt, dass es keine Absicht war und ich

Schussel mit Chaos-Gen und Ignoranz-Mutation da total ahnungslos reingeschlittert bin. Auch dass für mich die Sache mit Frederic gegessen sei und ich ihm das direkt gestern Abend mitgeteilt habe. Ja, ich schilderte einfach alles, was erwähnenswert war.

Lexy hat die Nachricht nicht einmal gelesen.

Aus diesem Grund ziehe ich es heute zum allerersten Mal seit der Existenz des Mädelsabends in Erwägung, *nicht* hinzugehen.

Es fällt mir schwer – und zwar sehr.

Aber noch schlimmer ist die Vorstellung, dass Lexy und ich uns weiterhin streiten könnten. Die Mädels ahnen sowieso schon, dass etwas vorgefallen ist, weil ich sie vorgewarnt hatte, dass es mir heute eventuell nicht passt.

Das Hinterkopfrumoren lässt mich nicht in Ruhe.

Lexys Blick.

Das Lodern in ihren Augen.

Ein Blick voller Enttäuschung, durchzuckt von Wutpartikeln, die wie ein Funkenregen von ihren dichten Wimpern rieselten.

Klar, ich kann mir denken, wie obskur das auf sie gewirkt haben muss. Sie, total in Sorge, weil der Intelligenzallergiker im Anmarsch ist, und dann spricht er mich beim Vornamen an. Dass Frederic mir später hinterhergelaufen ist, entging ihrem scharfen Auge bestimmt auch nicht. Und dann noch seine Berührung ... Sie hat sich gut angefühlt. Um ehrlich zu sein, *viel* zu gut!

Die Tür des Ateliers geht auf.

»Und?«, flötet Stefanie durch den Türspalt hindurch. Die Aufregung in ihrer Stimme entgeht mir nicht, ebenso wenig, dass sie nervös das Entree abscannt. »Ist sie schon da?«

Und da dämmert es mir und meinem umnebelten Hirn.

Scheppernd fällt das Handy auf die Tischplatte.

»Ach du Scheiße!«, entfährt es mir. Augenblicklich bekomme ich Atemnot, verfalle in ein hysterisches Hecheln und schnappe kurzatmig nach Luft. »Wo ist Frau B-Beck?«, presse ich zwischen zwei Atemzügen hervor.

Mir ist abwechselnd kalt und heiß.

Stefanie macht den Mund auf und am liebsten will ich die Antwort gar nicht hören.

»Sie ist …«

Sag nicht Anprobezimmer, *sag einfach nicht* Anprobezimmer, flehe ich im Geiste inniglich. Äußerlich erstarre ich zur Salzsäule mit panischen Schweißperlen. Sag einfach nicht Anprobezimmer, nicht Anprobezimmer, wiederhole ich mein Mantra.

»… im Anprobezimmer und bereitet alles vor.«

»Holy Shit!« Wegen des ganzen Frederic-Ric-Lexy-Dramas hab ich das Katastrophen-Kleid ganz vergessen. So ein blöder, verdammter Kackmist! Heute ist die Anprobe mit Frau H. Fischer!!! Was heißt heute? JETZT!

Angesichts dieser Erkenntnis falle ich beinahe in Ohnmacht.

»Oh merde!«, fluche ich noch einmal. Dafür durchbreche ich endlich die Salzsäulenstarre und schlage mit der flachen Hand auf den Tresen – so heftig, dass es klatscht.

Dann stürme ich los.

»Also unbedingt Frau Beck in Ruhe lassen«, erinnert mich Stefanie an die allseits bekannte Regel.

Shit! Wie konnte ich das bloß vergessen?

»Mina, hast du nicht gehört?«

Klar hab ich das, aber sie hat ja nicht die leiseste Ahnung, so was von keinen Schimmer, was hier gleich für ein Donnerwetter abgehen wird … – Also scheiß auf die Regeln!

»Nein, Mina! Denk nicht mal dran!«, verfolgen mich Stefanies Worte und berühren dennoch nur meinen Schatten.

In der Ferne glaube ich das Klingeln der Türglocke auszumachen.

Oh, oh! Wenn das Frau H. Fischer sein sollte, bleibt mir nicht mehr viel Zeit.

Mit einer übereilten Handbewegung reiße ich, ohne Klopfen oder Vorwarnung, die Tür zum Anprobezimmer auf.

»Nein, nicht!«, schreie ich, noch bevor ich den Raum betreten habe. Meine Stimmbänder krächzen und ich komme mir wie die Dramaqueen in einer zweitklassigen Soap vor.

Frau Beck wirbelt herum und ihr Gesichtsausdruck spricht für sich.

Es ist zu spät!

Mit Mühe ignoriere ich das Entsetzen, das mir entgegenblitzt, und hechte mit großen Sprüngen an ihre Seite. Dann sehe ich es. Das

Katastrophen-Kleid liegt in all seiner Pracht und Herrlichkeit über der Stuhllehne – doch ich habe nur Augen für den Saum. Die schwarzen Striemen verhöhnen mich!

»Frau Beck, das tut mir schrecklich leid«, hauche ich und wage es nicht, ihr in die Augen zu blicken.

»Soll das etwa bedeuten, es ist Ihre Schuld, Mina?«

»Das war … also …« *Herrgott noch mal, reiß dich zusammen und bring das Donnerwetter hinter dich!* »Das war keine Absicht«, bringe ich endlich heraus, auch wenn mir bewusst ist, dass das kaum bis gar nichts an der Situation ändert. »Es kam zu einem kleinen Unfall auf der Straße und dabei ist das Missgeschick passiert. Es tut mir sehr, sehr leid!«

»*Leid?* Es tut Ihnen leid?« Selten habe ich Frau Beck so aufgebracht erlebt. »Und Sie hielten es nicht für nötig, mich über den Zwischenfall zu informieren? Haben Sie auch nur den Hauch einer Ahnung, was Sie angerichtet und in was für eine Situation Sie mich damit gebracht haben?« Beide Hände in die Hüften gestemmt und mit wippendem Fuß starrt sie mich an. »Frau Fischer wird jeden Moment eintreffen und ich habe absolut nichts, das ich ihr als Ersatz anbieten könnte. Das ist eine Katastrophe!«

Bei jedem ihrer Worte sacke ich mehr und mehr in mich zusammen. Bald gibt sie mir den Todesstoß – ich ahne es. Doch ich weiß nicht, was ich zu meiner Verteidigung vorbringen könnte. Also bleibe ich bei der Wahrheit. »Es war mein Fehler und ich kann nur wiederholen, dass es mir unwahrscheinlich leidtut.«

»Ich bin enttäuscht von Ihnen, Mina. Wirklich sehr enttäuscht. Und …«

Stefanie streckt den Kopf herein und unterbricht Frau Beck. »Verzeihung«, sagt sie und flüstert beinahe. Ihrem nervösen Blick entnehme ich, dass sie den Hauptteil der Unterhaltung mitbekommen hat. »Frau Fischer ist soeben eingetroffen. Soll ich sie ins Zimmer führen?«

Frau Beck presst die Augen zu und reibt sich seufzend die Schläfen, dann nickt sie stumm und richtet das Wort an mich. »Verlassen Sie den Raum.« Ihre Stimme klingt ruhig und seltsam matt.

Ich habe bereits die Tür erreicht, als er kommt, der Todesstoß. »Das wird ein Nachspiel haben, das ist Ihnen hoffentlich klar.«

»Ja«, erwidere ich leise. Mit gesenktem Kopf verlasse ich das Zimmer.

Wie in Trance schreite ich durch den Korridor und schaue erst auf, als ich die Schritte bemerke, die auf mich zukommen. Frau Fischer schreitet an mir vorbei. Zwar registriere ich es, grüße auch, wie es sich gehört, aber meine Gefühle fahren Achterbahn. Dieses heillose Durcheinander ist selbst für eine unverwüstliche Chaotin wie mich zu viel.

Am Tresen angekommen plumpse ich erledigt auf den Stuhl. Jede Bewegung fühlt sich schwer an, als fließe kein Blut, sondern Blei durch meine Adern.

Mit halbem Ohr versuche ich zu lauschen, was im Anprobezimmer vor sich geht – keine Chance! Gleichwohl ertönt kein Schrei des Entsetzens, kein Hysterieanfall. Und ich sehe auch keine Kundin, die fluchtartig das *Couture Beck* verlässt.

Nur eine trügerische Ruhe vor dem Sturm?!

Okay, ich versuche das Ganze nüchtern zu betrachten: Der schlimmste Fall, der eintreffen kann, ist, dass ich durch meine Vertuschungsaktion den Job verliere. Fazit: Damit kann ich leben – denke ich.

Instinktiv greife ich nach meinem Handy. Ich habe die vergangenen Stunden so oft draufgeschaut, dass es längst in die Kategorie »Krankhaftes Suchtverhalten« gehört.

Immer noch keine Nachricht. Von niemandem.

Ein kleiner Silberstreifen am Horizont wäre echt zu schön gewesen.

Gerade als ich das Handy zurück auf die Arbeitsfläche legen will, vibriert es in meiner Hand.

Mit dem Namen, der mir vom Display entgegenleuchtet, habe ich am allerwenigsten gerechnet. Einerseits bin ich enttäuscht, dass es nicht Lexy ist oder eins der Mädels sich bei mit meldet (und ein ganz klein wenig vielleicht auch, weil es nicht Frederics Name ist), aber zu einem großen Teil bin ich überrascht.

Thomas.

Thomas hat mich in den vergangenen fünf Jahren ganze zwei Mal angerufen. Zwei unvergleichliche Anrufe, die unterschiedlicher nicht hätten sein können. Wie Schwarz und Weiß. Keine Graustufen dazwischen.

Das erste Mal informierte er mich, dass er um die Hand meiner Mutter anhalten möchte. Fand ich echt süß von ihm, denn er fragte vorab bei mir nach, ob das für mich in Ordnung sei. Beim zweiten Anruf sprach er auf die Mailbox.

Unweigerlich blitzen seine Worte wieder in mir auf: *Deine Mutter ist im Krankenhaus. Schlaganfall. Komm vorbei, wenn du das hörst.*

Was er wohl heute will?

Mit gemischten Gefühlen nehme ich den Anruf entgegen. (Ja, auch das wäre streng genommen während der Arbeitszeit nicht erlaubt, aber spielt das in meinem Fall überhaupt noch eine Rolle?)

»Thomas«, sage ich mit gesenkter Stimme. »Bist du wieder im Lan…«

»Mina«, fällt er mir ungehalten ins Wort. »Sybille … ich meine, deiner Mutter geht es nicht gut.«

»*Was?!*«, krächze ich ins Telefon und es interessiert mich gerade einen feuchten Dreck, was »streng genommen« erlaubt ist und was nicht. »Was ist los? Was ist passiert?«

»Ich weiß es nicht …« Thomas Stimme klingt fremd. Rau und heiser. »Ich bin gerade erst aus Frankreich zurückgekommen und … und … Sybille lag zusammengekrümmt und bewusstlos auf dem Boden. Neben ihr der Telefonhörer … und ich …«

»Oh mein Gott!« Ich kann nicht glauben, nein, ich *will* nicht glauben, was er da sagt. In meinem Hals nistet sich ein beengendes Gefühl ein. »Thomas, ich …«

Erneut unterbricht er mich und die Hektik in seiner Stimme macht mir Angst. »Mina, komm so schnell wie möglich vorbei.«

»Zu Mama nach Hause?«, frage ich aus einem Impuls heraus nach und bemerke, dass sich meine Finger verkrampft um die Tischplatte krallen.

»Nein, nein! Wir sind im Krankenhaus«, sagt Thomas mit gebrochener Stimme. Weint er? »Aber Mina …«

»Ja?«, hauche ich.

»Es sieht nicht gut aus.«

»*Was?!*«, krächze ich schon wieder. Der Kloß im Hals wird größer. »Was willst du damit sagen?«

»Vielleicht wird sie die Nacht nicht überleben.«

»Nein …«, wimmere ich. Würde ich nicht schon längst auf dem Stuhl sitzen, wäre ich jetzt zu Boden gesackt. »Nein, bitte nicht!«

»Ich glaube«, Thomas schluchzt, »es wird ihr guttun, wenn du vorbeikommst und sie …«

Jetzt bin ich diejenige, die ihn nicht ausreden lässt. »Ich bin schon auf dem Weg!«

Einen Atemzug lang steht die Welt still.

Ich lasse meinen Arm sinken, stiere auf den Boden und realisiere nicht, was um mich herum geschieht. Dass Stefanie längst zurück ist und ich unter ihrer Beobachtung stehe.

Wie in Trance packe ich meine sieben Sachen zusammen und klaube die Handtasche vom Boden auf.

»Hey! Du kannst nicht einfach so abhauen!«, protestiert Stefanie, während ich auf dem Absatz kehrtmache und mich langsam der Ausgangstür nähere. »Wenn du das tust, brauchst du dich garantiert nie wieder hier blicken zu lassen.«

Für eine Sekunde halte ich inne.

Ich habe ihr den Rücken zugewandt und meine Hand ruht wartend auf dem Türgriff. Ich presse die Lippen zusammen, doch es nützt nichts. Die Worte liegen mir schon auf der Zunge.

Der Zeitpunkt ist gekommen.

»Keine Sorge. Ich werde mich auch nie mehr hier blicken lassen«, sage ich und bin überrascht, wie ruhig und selbstsicher meine Stimme klingt.

Stefanie kräuselt die Stirn.

»Ich kündige!«

Ich hab es getan.

Ich hab es gesagt!

Und ich fühle … nichts dabei.

Mit dem Zufallen der Tür schließt sich ebenso das *Couture-Beck*-Kapitel ein für alle Mal in meinem Leben.

Wie es weitergeht und wie meine berufliche Zukunft aussieht? – Ich habe keinen Plan. Aber in diesem Augenblick ist es mir auch herzlich egal.

Alles, was ich will, ist, ins Krankenhaus zu fahren.

Ich muss schleunigst weg!

Zu Mama.

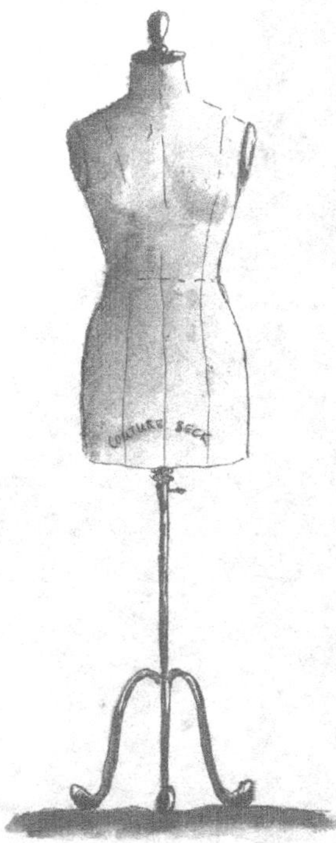
COUTURE SECK

Gibt es etwas, das du schon lange mal aussprechen wolltest?
Konflikte, die gelöst werden müssen?
Oder Umstände, die du längst abschließen solltest?
Dann ist jetzt der richtige Zeitpunkt dafür gekommen,
die Sterne stehen günstig.
Zudem schafft es Platz für etwas Neues
in deinem Leben.
Jupiter wird dich dabei unterstützen.

#MissStarlet

Kapitel 13

Von Herzen, die groß sind, und Herzen, die versagen

Der Himmel nimmt die Farbe von Schwefel an.

Ohne es zu merken, halte ich auf dem runden Steinplatz vor dem Krankenhaus inne. Ich stehe total neben mir und hinter meiner Stirn pochen unaufhörlich Thomas' Worte.

Vielleicht wird sie die Nacht nicht überleben …

Das darf nicht passieren! Das darf einfach nicht passieren!

Und zwischen zwei kräftigen Atemzügen begreife ich etwas. Etwas Entscheidendes.

Seit Mama den Schlaganfall hatte und jeden Tag wartend auf dem Stuhl sitzt, warte auch ich. Warte auf den richtigen Zeitpunkt. Auf eine Veränderung. Womöglich einfach nur auf ein Zeichen des Universums – oder der Sterne.

Da ist diese leise Stimme in meinem Innern, die mir zuflüstert, dass ich etwas wagen muss, um herauszufinden, wohin mein Weg mich führen soll.

Und vielleicht ist der richtige Zeitpunkt auch schon gekommen – oder schlägt nun genau dann zu, wenn ich es am wenigsten gebrauchen kann.

Mit einem unguten Gefühl in der Magengegend betrete ich das Krankenhaus. Alles um mich herum verstummt. Nur die pochenden Gedanken hinter der Stirn drängen mich. Drängen mich zur Eile.

Ich bringe es nicht fertig, auf den Fahrstuhl zu warten, und steige die Treppe, immer zwei Stufen auf einmal nehmend, in das fünfte Stockwerk hinauf.

Intensivstation – kein gutes Zeichen …

Mina! So darfst du nicht einmal denken!

Hey, hier lag Mama bereits vor einigen Wochen. Und? Sie ist eine Kämpfernatur und kam wieder auf die Beine. *Tschakka, Mama!*

Oben angekommen entdecke ich Thomas sofort. Er lehnt mit dem Oberkörper an der Wand, den Kopf in den Nacken gelegt und die Augen geschlossen.

Langsam, aber mit unruhig pochendem Herzen, gehe ich auf ihn zu. »Thomas?«, spreche ich ihn leise an.

Er zieht scharf die Luft ein, ehe er die Lider aufschlägt und mich aus geröteten Augen ansieht. Wir drücken uns kurz zur Begrüßung.

»Gibt's schon was Neues?« Es fällt mir so schwer, ihn das zu fragen. Ich habe Angst vor der Antwort, weil mir die Ereignisse wenige Wochen zuvor noch in den Knochen sitzen.

»Ein weiterer Schlaganfall«, murmelt er und ich sehe, wie er mühevoll schluckt. »Sie liegt seither im Koma.«

Entsetzt und erschrocken zugleich schlage ich mir die Hand vor den Mund. »Nein«, wispere ich zwischen den Fingern hindurch.

Ich brauche mehr als ein paar Sekunden, bis ich die nächste Frage stellen kann: »Wie sehen die Prognosen der Ärzte aus?«

Er seufzt schwer, dann schüttelt er seinen Kopf.

Thomas braucht es nicht auszusprechen, ich weiß, was das bedeutet. Trotzdem will ich die Hoffnung nicht aufgeben.

Ich bezwinge die Tränen, die in mir aufsteigen wollen, während ich Thomas sanft am Unterarm berühre. »Darf ich zu ihr?«

Mit beiden Händen fährt sich Thomas übers Gesicht. »Ja«, raunt er. Eine Träne fällt ihm aus dem Augenwinkel und verfängt sich zwischen seinen Bartstoppeln.

Kurz drücke ich seinen Arm, dann löse ich mich von ihm.

Wie vor wenigen Wochen melde ich mich bei der Schwester der Intensivstation. Nachdem ich mir vorschriftsmäßig die Hände und Arme mit dem Mittel, das direkt neben dem Eingang angebracht ist, desinfiziert habe, betrete ich den sterilen Raum, dessen Geruch mir noch allzu vertraut ist. Ein Geruch, der mir das Atmen erschwert.

Diesmal liegt Mama im hinteren Bereich. Etwas abgeschottet von den anderen Betten.

Mein Magen rumort, als ich mich ihr nähere.

Links und rechts sind Apparaturen angebracht, die Mamas Herztöne und auch den Sauerstoffgehalt überwachen.

»Mama …«

Wie meine Mutter hier liegt. Mit geschlossenen Augen. Reglos. Eingebettet in eine dünne Decke und verkabelt mit unzähligen Apparaten, Sauerstoffmaske über Mund und Nase. Die Haut auffällig fahl. Der Mund trocken und rissig. – Sie wirkt noch zerbrechlicher als in den vergangenen Wochen.

Behutsam ziehe ich mir einen Stuhl näher ans Bett heran und dennoch klingt es wie ein markerschütternder Lärm in der gespenstischen Stille.

»Mama, ich bin jetzt hier. Hier bei dir«, flüstere ich und setze mich. Meine Finger suchen die ihren und umschließen sie. Heute zittern sie nicht mehr, dafür sind meine eiskalt.

Ich lege meine Wange auf ihren Handrücken, und erst als ein Tropfen stumm auf die Bettdecke fällt und verrinnt, wird mir bewusst, dass ich weine.

»Ich weiß, dass du mich hören kannst«, rede ich leise weiter. Es ist dieses Gefühl ganz tief in mir drin, das mir bedeutet, dass ich Mama noch diese eine Sache erzählen muss. Auch wenn es mir schwerfällt. Vielleicht schenkt es ihr Kraft. Kraft, um zu kämpfen. »Du hattest recht, Mama. Zwischen *mit dem Leben klarkommen* und *Glücklichsein* herrscht ein himmelweiter Unterschied.« Ich seufze und spreche weiter. »Ich habe einen Mann kennengelernt. Frederic ist sein Name und er ist einfach …« Ja, was ist er eigentlich? »… einfach unglaublich. Doch leider ist er auch Lexys Ex.«

Dann erzähle ich Mama alles. Von Frederics kleiner Tochter Melli, der Einweihungsparty, dass ich mich mit Lexy gefetzt habe und sogar, dass ich Frederic schrecklich vermisse. Ich lasse auch den Teil mit meiner Kündigung nicht aus. »Ich würde ihn dir so gerne vorstellen, wenn es dir besser geht«, beende ich meine Zusammenfassung.

Einen Moment ist es still. Nur das Piepen des Herzmonitors ist in regelmäßigen Abständen zu hören. »Ich will, dass du mir etwas versprichst«, sage ich ihr endlich das, was mir am meisten auf dem Herzen liegt. Ich schaue Mama an, drücke ihre Hand noch ein bisschen fester gegen meine Wange. Licht flackert von der Zimmerdecke. Wirft einen blauweißen Schimmer auf das Bett. Beleuchtet das Krankenzimmer. Und ihr blasses Gesicht. »Versprich mir, dass du kämpfen wirst. Hörst du, Mama?«

Ich bilde mir ein, einen zuckenden Finger in meiner Hand zu spüren. Überrascht betrachte ich Mamas Gesicht. Ihre Lippen scheinen sich zu einem kaum wahrnehmbaren Lächeln zu verformen. Und doch … Ihre Atemzüge werden leiser.

»Und ich verspreche dir auch etwas: Ich werde dich keine Sekunde alleinlassen.«

Ihr Mund öffnet sich ein kleines Stück und mir ist, als hauche sie meinen Namen.

»Mama?«, frage ich leise und mein Herz klopft voller Hoffnung.

Doch Mama reagiert nicht mehr.

Dann, ganz plötzlich liegt etwas in der Luft. Es ist nicht greifbar, auch nicht sichtbar, aber ich fühle es.

Instinktiv halte ich den Atem an. Es ist, als pralle ich mit voller Wucht gegen eine unsichtbare Wand, erbaut aus eben diesem undefinierbaren Gefühl.

Ihre Hand in meiner erschlafft.

»Mama?«

Ich starre sie an. Panik befällt mich.

Sie darf verdammt noch mal nicht sterben!

»*Mama, bitte!*«

Und dann höre ich es.

Grelles Piepen, das einem Alarm gleichkommt und durch die Räume wabert. Piepen. Laut, ekelhaft und grauenvoll.

Es kommt vom Herzmonitor.

Unwillkürlich presse ich die Augen zu und gleichzeitig beiße ich mir krampfhaft auf die Unterlippe, um das Beben zu bändigen. Wenn ich einfach ganz still sitzen bleibe und die Ohren zuhalte, vielleicht merke ich dann, dass ich in einer verfluchten Spirale namens Albtraum feststecke. Nur noch ein Zwinkern, dann schlage ich die Augen auf und werde in meinem Zimmer liegen und über meine kranke Fantasie lachen.

Schritte eilen herbei.

Plötzlich verwandelt sich das Piepen zu einem anhaltenden Dauerton.

Ärzte stürmen herein.

»Herzversagen«, höre ich eine Stimme.

Ich fühle, wie mich jemand sachte beiseiteschiebt, denn ich sitze immer noch ungerührt und mit zusammengepressten Augen auf dem Stuhl. Warte auf das Aufwachen und das Ende des Albtraums. Bekomme nicht wirklich mit, was um mich herum geschieht.

Ich will Mamas Hand nicht loslassen. Als jemand es für mich tut, schlage ich die Augen auf und sehe zu den Halbgöttern in Weiß. Allein ihre Anwesenheit verrät mir, dass es kein Albtraum sein kann, sondern bittere Wirklichkeit.

»M-Mama …« stammele ich und schüttele den Kopf.

Nur am Rande höre ich die befehlenden Worte, und dass jemand anderes die Entscheidung fällt: »Vorbereiten für die Reanimation.«

Herzversagen … Reanimation …

Kraftlos sinke ich zu Boden, umklammere meine Knie und wippe vor und zurück. Da sehe ich Mamas Hand und wie der Arm ohne Kontrolle an ihrem Körper herunterbaumelt. Das sieht nicht gut aus.

Ich würge an den Tränen und will Mama nicht zeigen, wie schlimm es um sie steht – auch wenn es bloß energetisch ist.

Schräg vor mir die weißen Kittel, irgendwo dazwischen Mama. Wie Gewitterwolken türmen sich die Ärzte über ihrem Bett auf.

Hektik. Befehle. Gekonnte Handbewegungen.

Und der grauenvolle Dauer-Piepton, der nicht enden will und sich in mein Gehör bohrt. Doch selbst das ist mir egal.

Eine Hand legt sich auf meine Schulter und drückt sie schwach.

Ich habe Thomas völlig vergessen und auch nicht bemerkt, dass er den Raum betreten hat, daher zucke ich bei seiner Berührung zusammen. Unruhig blicke ich zu ihm auf. Er hat die Stirn in Falten gelegt. Dazu sein stummer, sorgenvoller Blick, während er sich neben mich kniet.

Wo bleibt dieser verfluchte Herzton?!

Stimmengewirr, das sich zu mir durchschlängelt.

Das helle Licht der Intensivstation schimmert kaltweiß auf Mamas Haut, dadurch wirkt sie erschreckend blass.

Leichenblass.

Rasch, aber dennoch mit einer beruhigenden Sicherheit, wird der nächste Reanimationsversuch eingeleitet, während das Dauerpiepen die Bewegungen der Ärzte begleitet.

Sonst ist alles still.

So still wie das flüsternde Abendrot, das die Fensterscheiben berührt.

Abendrotstill.

Meine Lippen schlottern und ich schlucke hart, kann kaum atmen, und als ich wieder Luft bekomme, spreche ich sie leise an und hoffe, dass ihr Geist mich hören kann: »Mama, es wird alles gut.«

Thomas greift nach meiner schlotternden Hand und verschränkt sie mit seinen kalten Fingern.

Dann verstummen plötzlich sämtliche Geräusche. Als hätte jemand bei der Melodie des Lebens auf Pause gedrückt.

Eine bedrückende Ruhe, die sich wie ein Schleier, der mich einwickelt und sich mit jedem Atemzug stärker zuzieht, über uns bettet.

Mit meinem nächsten Herzschlag dreht sich die Erde wieder und mein Herz fällt aus luftiger Höhe, …

»Es tut uns sehr leid«, zwängt sich eine Stimme zu mir durch. »Wir können nichts mehr für Ihre Mutter tun.«

… schmettert auf den sterilen Krankenhausboden und zersplittert in tausend Scherben.

Um mich herum Stimmen.

Ich höre sie, aber kann nicht verstehen, was sie sagen. Sie vermischen sich mit meinem Schmerz und meiner Verzweiflung und versinken im Chaos.

»Mina?«

Zwar höre ich meinen Namen, doch ich bin unfähig, darauf zu reagieren.

»Mina, ich fahre dich nach Hause.«

Ist das Thomas?

Auch seine Worte schwirren unverstanden durch mich hindurch.

Mit eisernem Griff umklammere ich meine Beine. Gleichzeitig presse ich mein Gesicht auf die Knie, meine Zähne schlagen unkontrolliert aufeinander und ich schlottere am ganzen Körper.

Plötzlich spüre ich, dass mir jemand eine Decke um die Schultern legt. Oder ist es eine Jacke?

Ich schaue nicht hin und klammere mich fröstelnd daran fest.

Weitere Worte, die ich nicht verstehe – nicht verstehen *möchte.*

Ein Teil von mir, der sich gerade mein ganzes Innenleben zu eigen macht, möchte nie wieder die Augen öffnen. Einfach nur vergessen. *Alles* vergessen.

Nebengeräusche werden laut.

Immer noch dieser sterile Geruch, der in der Nase kitzelt und nicht in mein Leben gehört.

»Ich kümmere mich um sie«, sagt Thomas matt und drückt meine Hand.

Endlich schlage ich die Augen auf.

Ich kauere immer noch auf dem Boden.

Erst sehe ich von den Ärzten zu der Krankenschwester, dann wandert mein Blick weiter zu Thomas. Seine Augen sind vom Weinen ganz angeschwollen. Als ich das Bett vor mir betrachte, realisiere ich endlich, was los ist.

Vor mir liegt Mama. Sie ist viel zu blass und ihr Mund wachsbleich. Doch ihre Augenlider wirken entspannt und selbst das Gesicht scheint auf eine friedliche Art gelöst.

Vor meinem geistigen Auge flimmert Mamas Gesicht auf. Sie schaut mich an. Die Leichenblässe ist verschwunden. Mit einem fröhlichen Lächeln winkt sie mir zu. Das ist meine Mama, wie ich sie kenne.

Und doch – es ist nur eine Erinnerung, nichts weiter …

Allmählich klärt sich mein Verstand und ich begreife, was vor meinen Augen geschieht. Der Tropf wird abgehängt und gerade ist die Schwester dabei, den Herzmonitor wegzuschieben.

Mama wird nie wieder lächeln.

Mich nie wieder ansehen.

Mama ist tot!

»Mina?«, sagt Thomas leise. »Es wird Zeit.«

Ich sehe ihm in die Augen. »Aber ich habe ihr versprochen, dass ich sie nicht alleinlasse.« Meine Stimme klingt ungewohnt heiser und trocken. Ich schluchze auf, spüre, wie mir neue Tränen über die Wangen strömen.

»Du warst bei ihr. Die ganze Zeit«, wispert Thomas.

Und ich frage mich das erste Mal, wie es für ihn sein muss? Seine Liebe zu verlieren … Schrecklich!

Ich schenke ihm ein leidgeprüftes und zugleich gequältes Lächeln und erhebe mich. Mache zwei wackelige Schritte zum Bett hinüber.

Zögernd strecke ich meine Finger nach ihr aus, berühre ihre Hand. Spüre ihre eiskalte Haut unter meinen Fingern. Und auch ich fühle mich, als ob in meinem Innern Eiszapfen wachsen, die bei jedem Atemzug meinen Rachen aufschlitzen. Dennoch lasse ich die Hand nicht los. Mein Daumen fährt über ihren Handrücken.

Ich kann nicht akzeptieren, dass es hier vorbei sein soll. Dass Mamas Leben hier und jetzt zu Ende sein soll.

Nicht Mama. Nicht meine Mama. Verdammt noch mal!

Mit einem lauten Schluchzen hauche ich Mama einen letzten Kuss auf die kalte Wange und streiche ihr zärtlich eine Haarsträhne hinters Ohr. »Ich werde dich immer in meinem Herzen tragen, Mama«, flüstere ich ihr zu. »Immer.«

Dann lasse ich mich von Thomas aus dem Zimmer schieben.

»Ich bring dich nach Hause.«

Ich schaue Thomas an und nicke langsam. Allmählich kommt das Verständnis für alles, was passiert ist, und mit ihm eine leise Ahnung, was bleibt.

Mama hat den Kampf gegen das Schicksal verloren.

So zögerlich, wie mir das bewusst wird, so langsam begreife ich auch, dass ich nie wieder mit ihr über den Kinderwunsch streiten, die Jobsuche diskutieren oder ihren Reiseberichten lauschen werde.

Als wir das Krankenhaus verlassen, fühle ich mich noch immer aufgewühlt und viel zu durcheinander. Mein Magen hat sich noch lange nicht beruhigt.

Der Weg von hier zu Thomas' Wagen kommt mir schlichtweg surreal vor. Einem Tagtraum ähnlich.

Ich registriere, dass die Dämmerung der hereinbrechenden Nacht Platz macht, aber es ist hier draußen immer noch hell im Vergleich zu dem tiefschwarzen Herzen in meinem Innern.

Alles wirkt außergewöhnlich ruhig, als umgebe mich eine dicke Schicht Watte, die mich vom Rest der Welt abschottet.

»Weißt du, was Sybilles letzte Worte im Krankenwagen waren?« Thomas hält mir die Wagentür auf, lächelt müde und blinzelt einige Male. Sein leidender Gesichtsausdruck weicht einem sanften Lächeln. »Sag meiner Mina, dass ich sie lieb habe.«

Unentwegt strömen mir Tränen übers Gesicht und ich kriege keinen Ton heraus. Schluchzend ringe ich nach Atem, damit ich antworten kann. »Das hat sie gesagt?«

Thomas beißt sich auf die Lippen, um den nächsten Schluchzer zu unterdrücken, dann nickt er. »Wenn sie mich auf meinen Geschäftsreisen begleitete, schwärmte sie von deinem Talent und deinen Bildern. Das Leuchten in ihren Augen – unvergesslich. – Oh ja, sie hat dich über alles geliebt.«

»Danke«, wimmere ich, schlinge meine Arme um ihn und drücke ihn so fest, als wäre er das letzte bisschen, was ich noch habe. Mit einem Mal verliert Thomas die nette und vermeintlich langweilige Fassade und ich erkenne seine wahre Qualität – sein großes Herz.

Die Pflicht ruft, vielleicht lauter, als es dir lieb ist.
Trotzdem immer schon locker bleiben, lautet der Tipp der Sterne.
Wenn die Pflicht erfüllt ist, lockt die Liebesgöttin
mit einer aufregenden Bekanntschaft.
Die Sterne stehen gut und wenn du
dieses Bauchkribbeln verspürst,
konnte sich daraus womöglich noch mehr entwickeln.
#MissStarlet

Kapitel 14

Drei Wochen, unzählige Tränen und Farbkleckse später

Sternschnuppenzeit.

Ja, es ist Hochsommer und ich liebe die Sternschnuppenzeit. Liebe es, unter dem Sternenhimmel zu stehen und mich in der unendlichen Weite des Firmaments zu verlieren.

Aber diesen Sommer berührt es mich nicht.

Ich sitze auf dem Bett, zwischen einer Unmenge an Briefen, einem Stapel Gemälde und einer alten Kiste, und sortiere alte Fotos aus.

Die Beerdigung liegt schon zwei Wochen zurück und doch erscheint es mir, als wäre es erst gestern gewesen.

Mama ist tot. Ich kann es immer noch nicht fassen. Ob sie ihren Lebenswillen letztlich verloren hat, ihr Kampfgeist zu müde wurde oder ob sie schlichtweg keine Kraft mehr hatte, werde ich nie erfahren. Fest steht, dass sie den Kampf gegen die Krankheit verloren hat.

Seit dem Tag X nehme ich keine Anrufe entgegen und gehe nicht mehr zur Arbeit. Natürlich ist mir klar, dass das nicht die feine englische Art ist, aber ich habe weder von den Arbeitskollegen noch von Frau Beck eine Reaktion diesbezüglich erhalten. Auch nicht auf meine schriftlich nachgereichte – wohlgemerkt: *viel zu spät* nachgereichte – Kündigung. *So what?*

Zum ersten Mal in meinem Leben bin ich planlos. Vollkommen planlos.

An manchen Tagen finde ich es richtig gut, aber an viel zu vielen Tagen (und vor allem in viel zu vielen Nächten!) finde ich es Furcht einflößend. Nicht zu wissen, ob ich meine Rechnungen, die Miete oder den Wagen nächsten Monat noch bezahlen kann …

Dafür bin ich einem regelrechten Mal-Wahn verfallen.

Die ersten Tage nach Mamas Tod habe ich heulend über der Leinwand gesessen und meine Emotionen in Bildern verarbeitet. – Vielleicht die beste Therapie? Zwar entsteht dabei nichts wahnsinnig Schönes, dafür jedoch Ausdrucksstarkes. Wie ich finde.

Was Lexy angeht … Ich hätte sie in den letzten drei Wochen dringender gebraucht als jemals zuvor. Ich weiß nicht, was mich mehr verletzt: dass sie ihren Stolz über alles andere stellt oder dass sie nicht einmal zu Mamas Beerdigung erschien. Ich hätte es nie für möglich gehalten, dass ich jemals an diesem Punkt angelange, aber so ist es: Lexy und ich gehen fortan getrennte Wege.

Der Rest der Mädels meldet sich in sporadischen Abständen. Fragt, wie es mir geht. Was ich so treibe. Ob ich einen neuen Job habe. Oder mit ihnen ausgehe. Noch bin ich nicht in der Verfassung, mich aufzurappeln und einen feucht-fröhlichen Abend zu verleben.

Oft können sie sich einen Kommentar bezüglich Lexy nicht verkneifen. Kathrin und Sabrina versuchen es auf die sanfte Tour, indem sie mich an witzige Situationen erinnern. Ihre Sätze beginnen dann meist irgendwie so: »Weißt du noch, als du und Lexy …«

Sue kommt viel direkter daher. »Melde dich endlich bei Lexy, das ist ja nicht zum Aushalten mit euch beiden.«

Meine Reaktion ist immer dieselbe: »Ich möchte nicht über Lexy reden.«

Der Tag, an dem Mama starb, war der schwärzeste meines ganzen bisherigen Lebens. Nicht nur, weil Mama so plötzlich von uns ging, sondern auch die ganzen Begleiterscheinungen drumherum und das innerhalb weniger als vierundzwanzig Stunden.

1. Meine beste Freundin verloren.

2. Job mehr oder weniger freiwillig hingeschmissen.

3. Vielleicht meine große Liebe verloren, noch bevor sie richtig erwachen konnte.

Diese Verknüpfung von drastischen Ereignissen hat mir echt den Boden unter den Füßen weggerissen. Es gibt Tage, da bin ich einfach nur ein Wrack. Müde, ausgelaugt und erschöpft bis in die kleinen Zehen. Oftmals wird dieser Zustand von Wut abgelöst. Wut auf dieses Scheiß-Leben mit Scheiß-Schicksalsschlägen und das ganze Scheiß-Arschgesicht-Universum, das uns allen den Scheiß-Mittelfinger zeigt.

Wenn die Wut verraucht, gibt es Platz für Trauer. Eine Traurigkeit, finster und schwarz, die sich wie eine Zwangsjacke aus Teer um meinen Körper wickelt, mich handlungsunfähig macht, weil ich mich daraus einfach nicht befreien kann.

An solchen Tagen fällt es mir besonders schwer, die Wohnung zu verlassen.

So wie gestern.

Trotzdem habe ich es geschafft und verbrachte den Tag in Mamas Wohnung. Keine Ahnung, wie lange ich auf dem Küchenstuhl – Mamas Stuhl – neben dem Fenster saß und ins Leere starrte.

Irgendwann kam Thomas herein und stellte einen Karton auf den Tisch. »Möchtest du die behalten?«

Ich schaute ihn an, als spreche er eine Fremdsprache. Dabei macht er das alles so toll. Die Wohnung auflösen. Das Mobiliar durchgehen. Und bei allem, was sentimentalen Wert haben könnte, kommt er auf mich zu. So ist Mamas Fels in der Brandung zu meinem geworden. Außerdem kann ich verstehen, dass er nicht allein weiter hier leben möchte …

»Es sind Fotos aus deiner Kindheit«, ergänzte Thomas seine Frage, weil ich immer noch schwieg.

Wortlos drehte ich mich zum Tisch und zog die Kiste heran.

Fotos, wild durcheinander. Fotos, die es nicht ins Familienalbum geschafft haben. Fotos, die ich bislang nicht kannte. Ich nickte stumm und versank in der Welt vergangener Zeiten.

Eben diese Kiste steht nun mitten auf meinem Bett bei mir zu Hause. (Den Berg Briefe daneben ignoriere ich. Kondolenzbriefe … Es graut mir davor!)

Ich picke einzelne Bildmotive aus der Kiste, denn sie sollen fortan zu meiner Wanddekoration gehören, die bisher aus schlichten Lichterkugeln besteht.

An einem Foto bleibe ich hängen.

Mama und Papa. Vermutlich noch nicht einmal verheiratet.

Sie sehen darauf so glücklich aus – es versetzt mir einen Stich.

Da ist sie wieder, die Sehnsucht nach Frederic. Manchmal überfällt sie mich hinterrücks, ein anderes Mal erwischt sie mich mit vollem Bewusstsein von vorn. Tja … Frederic gehört eben immer noch (irgendwie) zu meinem Leben.

Es ist zu einem Ritual geworden, dass er sich jeden Abend bei mir meldet. Meist besteht die Nachricht aus wenigen Sätzen, aber hin und wieder berichtet er mir von seinem ganzen Tag. Es wäre eine Lüge, wenn ich behaupten würde, dass ich mich nicht jeden Abend darauf freue. Und dennoch … Ich lasse sie alle unbeantwortet.

Was hätte ich auch zurückschreiben sollen?

Du bist ein anderer Mensch als jener, für den ich dich gehalten habe? Oder: *Sorry, es darf nicht sein – Ehrenkodex unter Freundinnen.* – Wobei der Beziehungsstatus »Freundinnen« ja mittlerweile auf Eis gelegt wurde.

Das Bild vor meinen Augen gewinnt wieder an Schärfe. Es stammt aus einer Zeit, in der ich noch nicht einmal geboren war.

Mit einem Seufzer hänge ich es zwischen die Lichterkette, stelle die Kiste auf den Fußboden und will mich endlich der Herausforderung stellen, die ich seit Tagen vor mir herschiebe.

Gerade als ich zum ersten Brief greife, surrt mein Handy auf der Ablage. Ich kann es nicht verhindern, dass mir ein Lächeln übers Gesicht huscht.

»Wenn man vom Teufel spricht. Oder besser: denkt«, murmele ich und greife nach dem Telefon. Mit klopfendem Herzen entsperre ich das Display. Und tatsächlich – die Nachricht ist von ihm.

Ich weiß, ich weiß, ich weiß …
Das wird Nachricht Nummer zweiundzwanzig, auf die ich keine Antwort erhalten werde, und fragen Sie mich nicht, Mina, weshalb ich mir das überhaupt antue – so ist das eben mit dem Herzen. Da kommt ganz plötzlich

ein Mensch in dein Leben, der alles auf den Kopf stellt, dir den Schlaf raubt und dir nur beim Gedanken an ihn ein Lächeln ins Gesicht zaubert. Wenn ich Ihnen nicht schreibe, wird aus einem beschissenen Mittwoch ein beschissener Mittelfinger-Mittwoch, der nach unfreiwilligem Körperkontakt in einer vollgestopften Straßenbahn muffelt. Es geht noch ekliger, aber ich verschone Sie gnädigerweise damit. (Wobei, das wäre auch eine Möglichkeit: Ich belästige Sie so lange mit ekelhaftem Kopfkino, bis Sie es nicht mehr ertragen und sich bei mir melden. Hm … ich behalte das mal als Plan B im Hinterkopf! Stichwort: Durchfall, feuchte Hautritze, vollgefurzte Unterhosen …)
Ich tue einfach so, als würden Sie mir antworten.
Wie geht es Ihnen denn heute? Was macht Ihr verhasster Job? Sind Sie mir bereits zu Dank verpflichtet oder schmoren Sie etwa in der Verdammnis? – Himmel, Arsch und Zwirn: Schmoren Sie etwa im Fegefeuer?
Bestimmt erwarten Sie von Ihrem heldenhaften Schlüsselhüter, dass er in die Hölle hinuntersteigt und Sie rettet. Verdammt, dass ich das nicht eher kapiert habe! Ich schreibe Ihnen nur noch kurz zu Ende, dann schmeiße ich mich auf meine schillernde Maschine, donnere die Einbahnstraße in Richtung Verdammnis herunter, bekämpfe die Höllenhunde und befreie Sie. Klingt das nach einem Plan?
Tja, die besten Dinge im Leben kann man sich eben nicht kaufen und weder hören noch sehen; aber man kann sie ganz deutlich im Herzen fühlen.
Das war's von mir … Wir lesen uns morgen wieder.
Selbe Zeit – selber Ort? ;)
Träumen Sie was Schönes. (Wenn ich mich morgen noch an meinen Traum erinnern sollte, werde ich darüber berichten.)

Frederic, der heute etwas sentimental gestimmt ist.
PS: Was mach ich denn nur mit Ihrem Schlüsselbund? Allmählich fühlt er sich richtig heimisch bei mir. Das ist nicht gut. Gar nicht gut! Die Entzugserscheinungen bei Schlüsseln können irreparable Schäden und unvorhergesehene Folgen nach sich ziehen!
PPS: Just in dem Moment ist eine Sternschnuppe am Himmel vorbeigezogen und ja, ich habe mir was gewünscht. – Was? Raten Sie mal …
22:32

Wie so oft kämpfe ich mit den Tränen, wenn ich seine Zeilen lese. Nicht einfach nur, weil er an mich denkt und mir Tag für Tag schreibt. Es sind die Kleinigkeiten, die es ausmachen. Scheinbare Nichtigkeiten werden zu Wichtigkeiten. So wie der Satz mit den Sternschnuppen …

Es geht nicht darum, was er sich gewünscht hat, aber darum, dass er ebenfalls die Sternschnuppen am Himmel bemerkt und bewundert. Einfach weil Frederic eben ist, wie er ist.

Seufzend lege ich das Handy auf die Bettdecke.

Ach ja, da war noch was. Der Stapel mit den Briefen.

Ich muss mich zwingen, in Gedanken nicht wieder zu Frederic abzuschweifen.

»Jetzt oder nie«, ermutige ich mich und greife zum ersten Briefumschlag, überfliege die Karte und greife zum nächsten. Und wieder zum nächsten.

Trauerkarten. Trauergedichte. Briefe von Verwandten. Briefe von Mamas Freundinnen. Briefe von Nachbarn und sogar ein Brief vom *Couture Beck*. Damit hätte ich nicht gerechnet.

Stefanie, Nina, Maria und sogar Frau Beck haben die Karte unterzeichnet. Mit einem sanften Lächeln lege ich sie zu den bereits gelesenen und öffne auch die letzten. Es ist nur noch eine Handvoll.

Ich greife zum schlichten weißen Kuvert. Zwar ist es an mich adressiert, aber offensichtlich keine Trauerkarte, denn gemäß dem Adresskopf und der Computerschrift handelt es sich um eine personifizierte Werbung.

»Tz, die werden auch immer aufdringlicher«, murmele ich und schmeiße ihn ungelesen zum Kopfteil des Bettes.

Weiter im Text …

Ich öffne den nächsten Umschlag und ziehe den Brief heraus. Als ich die Handschrift sehe, steigen wie angeworfen die Tränen in mir hoch. Die Schrift ist unverkennbar …

Meine liebe Picassa,
tief betroffen habe ich von Sybilles Tod erfahren und kann es immer noch nicht glauben. Sybille, die vor Energie und Power nur so strotzte. Deren Lebenswillen ungebrochen und deren Geist so stark wie der einer Löwin war. Wie kann das sein?

Die Nachricht stimmte mich so traurig und es tut mir unsagbar und von Herzen leid.
Du hast mich zwar nicht explizit zur Beerdigung eingeladen und ich wusste auch nicht, ob du mich nach dieser Sache mit Ric sehen möchtest – per Telefon warst du nie zu erreichen –, aber ich konnte nicht anders: Wollte Abschied nehmen, und so habe ich mich unter die Trauergäste geschlichen. Es war eine sehr bewegende und, im angemessenen Rahmen, schöne Zeremonie.
Sybille war im Geiste sicher anwesend – und stolz auf dich. Überhaupt war sie immer stolz auf ihre Tochter. Auch wenn sie es nicht richtig zeigen konnte, so war es doch spürbar.
Melde dich, wenn du reden möchtest oder eine Schulter zum Anlehnen und Ausweinen – oder einfach kübelweise Eis – brauchst. Und wenn ich irgendwas für dich tun kann. Ich bin für dich da. – Immer. – 24/7.
Du weißt ja, wo du mich findest!
Dicke Umarmung,
deine Lexy
PS: Mein Handy hat dummerweise den Geist aufgegeben. Also wenn du mich erreichen möchtest, dann auf die altertümliche Art und Weise ;)

Ich bin baff, lese den Brief gleich noch einmal. Datiert ist er vor zwei Wochen.

Lexy war auf der Beerdigung?! – *Hach* ... Schniefend wische ich mir übers Gesicht. Ich freue mich so über ihre Zeilen, dass ich den Brief ein drittes Mal lese.

Dann schmeiße ich mich vornüber aufs Bett, greife abermals zum Handy und wähle die Festnetznummer von Lexy.

Es klingelt.

Einmal … zweimal … dreimal …

Ob sie bereits schläft?

Viermal … fünfmal … sechsmal … siebenmal …

Ich hänge auf.

Kübelweise Eis – womöglich ein Code für: Alles wieder gut …?

Ich wünsche es mir. *Wirklich.*

Also wähle ich Lexys Nummer noch einmal, lasse bestimmt zehnmal klingeln – ohne Erfolg.

Plötzlich weiß ich, was ich zu tun habe.

Ein Blick auf die Uhr: zweiundzwanzig Uhr vierundfünfzig. – Scheiß drauf!

Ich springe auf die Füße, schlüpfe in meine Jeansjacke und Turnschuhe und schnappe meine Wagenschlüssel …

Es dauert nur ein paar Augenblicke, dann stehe ich vor Lexys Wohnung, aber die Eingangstür zum Treppenhaus ist um diese Uhrzeit längst verriegelt. Trotzdem rüttele ich noch einmal kräftig daran. – Nichts zu machen.

»Mist …«

Und jetzt? Auf dem Handy anrufen, fällt schon mal aus. Übers Festnetz reagiert sie nicht. Somit bleibt nur noch eine Möglichkeit …

Ich klingele dreimal kurz hintereinander – unser Erkennungszeichen.

Dann warte ich.

Beobachte, ob im vierten Stockwerk das Licht angeht.

Nichts geschieht.

Ich warte.

Eigentlich kann ich mir nur schwer vorstellen, dass sie kurz nach elf Uhr bereits im Bett liegt, deshalb läute ich erneut dreimal.

Ich lausche in die laue Augustnacht.

Grillen zirpen, hin und wieder braust ein Auto über die Straße, aber bei Lexy bleibt alles dunkel.

Zum dritten Mal lege ich meinen Finger auf die Klingel, als mich nahende Schritte im Rücken irritieren.

Ich drehe mich um.

Obwohl es dunkel ist und bloß eine schmale Mondsichel die Nacht erhellt, erkenne ich die Gestalt anhand ihrer Körpersprache.

Lexy konnte das Telefon und das Türklingeln nicht gehört haben, denn sie steht nur noch wenige Schritte hinter mir.

»Mina?«, fragt sie ungläubig und bleibt stehen. »Bist du das?«

Es ist keine logische und auch keine geplante Handlung. Nein, es ist die Stimme meines Herzens, die die Führung übernimmt. Ich renne auf Lexy zu und schlinge die Arme um ihren Hals. »Ich hab deinen Brief gelesen«, raune ich ihr ins Ohr – schon wieder den Tränen nahe. (Wenn das so weitergeht, mutiere ich noch zur Heulsuse!)

Lexy zögert nur eine winzige Sekunde, dann drückt sie mich fest an sich und seufzt. Ob vor Erleichterung oder Betroffenheit, ist mir nicht klar.

»Das mit deiner Mutter, das tut mir leid«, sagt sie und ihre Stimme bricht. »S-so lei-id!«

Eine ganze Weile stehen wir einfach nur da. Ohne zu reden und ohne uns loszulassen.

Behutsam löse ich mich schließlich aus ihrer Umarmung und wische mir mit dem Jackenärmel übers Gesicht. »Ich hab dich so vermisst!«

»Meine Güte, du hast mir auch gefehlt! Aber du hast dich nicht gemeldet, die Anrufe nahmst du auch nicht entgegen, also nahm ich an, dass du mich nach dem Streit nicht sehen willst. Aber irgendwas musste ich tun, deswegen …« Sie zuckt unbeholfen mit den Schultern.

»… deswegen der Brief«, ergänze ich für sie.

»Genau.« Lexy nickt und seufzt abermals. Diesmal bin ich mir sicher, dass es vor Erleichterung ist. »Und wie geht es dir?«, will sie auch gleich wissen.

Ich zucke mit den Schultern und nicke gleichzeitig. »Ich habe gekündigt«, sage ich schließlich.

»Ich weiß«, lächelt Lexy. Es wirkt unsicher. »Die Mädels haben es mir erzählt.«

»Wer sonst«, lache ich auf.

»Dann hast du jetzt ganz viel Zeit für deine kreative Ader, oder?« Ihr Augenzwinkern untermauert den eindeutigen Hinweis, dass ich meine Kreativität viel zu lange unterdrückt habe.

»Ich male bis zur Ekstase«, antworte ich und lasse die Brauen tanzen.

»Das ist klasse, Mina!«, sagt Lexy und fährt sich mit der Hand über die Augen. Sie sieht müde aus.

»Wenn du mal vorbeikommst, brauche ich dein kritisches Auge«, sage ich und stupse sie sachte in die Seite.

Lexy wirft mir einen sonderbaren Blick zu. Nicht etwa vorwurfsvoll oder enttäuscht. Ich glaube, es ist Neugier, die ich darin aufblitzen sehe.

»Wie wäre es mit jetzt gleich?«, fragt sie.

»Klingt perfekt!«

Wie wir so beisammenstehen, verheult und lächelnd zugleich, fühle ich mich in der Zeit um zehn Jahre zurückversetzt.

Lexy denkt in dieselbe Richtung. »Kübelweise Eis und heiße Schokolade?«, fragt sie und ein verschmitztes Lächeln zeichnet ihr Gesicht. »So wie damals. Du und ich.«

Natürlich wäre es schön, den einen ganz besonderen Menschen zu finden, der einen mit diesem Funkeln in den Augen ansieht. Das Funkeln, das nur für dich schimmert. Der Mann, der alles um sich herum vergisst, weil du den Raum betrittst. Der Mann, der über deine Sprüche lacht und dir jeden Wunsch von den Augen abliest. Der Mann, mit dem du nach Hause gehen und fortan jeden Morgen an seiner Seite erwachen möchtest.

Aber in diesem Augenblick finde ich, dass es doch nichts Schöneres gibt, als mich mit meiner Freundin zu versöhnen und auf ein spontanes Eis-Kakao-Gelage zu verabreden.

Ich nicke und hake mich bei ihr unter. »So wie immer.«

Unter den Sternen der Inspiration und Kreativität
fällt dir jetzt Vieles leichter. Vielleicht verspürst du
eine Unruhe in dir, denn der Zeitpunkt ist gekommen,
um ein neues Projekt zu starten oder gar neue Wege zu gehen.
Kleiner Tipp: Die Liebessterne brauchen ihren Freiraum
– genau wie du.
#MissStarlet

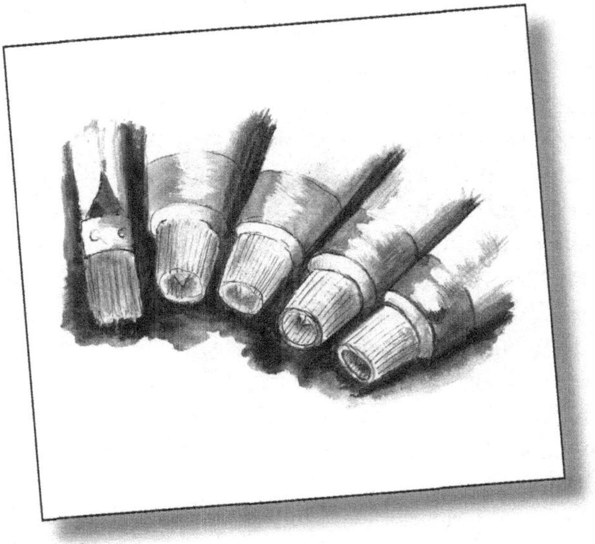

Kapitel 15

Freundinnenkram –

oder: Eine Freundin kommt selten allein

Lexy lässt sich aufs Bett fallen und betrachtet den beachtlichen Berg Bilder, der immer noch auf, neben oder um das Bett herum verteilt ist.

»Du hast nicht übertrieben«, staunt sie und streift sich ihre roten Locken aus dem Gesicht, während ihr Blick immer wieder über die Bilderflut wandert. »Ekstase trifft es ziemlich genau; du bist ja förmlich explodiert!«

»Haha«, lache ich auf, lege mich neben sie und angele nach den ersten Gemälden. »Längst überfällige und angestaute Energie oder so.«

Lexy gibt keine Antwort. Sie versinkt in der Welt meiner Bilder, und auch wenn sie meine beste Freundin ist (Ja, der Status hat sich reanimiert!), grummeln meine Eingeweide. Ein Kribbeln wie von Abermillionen Krabbeltieren in meinem Bauch. Ich bin nahe dran, vor Nervosität an den Fingernägeln rumzukauen.

»Weißt du was?«, sagt Lexy schließlich.

»Was?«, hauche ich mit belegter Stimme.

»Das ist toll!«, schwärmt sie und mir fällt ein Stein vom Herzen. Lexy blättert sich durch die Vielfalt. Eben betrachtet sie ein Aquarell-Experiment in Lila und Schwarz. Augen. Es sind bloß Augen, doch habe ich die Farben so stark mit Wasser verdünnt, dass sie ineinanderlaufen und an manchen Stellen nach unten rinnen – Tränen gleich. Das Motiv ist wenige Tage nach Mamas Tod entstanden.

»Richtig, richtig gut!«, ergänzt Lexy.

»Das freut mich«, antworte ich verlegen und fingere an meinem Shirt herum. Es ist so lange her, dass ich jemandem ein Bild gezeigt und noch länger her, dass ich dafür ein Kompliment bekommen habe.

Schweigend betrachtet Lexy die restlichen Bilder. Ihr Fazit: »Wahnsinn!«

Ich gluckse vor Freude. Das klingt zwar etwas dämlich, aber es tut einfach gut, nach den letzten drei Wochen meine Freundin hier zu haben und so etwas wie Zufriedenheit zu empfinden.

»Von fancy, creepy zu fabulös – einfach alles dabei.« Lexy richtet sich im Bett auf, zieht die Beine zum Schneidersitz heran und stützt ihr Kinn auf der Hand ab. »Ich bin so stolz auf dich.«

Ich verziehe meine Mundwinkel zu einem dankbaren Lächeln.

»Hey, ich mache ein Foto davon und schick es den Mädels«, sagt sie und springt auf die Füße.

Ausnahmsweise scheint eher Lexy einen Chaoskopf zu besitzen als ich.

»Bist du nicht handylos?«, frage ich sie augenzwinkernd.

»Ich Dummnuss!« Sie klatscht sich mit der flachen Hand gegen die Stirn. »Vergesse ich immer wieder.«

Kichernd ziehe ich mein Handy aus der Hosentasche. »Dann nimm meins.«

Erst als Lexy das Handy bereits in die Hand nehmen möchte, fallen mir die Nachrichten von Frederic ein. Nicht, dass Lexy sie lesen würde, aber sie wird im Chatverlauf garantiert sein Profilbild sehen. Instinktiv umklammern meine Finger das Smartphone, woraufhin ich einen äußerst fragwürdigen Blick von meiner Freundin ernte.

Dann lasse ich los.

»Ähm … Ich hole in der Zwischenzeit einen Kübel Eis«, sage ich hastig, marschiere in Richtung Küche und rufe über die Schultern: »Was willst du denn? Erdbeere mit Sahne oder Schokolade mit Cookiestückchen?«

Statt mir zu antworten, stellt Lexy mir eine Gegenfrage. Eine von der Sorte, die völlig aus dem Zusammenhang gerissen zu sein scheint, und mit der ich überhaupt nicht gerechnet hätte. »Sag nur, du stehst bereits mit einer Galerie in Kontakt?«

Irritiert bleibe ich stehen und wende mich ihr zu. Ich kräusele die Stirn. »Ich verstehe nicht«, sage ich auch gleich. »Wovon sprichst du?«

Lexy sitzt wieder im Schneidersitz. In der einen Hand mein Handy, in der anderen irgendeinen Brief. Es vergeht eine weitere Sekunde, bis ich begreife, welchen Brief sie in der Hand hält. »Das ist doch bloß Werbung.«

Lexys Blick huscht über die Computerzeilen. Plötzlich kreischt sie laut auf.

»Was ist denn?«

Sie kreischt gleich noch einmal und fächert sich mit der Hand Luft zu.

»Was?«, frage ich abermals. »*Was? Was? Was?*«

Doch im selben Moment gebe ich die Hoffnung auf, von Lexy eine vernünftige Antwort zu erhalten. »Zeig mal her!«, sage ich, gehe mit großen Schritten zu ihr hinüber und entwende ihr kurzerhand den Brief.

Sehr geehrte Frau Como,
bei meinem letzten Besuch im Couture Beck musste ich zu meiner Überraschung erfahren, dass Sie sich dazu entschlossen haben, neue berufliche Herausforderungen anzugehen. Ich bin noch unschlüssig, ob ich Ihnen zu diesem Schritt gratulieren oder ihn bedauern soll. Was mich aber sehr betroffen hat, war die traurige Nachricht bezüglich Ihrer Mutter.
Meine aufrichtige Anteilnahme, Frau Como.
All die Worte, die in den Kondolenzkarten stehen, vermögen den Schmerz nicht zu vertreiben. Ich weiß das. Auch wenn man den Menschen auf ewig vermissen wird, weil die Leere im Herzen, die er zurücklässt, von nichts und niemandem ausgefüllt werden kann, so lernt man von Tag zu Tag besser mit dem Schmerz zu leben.

Ich frage mich nur eines: War es sinnvoll, genau zu dieser Zeit den Job an den Nagel zu hängen? Sitzen Sie womöglich stundenlang zu Hause, verkriechen sich in einer Ecke und schwelgen in unzähligen Erinnerungen, die nichts in der Welt wieder zurückbringen kann?
Überlegen Sie sich, wie Sie diese Fragen beantworten würden, ehe Sie weiterlesen, und ich möchte, dass Sie ehrlich zu sich selbst sind. Sollten Sie vor allem die zweite Frage mit einem deutlichen Ja beantworten, habe ich eine weitere Frage an Sie. Sollten Sie allerdings längst anderweitig beschäftigt sein, können Sie den Rest des Briefes ungelesen zur Seite legen.
Frage: Erinnern Sie sich an die Einweihungsparty meiner Schwester Magda? Ich schulde Ihnen noch eine Antwort, besser gesagt, das Beenden eines Satzes. Die Gemälde im Arbeitszimmer meiner Schwester, die ich Ihnen gezeigt habe, sind von mir. Nicht ich bin die Künstlerin, ich bin die Galeristin. (Den Namen meines Geschäftes finden sie im Adresskopf — Galerie Greta Gretener.)
Diese Abschweifung führt mich endlich zum eigentlichen Grund meines Schreibens: In wenigen Wochen eröffne ich wie jedes Jahr die große Vernissage zum Herbstanfang. Leider ist vor einigen Tagen mein Newcomer — die Entdeckung des Jahres! — abgesprungen, weil er mit dem Druck nicht klarkam. Sie ahnen, worauf ich hinauswill? — Ja? Ich brauche ganz dringend einen Ersatz. Jemanden, der in meine Richtung denkt. Künstlerisch gesehen. Und das tun Sie! Ihre Kollegin erwähnte, dass Sie selbst malen.
Hier nun endlich meine Frage: Hätten Sie Interesse daran, eine Mappe mit Ihren Werken zusammenzustellen und mir eine Auswahl Ihrer Bilder zu zeigen?
Ganz unverbindlich und ohne Druck.
Ich möchte mir gerne einen Überblick verschaffen.
Wenn Ihre Werke mir zusagen biete ich Ihnen den Platz des Newcomers in der Ausstellung an. Vielleicht die Chance für eine berufliche Neuorientierung ...
Melden Sie sich.
Ich freue mich, von Ihnen zu hören.
Mit freundlichen Grüßen
Greta Gretener

»Oh mein Gott! Ich glaub, ich spinne!«, sage ich ganz leise und schüttele unentwegt den Kopf. »Lexy, das … das … das …«

»… das ist der Oberknüller? Endgeil? Gigantisch?«

Ich nicke, immer noch nach den richtigen Worten suchend, aber die Worte finden mich nicht.

»Wenn nicht gar supercalifragilisticexpialigetisch!«, erweitert Lexy die Wahnsinnsnachricht. Sie hat den ganzen Brief ein weiteres Mal mit mir durchgelesen, und während ich die Zeilen jetzt erneut zu lesen beginne, kreischt Lexy immer noch wie ein Huhn mit Tollwut. »Das müssen wir unbedingt den Mädels erzählen! Und zwar jetzt gleich!«

Nur mit halbem Auge sehe ich, dass sie nach meinem Handy greift und übermotiviert eine Nachricht tippt ohne das breite Grinsen dabei einzubüßen. Höre ebenso mit halbem Ohr, dass das Telefondings wenige Sekunden danach klingelt.

Es ist Sue und ein regelrechter Kreisch-Alarm geht durch meine Wohnung! Auch die folgenden Sekunden – vielleicht auch Minuten – werde ich immer wieder von ihrem freudigen Quieken unterbrochen.

Und was soll ich dazu sagen? – Ich bin so happy, absolut happy, dass Lexy hier bei mir ist! (Zum Thema »Frederic« sagt sie keinen Ton. Somit bin ich mir auch nicht sicher, ob sie ihn in meinem Nachrichtenverlauf entdeckt hat.)

Ganz im Gegensatz zu Lexy schaffe ich es allerdings noch nicht, vor Freude kreischend durch die Wohnung zu hüpfen. Dazu bin ich viel zu geflasht.

»Unglaublich«, hauche ich immer noch atemlos und sacke aufs Bett, auf all die Kondolenzkarten und Briefe. Mir ist bewusst, dass es sich erst einmal nur um eine Sichtung handelt und es noch lange nicht bedeutet, dass ich das große Los gezogen habe. Aber allein die Tatsache, dass die Möglichkeit auf die Chance besteht, und auch dass Frau Gretener mich extra deswegen kontaktiert hat, lässt mein geschundenes Herz leichter werden.

»Sie kommen. Alle drei«, verkündet Lexy mit aufgekratzter Stimme und wirft mein Handy aufs Bett. »Das muss schließlich gefeiert werden!«

Ich schaue in Lexys fröhliches Gesicht, bemerke ihr Lächeln, das sogar aus den Augen strahlt. Obwohl sie es nicht ausspricht, so wird es dennoch deutlich, dass sie nicht nur den Brief und das Wahnsinnsangebot meint. Sie meint damit auch uns, weil wir beide uns wiederhaben.

Knappe zehn Minuten später stehen die Mädels auf der Matte. Alle reden wild durcheinander, alle grinsen glücklich.

»Gruppenkuscheln«, johlt Kathrin und breitet die Arme aus. »Einmal Gruppenkuscheln, bitte.«

Das lässt sich keine ein drittes Mal sagen. Unzählige Arme und Hände umarmen sich gegenseitig, so heftig, dass wir das Gleichgewicht verlieren.

Eng umschlungen, kichernd und quiekend fallen wir aufs Bett.

Nach der ganzen Zeit, in der ich nur für mich allein war, ja, für mich allein sein *musste,* genieße ich diesen Moment sehr. Es ist eine ganz andere Art von Lebensenergie als die, die ich beim Malen verspüre.

»Ich kriege keine Luft«, fiept Sabrina und gackert. »Geht runter von mir! Himmel, ihr wiegt ja bestimmt eine Tonne.«

»Hey!«, empört sich Sue. Zwar wird Sabrina von unserer Tonnenlast befreit, dafür aber mittels einer Kitzelattacke angegriffen. »Werde ja nicht frech, Kleine!«

»Ich nehme es zurück«, bringt Sabrina zwischen kreischendem Kichern heraus. »Ich nehme alles zurück.«

Ich schiebe Lexys Beine von meinem Oberschenkel – irgendwie sind wir immer noch ein einziges Knäuel – und seufze zufrieden. »Mensch, Mädels! Hab ich das vermisst …«

»Was? Dass wir uns gegenseitig angrapschen?«, fragt Sue mit anzüglichem Brauenzucken.

Ich verpasse ihr einen Hieb gegen den Oberarm. »Du weißt genau, was ich meine.«

»Ach Schätzchen, natürlich weiß ich das. Endlich sind wir wieder alle vereint«, sagt sie und ein ehrliches Lächeln springt ihr ins Gesicht. »Hey, wo ist der Sekt zum Feiern?«

»Gibt's nicht«, erwidere ich prompt und ignoriere den Protest, der aufkommt. »Mal davon abgesehen, dass ich wirklich keine Flasche im Haus habe, müsst ihr unbedingt nüchtern sein, wenn ihr meine Bilder begutachtet. Ich brauche eure Meinung darüber, was ich in die Ansichtsmappe packe und was nicht.«

Kathrin klatscht aufgeregt in die Hände. »Zeigen, zeigen, zeigen!«

Wie könnte es anders sein: Auch Sabrina und Sue fallen in ihren Wortrhythmus mit ein. Nun erklingt es dreistimmig: »*Zeigen! Zeigen! Zeigen!*«

»Schon gut, schon gut, ich zeig sie euch gleich«, wehre ich die kläffende Meute ab. »Nur eine Sache: Ihr müsst absolut ehrlich sein. Klar?«

»Glasklar!«, gibt Sue zurück, Sabrina streckt mir den hochgestreckten Daumen entgegen und Kathrin nickt mir mit einem breiten Grinsen – Vielleicht sollte es auch ein erwartungsvolles Lächeln sein? – entgegen.

»Puh! Okay, dann starten wir die Vorstellung.«

Nachdem eine nach der anderen den Brief von Frau Gretener überflogen hat, hocken wir uns alle auf den Boden in meinem Schlafzimmer. Nur Lexy nicht. Sie verwandelt sich kurzfristig in meine Assistentin und hält mir ein Bild nach dem anderen hin, welches ich dann in die Höhe strecke, um es den Mädels zu präsentieren. So lange, bis sie darüber abgestimmt haben.

Schnell entwickeln sich drei Schlagwörter, die sich durchsetzen. *Fabulös* steht für Ja, ein schlichtes *Nope* für Nein und das wahnsinnig einfallsreiche *Vielleicht* steht für Vielleicht.

Als ich mein Augen-Aquarell hochhalte, kriege ich zum ersten Mal ein dreistimmiges: »Fabulöööööös!«

Doch das nächste Bild lässt die Mädels so richtig jubeln: die Londoner Skyline.

»Boah, so was hätte ich zu gerne als Wandtattoo über der Wohnzimmercouch«, meint Sabrina sofort.

»Aber dann nicht London, sondern Hamburg. Malst du das vielleicht auch noch, ja?«, fragt Kathrin mit zuckersüßem Stimmchen.

»Oh, ich hab eine Idee!«, wirft Lexy mit ein und stupst mich mit dem Ellenbogen an. »Wie wäre es mit den Skylines der größten Städte Deutschlands?«

»Lässt sich einrichten«, gebe ich zurück. Ich freue mich ehrlich, dass die Mädels so euphorisch sind. Und ihre Begeisterung tut gut, lässt die Beklemmung im Herzen ein wenig verblassen und zeigt mir, dass das Leben trotz all dem Schmerz immer noch schöne Seiten haben kann.

Zwei Kübel Eis und unzählige Kakaos später ist meine explosive Kreativader der letzten Tage in die drei besagten Kategorien aufgesplittet. Klare Favoriten sind die Skyline-Aquarelle und meine Kleidchen-an-der-Puppe-Bilder, worüber ich mich tierisch freue. Ebenso dabei sind meine Augen-Aquarelle in diversen Ausführungen und die »Floral-Köpfe« – so nenne ich sie.

»Wann gehst du die Bilder zeigen?«, fragt Sue, während ich die Favoriten staple und vorerst auf der Kommode platziere, bis ich eine geeignete Mappe gefunden habe.

»Ich dachte, ich rufe zuerst an und frage, ob das Angebot noch steht«, spreche ich meinen vagen Plan aus, der eigentlich gar keiner ist, denn ich hatte noch keine Zeit, mir darüber wirklich Gedanken zu machen. »Es sind doch schon einige Tage verstrichen, seit sie den Brief abgeschickt hat.«

»Nein, so geht das nicht!«, sagt Sue und schüttelt energisch den Kopf. »Du schnappst dir die Mappe, fährst zu dieser Galerie in der Innenstadt und – *Bäm!* –präsentierst deine Bilder.«

»I… bi… da…ür!«, schreit Kathrin. Sie kommt mit dem letzten Kübel Eis aus der Küche, hat ganz Kathrin-like den vollen Esslöffel bereits im Mund und setzt sich wieder zu uns auf den Boden. Als sie die vier fragenden Augenpaare auf sich ruhen sieht, schluckt sie den Eisklumpen hinunter und wiederholt sich: »Ich bin dafür! Gleich morgen fährst du dahin.«

»Uäh«, mache ich und schlage die Hände vors Gesicht. Mit einem Mal ist mir mulmig zumute. »Was, wenn ihr keins der Bilder gefällt?«

»Frag dich einfach, was das Schlimmste ist, das dir passieren könnte. So bist du darauf vorbereitet, wenn dieser Fall eintreffen sollte, und es erwischt dich nicht ganz so hart«, kommt Lexy mit einem fachmännischen Rat daher. »Das empfehle ich meinen Patienten auch immer, wenn sie sich einer Herausforderung stellen müssen.«

»Das klingt vernünftig«, sage ich und nicke. »Mehr als Nein sagen kann sie nicht. Richtig?«

»Richtig«, stimmt Lexy mir zu.

»Hey, du schaffst das!«, muntert Sue mich auf und knufft mich in die Seite.

»Und wenn alle Stricke reißen, tätigst du einen Anruf und wir eilen zu deiner Rettung herbei«, fügt Lexy noch an. Ich muss sie mit einem schrecklich entsetzten Gesichtsausdruck anschauen, weil sie schnell zurückrudert: »Keine Sorge, du packst das schon!«

Sie hat meinen Gesichtsausdruck völlig missverstanden, aber ich konnte nicht anders: Ihre Worte haben mich unweigerlich an Frederics letzte Nachricht erinnert.

Zur Rettung herbeieilen …

Ich seufze. Dann kommt mir eine andere Möglichkeit in den Sinn. Hat sie tatsächlich seine WhatsApp-Nachricht an mich gelesen?

»Hasi, weißt du was?«, sagt Sabrina und stupst mit ihrer Schuhspitze gegen meine Zehen. »Das ist dein Neuanfang. Genieß ihn!«

Gegen meinen Willen muss ich lächeln.

»Das klingt fantastisch«, stimme ich ihr zu. Denn so habe ich es noch gar nicht betrachtet.

Auf einmal schleicht sich ein weiteres Gefühl in mein Inneres. Es ist noch zart und kaum greifbar, aber mein vermeintlich planloses Agieren der letzten Wochen fühlt sich nicht mehr wie die Handlung einer Verzweifelten, sondern viel eher wie ein Befreiungsschlag an.

»Auf ins neue Abenteuer!«

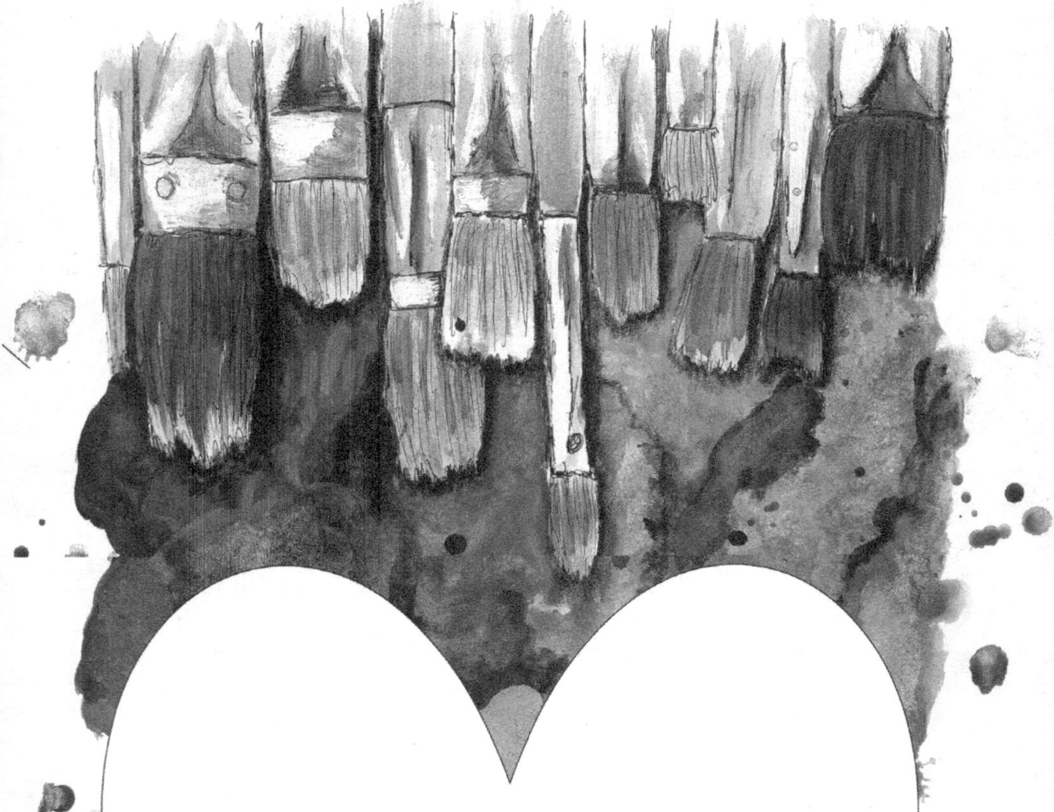

Turbulenzen im Anmarsch: Im Job bist du gefragt.
Jedermann möchte etwas von dir.
– Schmeichelhaft? Nicht nur!
Du musst mit deinen Kraftreserven sparsam umgehen.
Zieh dich im richtigen Moment zurück
und widme dich dem, was wirklich wichtig ist im Leben.

#MissStarlet

Kapitel 16

Neue Mappe, neues Leben, neues Glück?

Mit einer neuen Mappe bewaffnet, die ich mir extra für dieses Meeting gekauft habe, um etwas professioneller zu erscheinen, stehe ich orientierungslos in der Galerie Gretener.

Irgendwie habe ich mir die Galerie anders vorgestellt. Weniger modern, mehr klassisch. Aber das, was ich sehe, gefällt mir ausgesprochen gut. Die Präsentation der Bilder, die Beleuchtung und natürlich auch die Motive selbst. Die Lady hat echt Geschmack! – Hm … ja, da könnten meine Bilder sich wohlfühlen.

Schnell wische ich den Wunschgedanken aus meinem Kopf. (Das ist wieder typisch für mich und meine blühende Fantasie: Ich hebe schon in die himmlischen Sphären ab, noch ehe ich die Bilder überhaupt gezeigt habe!)

Ich straffe die Schultern und schreite weiter durch die Galerie, um nach meiner Exkundin Ausschau zu halten. Nirgendwo ist sie zu sehen. Nun gut, es ist ja auch nicht so, dass ich mit ihr einen Termin vereinbart hätte.

»Kann ich Ihnen behilflich sein?«, bringt mich ein melodischer Bariton zum Anhalten und ich drehe mich der Stimme zu. Hinter mir steht ein Mann, kaum größer als ich. Sein dunkles Haar verliert an gewissen Stellen an Dichte und hinter seinem anthrazitfarbenen Hemd zeichnet sich eine leichte Softpolsterung am Bauch ab. Obwohl heute hochsommerliche Temperaturen herrschen, schmückt ein dünner orangefarbener Schal seinen Hals. Alles in allem ein sehr gepflegtes Erscheinungsbild.

»Hallo«, begrüße ich ihn freundlich, doch das Schwanken, das sich in meine Begrüßung geschlichen hat, verrät meine Unsicherheit. Ich räuspere mich. »Ich möchte zu Frau Gretener.«

»Tatsächlich?« Seine wachsamen Knopfaugen mustern mich über den Rand seiner kantigen Brille hinweg, während er auf seinen kurzen Beinen ein paar Schritte näher kommt. Nun streift er sich über seinen schmal rasierten Bart und hebt sein Kinn an. »Haben Sie einen Termin bei ihr vereinbart?«

»Indirekt schon«, gebe ich mich so schwammig wie möglich.

»Bei Frau Gretener werden keine indirekten Termine ausgemacht.« In derselben Sekunde wird meine Mappe kritisch beäugt. »Und im Moment ist sie besetzt. Kann ich etwas ausrichten oder vielleicht etwas abgeben?« Dabei deutet seine Hand auf meine Mappe, die ich unwillkürlich fester umklammere.

Na toll, und jetzt? Dass ich scheitere, bevor es zur Sichtung kommt, damit hätte ich wahrlich nicht gerechnet. Die Mappe einfach hierzulassen – dieser Gedanke scheint mir unbefriedigend und sowieso indiskutabel.

»Nein, danke«, sage ich bemüht freundlich und versuche mir meine Enttäuschung nicht anmerken zu lassen. »Ich schaue an einem anderen Tag wieder herein.«

Er nickt mir höflich zu, schreitet voraus zur Tür und hält sie mir ganz gentlemanlike auf.

Mit einem leisen Seufzer verabschiede ich mich und höre sein »Auf Wiedersehen« nur mit halbem Ohr.

Frustriert erreiche ich meinen Wagen und setze mich wenig begeistert hinters Steuer. »Was für ein Reinfall!«, stöhne ich, werfe die Mappe auf den Beifahrersitz und reibe mir übers Gesicht. Hätte ich mich wohl doch besser telefonisch angekündigt.

Ich starte den Motor …

… und schreie auf!

Jemand patscht mit der flachen Hand gegen die Windschutzscheibe. Dass ich den Kerl nicht gleich auf die Motorhaube auflade, weil ich mich im Schritttempo vorwärtsbewege, grenzt an ein Wunder. Ich brauche zwei, drei Atemzüge, bis sich mein Herzrasen wieder normalisiert und ich mich beruhigt habe.

»Verzeihung«, sagt er außer Atem.

Es ist niemand anders als der Mann aus der Galerie.

Ich kurbele das Fenster meines alten Fiats hinunter, damit ich verstehe, was er sagt.

»Verzeihung, Frau Gretener ist eben frei geworden. Wenn Sie vielleicht noch einen Augenblick Zeit hätten …«

Er lässt den Rest des Satzes unausgesprochen in der Luft hängen und ich werde den Eindruck nicht los, dass er eben von seiner Chefin *gretenerisiert* wurde – zuzutrauen wäre es ihr allemal.

»Okay«, erwidere ich gedehnt, stoppe den Motor und steige aus dem Wagen, wobei er mir höflich die Tür aufhält.

Ich will mich schon auf den Weg zurück zur Galerie machen, als mich seine Stimme zurückhält:

»Junge Dame, es wäre hilfreich, wenn Sie die Mappe mitbringen«, sagt der Mann mit einem Augenzwinkern.

»Da könnten Sie recht haben«, grinse ich verlegen. In wenigen Schritten bin ich wieder beim Wagen und klaube hastig die Mappe vom Beifahrersitz. Als ich kurz darauf abermals die Galerie Gretener betrete, wartet die Frau (mit ebendiesem Namen) bereits auf mich.

»Guten Tag, Frau Gretener«, sage ich, strecke ihr meine Hand entgegen, während ich mich gleichzeitig über mein Stimmorgan ärgere, das die Worte viel zu leise herausbringt. *Aufrecht gehen, Schultern straffen und Augenkontakt,* ermahne ich mich innerlich.

»Frau Como, was für eine freudige Überraschung!«, begrüßt sie mich und greift mit einem Lächeln meine (bestimmt schweißnasse!) Hand. Es ist dasselbe sanfte Lächeln, das ich seit Jahren kenne, und doch wirkt es in diesem Augenblick vollkommen anders. Ich empfinde es als freundlicher und offener. Womöglich liegt es auch an den eigenen vier Wänden, in denen sie sich befindet. »Kommen Sie, wir gehen in mein Büro.«

Die Hand auf meinem Rücken, schiebt sie mich durch einen kurzen, ziemlich düsteren Korridor, an dessen Ende ich eine schlichte Tür entdecke. Gemeinsam betreten wir ihr Reich.

Tisch, Stühle, Computer, Kaffeemaschine – das ist es, was ich auf den ersten Blick erfasse. Beim zweiten gilt meine Aufmerksamkeit den Wänden, besser gesagt den Bildern, die daran hängen. Sie gefallen mir weit mehr als der Rest des Raumes. Ein Löwe, ein Pferd und ein Fuchs. Es sind nicht die Tiere, die mich voller Bewunderung staunen lassen, sondern die Art und Weise, wie sie in ihrer individuellen Farbkombination erstrahlen.

Frau Gretener entgeht mein Staunen nicht, wie mir ihre nächsten Worte zeigen: »Die sind von meinem verstorbenen Exmann Paul.« Ein flüchtiger Schatten huscht über ihr Gesicht.

»Sie sind bezaubernd«, sage ich leise, weil ich den Schmerz auch in meiner Brust spüren kann. Die Trauer, den Verlust.

Ob ich jemals wieder an Mama denken kann, ohne dass meine Augen anfangen zu brennen und das Herz schwer wird wie Blei?

Ich bin froh, dass Frau Gretener erneut das Wort ergreift: »Ihrer Mappe entnehme ich, dass Sie meinen Brief endlich gelesen haben«, sagt sie und bedeutet mir, mich zu setzen, während sie den Tisch umrundet und ebenfalls Platz nimmt.

Es ist keine Frage, trotzdem nicke ich. Der feine Vorwurf, dass ich eine halbe Ewigkeit gebraucht habe, mich hier blicken zu lassen, entgeht mir nicht.

»Darf ich mal sehen?«

Uh, die lässt aber nichts anbrennen, denke ich, was meinen Nervositätspegel in ungeahnte Höhen treibt. Laut sage ich: »Selbstverständlich.«

Ich kann den Puls bis in die Schläfen pochen spüren, als ich Frau Gretener die Mappe über den Tisch reiche. (War das Ding vorher schon so verflucht schwer?) Ich lasse sie um ein Haar fallen, weil meine Kräfte alle auf einmal verschwunden zu sein scheinen.

»Dann wollen wir die Schätzchen mal begutachten.« Frau Gretener sagt das in einer Ruhe, die ich gerade als höchst beneidenswert empfinde.

Mit neugierigem Blick blättert sie sich von hinten nach vorne, was bedeutet, von den Kleidchen-an-der-Puppe zu den Aquarell-Augen über die Floral-Köpfe bis hin zu den Skyline-Bildern.

Dass sie dabei kein einziges Wort von sich gibt, raubt mir den letzten Nerv. Sie schweigt auch noch, als sie die Bilder komplett durchgesehen hat. Ich kenne die Person zu gut, als dass ich sie bei einer so wichtigen Sache stören würde. Zu allem Überfluss beginnt sie mit einer zweiten Sichtung, dabei macht sie sich Notizen auf dem Block, der neben der Tastatur liegt.

Geistesgegenwärtig klemme ich meine Hände zwischen die Knie, um ein nervöses Herumgezappel zu vermeiden, und versuche stattdessen unauffällig zu erspähen, was Frau Gretener für Notizen macht.

- stark, aber Größe ... Den Rest kann ich nicht entziffern.

Wieder kritzelt sie eine Bemerkung auf den Block.

- Bild Nummer sieben ... Es folgen noch irgendwelche Zeichen, die ein Normalo unmöglich verstehen kann.

- Farb- und Formenkombination … kritzelt sie eifrig, wieder eine Zahl dazu und es fällt mir schwer, ihrem Tempo zu folgen.

Dieses Szenario zieht sich bis zum letzten Bild durch und ich bin noch genauso schlau wie am Anfang.

Endlich sammelt sie alle Bilder zusammen und legt sie zurück in die Mappe.

Warum sagt sie denn nichts? Ich werde noch wahnsinnig! Selbst ihrem Gesichtsausdruck ist nichts zu entnehmen.

Abermals macht sie eine Notiz, dann endlich schaut sie auf.

»Also«, beginnt sie und legt den Stift auf den Notizblock und schaut mich direkt an. »Die Bilder sind noch nicht perfekt, aber Ihre Linienführung und Ausdrucksform gefallen mir.«

Ich kann nicht glauben, was sie da sagt, spüre förmlich, wie mir die Kinnlade runterfällt.

»Soll das bedeuten …«, beginne ich und breche mitten im Satz ab, weil ich erst in dieser Sekunde begreife, dass es eigentlich keine Zusage war.

»Ich mache dir einen Vorschlag, Mina.«

Hat sie mich etwa gerade geduzt und mit dem Vornamen angesprochen?

Überrascht und aufgeregt zugleich lächele ich sie an. Ich bin mir fast sicher, dass ihr das nur ungewollt herausgerutscht ist, denn sie verzieht ihren Mund ganz eigenartig.

»Ist es in Ordnung, wenn wir uns beim Vornamen ansprechen und uns duzen?«

»Natürlich«, entgegne ich hastig. Wenn sie mir das Du anbietet, wird sie mir wohl kaum eine Absage erteilen? Oder?

Wunschdenken … blödes Wunschdenken, maßregele ich mich in meinem Innern.

»Gut.« Sie nickt mir zu und beugt sich nach vorn. Dabei stützt sie ihre Ellenbogen auf der Tischplatte ab und presst in rhythmischen Abständen ihre Fingerspitzen gegeneinander. »Ich stecke wirklich in der Klemme, deshalb mache ich dir einen Vorschlag: Male die Bilder noch einmal in einem größeren Format. Selbstverständlich müssen sie nicht eins zu eins mit der Vorlage übereinstimmen. Ich spreche lediglich vom Motiv. Sagen wir mindestens fünf Bilder? Schaffst du das bis übernächste Woche?«

Ich nicke wie ein Duracell-Häschen mit Kurzschluss. »Ich denke schon.«

»Besonders gut gefallen mir die Kleider an der Puppe und die Skyline-Interpretationen. – Sehr kreativ! Aber auch stark sind die tränenden Augen. Gerade in der Verbindung mit dem, was du durchmachen musstest. Irgendwie erinnern sie mich auch ein bisschen an die Bilder meines Exmannes.« Greta lächelt und ausnahmsweise wirkt es zurückhaltend.

»Danke«, sage ich mit belegter Stimme, denn ich ahne, dass dies ein wirklich gewichtiges Kompliment ist.

»Also gut: Du sicherst mir fünf Bilder bis in eineinhalb Wochen zu und ich gebe dir den Platz als Newcomer in der Herbstausstellung. Einverstanden?«

Ich glaube, ich träume. Dass mir genau diese Person in meinem neuen Lebensabschnitt erhalten bleibt … Ich nenne es Ironie des Schicksals.

Dann, ohne Vorwarnung, blitzen die Worte von *Miss Starlet* in mir auf. Es sind jene, die am Tag X in meinem Horoskop standen und die ich seither nicht mehr vergessen kann. Eigentlich ging ich immer davon aus, dass es an den Geschehnissen dieses verfluchten Tages lag. Ja, dass sich der Sternentipp deswegen in mein Innerstes brannte. Aber vielleicht war das nicht allein der Grund? Vielleicht war die Zeit noch nicht reif?

Denn in diesem Augenblick kann ich sie wirklich verstehen:

Wer nicht wagt, der nicht gewinnt.

So sage ich das einzig Richtige: »Einverstanden!«

Kapitel 17

Wie jetzt, heute keine Miss Starlet?

Es ist beinahe Mitternacht, aber an so etwas wie Schlaf ist nicht zu denken. Ich bin viel zu aufgeregt, wenn nicht gar aufgewühlt. Zwischen meinem nächsten Mal-Wahn-Schub und dem Organisieren der Ausstellung sind die Tage regelrecht an mir vorbeigeflogen. Ich hätte nie erwartet, dass Arbeiten so viel Spaß machen kann.

Mit Greta – ja, *Greta* – treffe ich mich täglich, bespreche den Ablauf der Vernissage, die Präsentation der einzelnen Gemälde und allgemeine Fragen wie: Wo bestellen wir die Häppchen? Gibt es Sekt oder Wein? Dezente Musik im Hintergrund?

Überhaupt kann sie nebst Hendrik (dem dunkelhaarigen Mann mit Softpolsterung) eine weitere Arbeitskraft gut gebrauchen. Da komme ich doch wie gerufen …

Zugegeben: Ich erledige auch hier wieder allerhand, eben all das, was gerade anfällt, doch bei Greta ist es etwas ganz anderes als im *Couture Beck*. Ich fühle mich nicht mehr wie das ausgenutzte *Mädchen für alles* ohne jegliche Zukunftsaussicht, viel eher wie die rechte Hand, die bei Entscheidungen stark mit einbezogen wird und ebenso eigenständig handeln und denken darf – besser gesagt, *muss!*

Als ich ihr gestern vorgeschlagen habe, dass sie eine schmale Wand der Galerie zum Gedenken ihres verstorbenen Exmannes Paul mit einplanen könnte, war sie von der Idee hellauf begeistert.

Natürlich ist Greta nach wie vor die Alte geblieben und lebt schubweise auch ihre anstrengende und *gretenerisierende* Seite aus. Die Seite eben, die Wert auf Manieren und ein selbstsicheres Auftreten legt. Aber jetzt, wo Mama nicht mehr hier ist, empfinde ich dieses Gehabe als nur noch halb so schlimm.

Richtig realisieren kann ich das alles noch nicht. Doch tatsächlich verweilen seit gestern vier meiner Bilder in der Galerie und warten auf den großen Augenblick. Leider ist das fünfte Gemälde noch nicht ganz fertig. Ähm … noch nicht mal existent. Aber ich schaffe das. – Jawohl, ich schaffe das!

Schlimmstenfalls schiebe ich noch eine Nachtschicht dazwischen. Wer braucht schon Schlaf, wenn er Malen kann? Schlaf wird definitiv überbewertet.

Und wenn alle Stricke reißen, werden lediglich vier meiner Werke ausgestellt, das habe ich bereits mit Greta besprochen.

»Sollte es bis morgen mit dem zweiten Kleid-Motiv klappen, wäre das formidabel. Dann bringst du es direkt mit zur Vernissage«, sagte Greta diesbezüglich vorhin am Telefon. »Wenn nicht, werden wir es überleben. Außer dir und mir weiß ohnehin niemand, dass ein Motiv mehr eingeplant war.«

Und so mache ich es.

Es ist nicht so, dass ich das fünfte Motiv nicht schon längst begonnen hätte. Ich bin einfach nie wirklich zufrieden mit dem Ergebnis und beginne immer wieder von Neuem.

»Du hast echt ein Rad ab!«, ruft Sue jedes Mal, wenn ich wieder ein Bild in die Tonne schmeiße. Zurzeit kommen die Mädels etwa alle zwei Tage vorbei, um mich zu unterstützen. Kathrin ist so ein Riesenschatz und kocht meist die doppelte Portion, weil sie mitbekommen hat, dass ich mich viel zu häufig von Luft und Malen ernähre. Und Lexy fährt immer zu Mamas Wohnung, sobald Thomas wieder eine Ladung voll »Sentimentalität« angesammelt hat. Das können Fotos sein, alte Kinderspielsachen oder Erinnerungsstücke von Mamas Reisen. Der Sentimentalitäten-Berg stapelt sich im Augenblick neben meinem Kleiderschrank, weil ich noch keine Zeit gefunden habe, das alles mit der nötigen Ruhe durchzugehen.

Ich bin so unglaublich aufgeregt. Schon morgen Abend ist der große Tag. Vernissage. *Meine* Bilder bei einer Ausstellung. Hin und wieder muss ich mich selbst kneifen, weil ich Angst habe, dass ich mir das alles nur erträume. Quasi als Gegenteil eines Albtraumes … Wäre das dann so was wie ein Wunschtraum?

Die steigende Nervosität macht mich noch ganz kirre. Doch die Ausstellungseröffnung ist nicht die ganze Wahrheit, weswegen ich so hibbelig bin. – Nein, das trifft es nicht ganz. Ich bin unkonzentriert, auf eine nervige Art unruhig und fühle mich schrecklich unwohl.

Und ich weiß haargenau, wo es herrührt. Vielleicht mit ein Grund, weswegen ich mich so in die Vorbereitungen stürze?

Seit bald einer Woche habe ich nichts mehr von Frederic gehört. Keine WhatsApp-Nachricht von meinem Schlüsselhüter. Es ist unglaublich, wie sehr man einen Menschen vermissen kann, den man lediglich zweimal kurz gesehen hat. Unser Nachrichtenverkehr war dafür umso intensiver.

Tatsächlich war ich schon nahe dran, ihm zu antworten. Ich hatte sogar schon angefangen zu schreiben, aber sobald ich die ersten Wörter tippte, kam mir Lexy in den Sinn.

Ob sie wirklich noch etwas für ihren Ex empfindet?

Wir haben nie mehr über die Frederic-Ric-Sache geredet. Und ja, jetzt ärgert es mich, dass wir das Thema einfach totschweigen. Auch weil ich mir dadurch alles unnötig selbst verkompliziere.

Als letzten Montagabend keine Nachricht von ihm kam, lag ich bis weit nach Mitternacht wach und checkte immer und immer wieder mein Handy. Irgendwann begann ich, das Gerät zu kontrollieren. Ist vielleicht der Akku alle? Hat es kein Netz? Keinen Empfang? Ja, ich hab es sogar neu gestartet, nur um sicherzugehen, dass es nicht an meinem Smartphone liegt. Ich weiß selbst, wie erbärmlich sich das anhört. Nicht zu vergessen albern und kindisch. Deswegen hab ich mir geschworen, dass ich, sobald die Vernissage durch ist, mit Lexy über Frederic reden werde. Reden *muss*.

Die paranoide Handy-Check-Kontroll-Phase habe ich mittlerweile überwunden, auch dank der Freude an meiner neuen Arbeit. Doch hin und wieder ertappe ich mich dabei, wie ich Frederics letzte Nachrichten und sein Profilbild verträumt anschmachte.

Seinen Status hat er letzten Montag ebenfalls aktualisiert. Jetzt stehen dort nur noch drei nichtssagende Punkte …

Ich seufze. Die Staffelei vor meinen Augen gewinnt an Schärfe. Sie ist zu einem Dauergast in meinem eher bescheiden eingerichteten Wohnzimmer geworden und jeden Morgen, wenn ich mich aus dem Bett kämpfe und in die Küche schlendere, um mir meine tägliche Kaffee-Dröhnung zu verpassen, beschert mir ihr Anblick ein Lächeln. Nie zuvor fühlte ich mich freier und erfüllter – was das Berufliche angeht.

Die Staffelei ist mein Motivator, wenn man so will. Sie hilft mir auch jetzt und steht unweit von mir.

Ich greife zum Pinsel und exakt in dieser Sekunde befällt mich eine Idee. Ich möchte ein Kleid malen, das alle Facetten meines Ichs widerspiegelt.

Eifrig beginne ich, eine erste Skizze zu zeichnen. Tief in mir drin spüre ich, dass mir der Entwurf gelingen wird. Er vereint mein Herzblut – das Malen – ebenso wie die Freude am Kleiderentwerfen und die Leidenschaft des Lesens. Es wird ein Kleid aus Buchseiten und Briefen.

Ich bin so ins Skizzieren und ins Setzen erster Farbakzente vertieft, dass ich das stetige Vibrieren auf dem Fensterbrett nicht registriere.

Hier noch ein Strich, da etwas Farbe … und nach und nach entsteht der erste Entwurf vor meinen Augen. Er gefällt mir ganz gut. Dennoch fehlt etwas, solle er wirklich alle Facetten meines Ichs darstellen.

Mit einigen Farbklecksen deute ich ein großes Herz rund um die Kleiderpuppe an. DAS ist es, damit lässt sich arbeiten …

Ich entferne mich einige Schritte und lasse mich in den Sessel am Fenster fallen, um das Gemälde mit dem nötigen Abstand auf mich wirken zu lassen.

Wieder surrt es, diesmal direkt hinter meinem Ohr, und endlich realisiere ich, dass mein Handy schon die längste Zeit nach mir ruft.

Ich fasse nach hinten, bis ich mit den Fingerspitzen mein Handy auf der Fensterbank ertaste und greifen kann.

»Du meine Güte!«, entfährt es mir. Das Display zeigt acht Anrufe in Abwesenheit und siebzehn WhatsApp-Nachrichten. »Was ist denn hier los?«

Vier Anrufe von Sue, einer von Sabrina, einer von Kathrin und zwei von … Stefanie. *Stefanie?!* – Ähm, die hat sich garantiert verwählt.

Schnell widme ich mich den Nachrichten: sieben von Sue, drei von Sabrina, zwei von Kathrin, fünf von Stefanie. – Stefanie, die sich sonst nur bei mir gemeldet hat, wenn ich verschlafen habe, oder um mir mitzuteilen, dass ich noch Besorgungen fürs *Couture Beck* erledigen muss. *Hallo?!* Was ist denn in die gefahren?

Ich überfliege die Zeilen im Vorschaumodus:

Heilige Scheiße! Schätzchen, hast du den heutigen Eintrag von Miss Starlet gelesen?
Sue
00:19

Danke, dass du mir diese ganze Miss-Starlet-Sache verschwiegen hast!
Stefanie
00:21

Mina, wo bist du?
Hier ist gerade die Hölle los!
Sabrina
00:22

Haha! Jetzt wissen wir auch, warum Lexy nie über Miss Starlet reden wollte! Dieses Biest!!!
Sue
00:22

Hast du eigentlich mitbekommen, dass heute kein Horoskop von Miss Starlet erschienen ist?
Kathrin
00:23

Sag nur, du schläfst schon?
Sue
00:23

Und ich erfahre es mal wieder als Letzte …
Stefanie
00:23

Wenn nicht, dann geh mal auf ihre Seite! Sofort!
Kathrin
00:24

Aufwachen, Picassa-Dornröschen! Es geht um dein Leben!
Sue
00:24

Sag mal, hast du mich auf Ignorieren gestellt oder was?! Auch deine sogenannten Freundinnen geben mir keine vernünftige Auskunft.
Stefanie
00:25

Sogar deine Exarbeitskollegin müllt uns mit ihren Nachrichten zu. Nimm das verdammte Telefon ab!
Sabrina
00:26

Mina?!!! Ich erreich dich einfach nicht!
Sue
00:27

Und ich dachte, wir wären so etwas wie Freundinnen :(
Stefanie
00:28

Lebst du noch???
Sabrina
00:28

Leg den Scheiß-Pinsel beiseite und schau auf dein Scheiß-Handy!
Sue
00:31

Oder geht es gar nicht um dich?
Stefanie
00:33

Also wenn du nicht innerhalb der nächsten Sekunden anrufst oder den Hörer abnimmst, breche ich bei Nacht und Nebel in deine Bude ein! Und ja, das ist eine beschissene Drohung, Schätzchen!
Sue
00:38

Nur kurz überlege ich, ob ich zuerst nach *Miss Starlet* suche und Sue noch länger zappeln lasse, dann wird mir die Entscheidung abgenommen: Das Handy in meiner Hand vibriert.

»Was gibt …« Weiter komme ich nicht.

»Schätzchen, bist du vom Rand der Erde gefallen? Hier ist die Hölle los!«, ruft Sue entgeistert ins Telefon.

»Wegen *Miss Starlet?*«, frage ich ungläubig. Ich kann mir beim besten Willen nicht vorstellen, was so derart Weltbewegendes im Zusammenhang mit der Horoskop-Tussi passiert sein könnte. Zumal ich sie ja bei dieser Einweihungsparty kurz getroffen habe. Nur komisch, dass sich bei diesem ganzen Theater Lexy nicht gemeldet hat …

»Übertreibst du nicht ein bisschen?«

»*Übertreiben?* Ich und übertreiben?« Sue lacht hysterisch auf. »Wenn sogar mitten in der Nacht deine unglaublich neugierige Exarbeitskollegin namens Stefanie mich und die Mädels zutextet, nur um zu fragen, was es mit *Miss Starlet* auf sich hat, dann bin *ich* garantiert nicht diejenige, die übertreibt.«

»Okay, ist ja schon gut«, versuche ich sie zu beruhigen. »Um was geht's denn nun?« In meinem Kopf male ich mir aus, was diese Schönheit von Frau angestellt haben könnte, das im Zusammenhang mit mir steht … Irgendwie will mir dazu partout nichts Positives einfallen. Vermutlich, weil sie mich mit diesem Spooky-Blick bedacht hatte.

»Das kann ich dir nicht erklären, das musst du erleben«, erwidert Sue, offenbar einem Nervenzusammenbruch nahe. »Würdest du bitte endlich die Seite von *Miss Starlet* besuchen, ja?!«

»Bin schon dabei«, murmele ich, klappe den Laptop auf und fahre ihn hoch. Die Sekunden, bis er sich bedienen lässt, erscheinen mir wie eine kleine Ewigkeit. Endlich flimmert der Desktop auf, ich logge mich ein und klicke über Facebook besagte Internetseite an.

Die Seite lädt … Mehr nicht. – Das dauert ja eine Ewigkeit!

»Und, hast du es gefunden?«, bohrt sich Sues Stimme in mein Bewusstsein.

»Nein, es funktioniert irgendwie nicht.«

»Haha, ist bestimmt überlastet«, grölt Sue, doch in diesem Moment ploppt die Seite auf und ich entdecke den neuesten, unglaublich langen und ausführlichen Post:

Miss Starlet – Herzensdinge
Wie jetzt, heute keine Miss Starlet?
Ja, so ist es.
Es tut mir leid, dass ich mich heute nicht mit meinem Tipp der Sterne bei euch gemeldet habe. Es gibt einen guten Grund dafür und den werde ich euch nun mitteilen:
Miss Starlet ist verliebt – unglücklich verliebt, um es auf den Punkt zu bringen. Ich hoffe, ihr verzeiht mir, dass ich meine Seite schamlos ausnutze, um mich mit meinen Zeilen ganz persönlich bei jener Frau zu melden, die mir sehr am Herzen liegt. (Keine Sorge, das wird das erste und letzte Mal sein!) Aber das muss einfach raus.
Tja, in Sachen Liebe werden wir wohl nie erwachsen. Erwachsen im Sinne von vernünftig und bedacht. – Nein, in Sachen Liebe herrschen immer die Gefühle vor. Und manchmal, ja manchmal ist es der reinste Herz-Seil-Akt …

Liebe Mina, ich wende mich nun direkt an Sie und hoffe, Sie lesen diese Zeilen. Ich wähle diesen Weg nur, weil ich nicht mehr weiterweiß. Zwar riskiere ich, dass meine Tarnung auf diese Weise auffliegt, aber … Scheiß drauf! Ich folge der Stimme meines Herzens, denn es gibt nur eine Mina.
Ja, das Leben ist scheiße und das Schicksal schlägt immer dann zu, wenn wir es am wenigsten gebrauchen können. Das liegt nicht an den Sternen, das scheint viel eher ein Naturgesetz zu sein. Dafür hält das Leben auch so manche Überraschung bereit. Oder hätten Sie vor vier Wochen gedacht, dass Sie morgen (eigentlich heute, denn wir haben bereits Freitag) als Newcomer bei einer großen Vernissage ausstellen? Genauso überraschten Sie mich bei unserem Zusammenprall. – Es hat geknallt, und zwar so richtig. Und damit meine ich nicht bloß den Zusammenstoß. Nein, ich rede von meiner Gefühlswelt. Dabei haben die Sterne gar nichts in diese Richtung prophezeit. Sie erinnern sich an mein Profilbild? Jenes mit der Frau auf dem Foto? Das war nicht meine Freundin, auch nicht meine Frau. Hierfür war es. Für die Aktion: Wer ist Miss Starlet. Dazu wurde sie eigens engagiert. – Ein fiktives Gesicht. Ein Gesicht, das Sie bei der Einweihungsparty flüchtig getroffen haben.
Ihre Annahme, ich könnte in festen Händen sein, war (wie meine auf Sie bezogen auch!) mehr als fehlinterpretiert – wo Sie sonst doch immer so eine schnelle Auffassungsgabe besitzen …
Was meine Vergangenheit betrifft – und ich glaube zu wissen, dass vor allem die Sie davon abhält, auf meine Millionen Nachrichten zu reagieren: Sie lässt sich nicht verändern. Was geschehen ist, ist geschehen, und letztlich hat mich die Vergangenheit zu dem Menschen gemacht, der ich heute bin.
Aber ich kann meinem Herzen nicht befehlen, dass es Sie für immer aus meinem Gedächtnis streicht. Das funktioniert nicht. Ich habe es versucht, weiß Gott wie oft! Es funktioniert einfach nicht! Das Problem ist, wenn ich Ihnen schreibe, ach, bloß an Sie denke, verliebe ich mich immer und immer wieder …
Und jetzt komme ich zu meinem erbärmlichen Schluss, der gar keiner ist, denn ich habe keine Lösung, keine Idee und erst recht kein Heilmittel. Fazit: Man kann nie wirklich aufhören, jemanden zu lieben. Man lernt nur, ein Leben ohne ihn zu akzeptieren.

Ihr Frederic, auch bekannt als heldenhafter Schlüsselhüter und – seit diesem Moment weiß es ohnehin die ganze Sternenwelt – Miss Starlet.

PS: Übrigens haben mir die Sterne für heute nichts Romantisches oder Bahnbrechendes vorausgesagt, nicht einmal einen Silberstreifen am Horizont, aber manchmal muss man sich einfach über alles stellen und ohne jegliche Erwartung die Flügel des Herzens ausbreiten – und fliegen!

Ich bin sprachlos.

Schlucke die Freudentränen hinunter, doch sie vermischen sich mit dem Kloß im Hals, der mich nach Luft schnappen lässt.

Frederic ist *Miss Starlet?* Nicht diese affektierte Isabella-Tussi im blutroten Kleid, nein. Mein Schlüsselhüter ist gleichzeitig auch mein Sternendeuter …

Weitaus mehr beeindrucken mich jedoch seine Worte, seine Ehrlichkeit und sein Mut, das öffentlich zu posten. Eigentlich müsste ich jetzt sofort darauf reagieren. *Eigentlich …*

»Halloooo? Bist du noch dran?« Sues Stimme drängt sich in mein geistig umnachtetes Bewusstsein. Ihrer Tonlage entnehme ich, dass sie mich das nicht zum ersten Mal fragt. »Mina? So sag doch was!« Mit einem Mal schleicht sich Angst in ihre Stimme.

»Ich bin noch da«, entgegne ich und meine Worte verhaspeln sich. »Ich bin noch da …«

»Ist das nicht total abgefahren?«, kreischt sie ins Telefon und der Ton überschlägt sich schmerzhaft in meiner Ohrmuschel.

»Hm«, seufze ich, weil allein der Gedanke an Frederics Zeilen meinen Bauch zum Kribbeln bringt. Dazu dieses Gefühl von Schwerelosigkeit … »Das wäre es, wäre *er* nicht Lexys Exlover«, hänge ich noch an.

»Manchmal kann man sich nicht aussuchen, in wen man sich verliebt«, sagt Sue und klingt fast so fachmännisch wie Lexy, wenn sie mit ihren Weisheiten um sich wirft. »Liebe geht ihren eigenen Weg. Sich gegen die Gefühle zu sträuben, wäre nicht nur unsinnig, das wäre fatal!«

Ich will ihr so gerne glauben. Glauben, dass Lexy damit klarkommt. Glauben, dass es möglich ist …

»Mina?«, fragt Sue vorsichtig nach. »Weinst du?«

»N-nein«, schniefe ich leise. »Alles gut.«

»Ich sag dir was«, fährt Sue fort, nun wieder ganz Herr der Lage. »Wenn du nichts für diesen Kerl empfinden würdest, würden wir diese Diskussion hier nicht führen. Somit bleibt nur eine Möglichkeit übrig. Also, wir machen es folgendermaßen: Ich kümmere mich um Lexy und du ...«, ein fröhliches Glucksen dringt durchs Telefon, »... und du um *Miss Starlet.*«

Als ich darauf nicht sofort antworte, weil ich viel zu ergriffen von ihrem Vorschlag bin (Meine Güte, ich bin wirklich zur Heulsuse mutiert!), hängt sie noch an:

»Oder findest du nicht, dass Frederic wenigstens eine kurze Antwort verdient?«

»Jetzt sofort?«, frage ich nach und schwanke zwischen Glücksgefühlen und Angstattacken.

»Jetzt sofort«, kontert Sue ohne Umschweife. »Gar nicht noch lange rumgrübeln, verstanden? Ich rede auch jetzt sofort mit Lexy. Okay?«

»Okay.«

»Und wir zwei Hübschen sehen uns spätestens morgen. – Hey, dein großer Tag, Picassa!«

Klack! Und Sue hat den Anruf beendet.

Mir ist auch bewusst, weswegen. Sie will, dass ich mich ans Antworten mache und das jetzt sofort.

Jetzt sofort ...

Puh! Was schreib ich denn nur?

Noch einmal schweift mein Blick über den *Miss Starlet*-Post, bleibt an den ausgebreiteten Flügeln und dem fliegenden Herzen hängen. Nach einer Weile, in der ich seufzend vor dem Bildschirm sitze, bemerke ich die unzähligen Kommentare unter dem Beitrag.

Awwww, wie romantisch!

Ich drücke dir die Daumen, dass Mina deine Liebeserklärung liest! :)

Hey, Miss Starlet, wenn Mina dich nicht will: Ich wäre noch zu haben ... ;)

Haha ... jetzt dachte ich schon, Miss Starlet ist lesbisch, bis ich den Namen Frederic gelesen habe ...

Ich hoffe, ihr beide findet euch!

Auf dass eure beiden Herzen bis zum Mond fliegen mögen ♥♥♥

Die Liebe kann ein echtes Arschloch sein!

Miss Starlet hat einen Penis?!?!

Viel Glück für die Zukunft, Miss Starlet! ♥

Beim zweitletzten Beitrag muss ich laut lachen. »Leute gibt's!«

Zwischen zwei Atemzügen wird mir bewusst, was ich hier eigentlich tue. Kommentare lesen, anstatt zu antworten. – Ich prokrastiniere!

»Okay, Zeit für die Herzenssache«, murmele ich, atme tief durch, lege die Finger auf die Tasten und besinne mich auf das, was wirklich wichtig ist.

Lieber Frederic,
du glaubst es kaum, aber ich habe deine täglichen Nachrichten vermisst. Ich habe DICH vermisst, und zwar sehr. Mehr als ich mir selbst eingestehen wollte.
Vielleicht können wir die Vergangenheit ruhen lassen, vielleicht ist das Schicksal nicht nur ein Arschgesicht, sondern auch ein Glücksbereiter, und vielleicht, ganz vielleicht, sehen (oder lesen!) wir uns sehr bald wieder.
Deine Mina
PS: Haha! Die Kommentare sind besser als jede Nachtlektüre!

Dann klicke ich auf den Enter-Button …

Spürst du das Kribbeln und Prickeln überall?
– Oh ja, heute liegt Liebe in der Luft,
das hast du dem Zauber von Venus
zu verdanken. Aber Vorsicht:
Wegen des Vollmonds, der unter
dem Einfluss von Mars steht,
reagierst du manchmal etwas über.
Tipp der Sterne: Ruhig bleiben und durchatmen.

#MissStarlet

Kapitel 18

Zwei geschundene Herzen, eine Näselstimme und eine hypernervose Picassa

Es ist so weit – der Tag der Wahrheit …

Wie bestellt und nicht abgeholt stehe ich in der Galerie und nippe lustlos an einem Fruchtsaft. Ich bin tierisch nervös und noch vor wenigen Minuten rannte ich wie ein aufgescheuchtes Huhn auf zwei Beinen durch die Gegend. (Als ob Hühner nicht sowieso auf zwei Beinen herumirren?) Schon vor Stunden verpassten mir meine Mädels den Status: *Unbrauchbar!*

Ich reibe mir übers Gesicht, meine Hand ist eiskalt. Dann umklammern meine Finger wieder das Saftglas, einfach nur, damit ich mich an irgendwas festhalten kann.

In wenigen Minuten öffnet die Galerie Gretener die Pforten. Bild Nummer fünf hängt – quasi druckfrisch, denn es ist noch nicht einmal trocken – an seinem vorgesehenen Platz und alles, wirklich alles in diesem Raum ist erledigt – inklusive mir. Ich bin komplett durch.

»Mina?«, ruft Greta vom anderen Ende der Galerie und winkt mich zu sich. »Kommst du mal kurz her?«

Ich stelle den Fruchtsaft auf die extra errichtete Häppchen-Theke und marschiere zu ihr und Hendrik (heute ganz elegant im schwarzen Nadelstreifen-Sakko) hinüber. In meinem Pünktchenkleid fühle ich mich aber keinesfalls weniger schnieke. Und auch sonst ist mir die sehr, seeehr kurze Nacht nicht anzusehen. Hoffe ich.

Ich konnte es nicht lassen, den *Miss-Starlet*-Post weiterzuverfolgen. Auch weil ich insgeheim gehofft hatte, dass Frederic noch auf meinen Kommentar reagiert. Was er um drei Uhr morgens per WhatsApp auch tat:

Mina, wir lesen uns nicht, wir sehen uns!
Gaaaanz bald, versprochen!
Dein Frederic
03:13

Die Worte ließen mein Herz auf Wolken schweben und genau deswegen fühle ich mich heute – bis auf die galaktische Aufregung natürlich – einfach rundum zufrieden und glücklich.

»Liebe macht schön«, pflegte Mama stets zu sagen, und Mamas haben eben oftmals recht.

»Ich möchte Pauls Gemälde anders anordnen«, richtet Greta das Wort an mich. Zum ersten Mal, seit ich diese Frau kenne, verliert sie ihre Contenance. »Aber egal, wie ich es drehe und wende, es passt einfach nicht zusammen.«

In dieser Sekunde begreife ich, dass hier zwei geschundene Herzen aufeinandertreffen. Gretas, weil sie den Mann verloren hat, den sie aufrichtig liebte – dass sie das tut, steht für mich außer Frage. Meins, weil ich Mama verloren habe und immer noch nicht weiß, wie es bezüglich meines Schlüsselhüters (Das ist und bleibt er in jedem Fall, solange er meine Schlüssel hütet!) weitergeht.

»Ich mach das schon«, sage ich. Und mit diesen einfachen vier Worten löst sich mein Unbrauchbar-Status in Luft auf. »Hendrik, holst du kurz das Fuchsgemälde aus Gretas Büro?«

Gretas Blick zuckt zu mir herüber.

»Vertrau mir, in dieser Kombination werden Pauls Gemälde einen bleibenden Eindruck hinterlassen«, versichere ich ihr, während ich die Trittleiter aus der Abstellkammer heraushole und vor der Bilderwand positioniere.

Es fällt ihr nicht leicht, einfach zu vertrauen, ich sehe, wie sie unentwegt ihre Hände knetet. Aber dann nickt sie und Hendrik eilt davon.

Flüchtig werfe ich einen Blick auf die antike Wanduhr. »Noch fünf Minuten.«

»Gut.« Greta nickt. »Dann lass ich dich machen. Die ersten Gäste treffen bestimmt jeden Augenblick ein.«

Noch während sie es ausspricht, geht auch schon die Tür der Galerie auf und ein älteres Ehepaar betritt den Raum.

Kurz meldet sich mein nervöser Magen, der sich anfühlt, als vollführe er einen Looping.

Jetzt aber schnell!, feuere ich Hendrik in Gedanken an, weil er immer noch nicht zurück ist und mache mich am mittleren Blumengemälde zu schaffen. Behutsam und sorgfältig löse ich es von der Wandhalterung, dabei schwanke ich zusehends stärker, je länger ich hier oben stehe. (Stichwort: Höhenangst!)

Erfolgreich habe ich es die drei Stufen der Leiter hinuntergeschafft – was einhändig gar nicht so leicht ist – und just in dem Moment biegt Hendrik um die Ecke. Das Bild in seinen Händen ist so hoch, dass sein Oberkörper gänzlich dahinter verschwindet und nur noch seine Beine erkennbar sind.

»Einmal tauschen, bitte«, sage ich, greife zum Fuchsgemälde und überreiche Hendrik das Blumenbouquet. Hendriks leicht gerötete Wangen und der Glanz auf seiner Stirn verraten, dass er unter Stress steht.

Während er das Blumen-Bild wegräumt, klettere ich abermals die Trittleiter hinauf und platziere das hübsche Füchschen an der Wand. Keine Minute später spüre ich wieder festen Boden unter den Füßen und begutachte die Dreierkombination aus dieser Perspektive. Ich nicke zufrieden. »Perfekt!«

Hinter meinem Rücken nimmt das Stimmengewirr zu. Immer mehr Leute treffen ein, also räume ich rasch die Leiter wieder weg.

»Mina?«, höre ich Gretas Stimme auch schon rufen und ich ziehe hastig die Tür der Abstellkammer zu. Einmal kurz die Haare aus dem Gesicht wischen, das Kleidchen richten, dann gehe ich zu Greta und ihren Gästen hinüber.

»Darf ich vorstellen, meine Neuentdeckung des Jahres.« In ihrer Stimme schwingt nicht nur Freude mit, sondern auch Stolz. »Mina Como.«

Mit Greta an meiner Seite begrüße ich die Gäste, plaudere hier ein paar Worte und dort ein paar Sätze, stoße mit Sekt auf den augenscheinlich gelungenen Auftakt der Ausstellung an, beantworte sogar einige Fragen eines Journalisten der Hamburger Lokalzeitung (Erstaunlicherweise gelingt mir das in einem mehr oder weniger verständlichen Rahmen.) und posiere vor meinen Bildern für ein Porträt. Aber je mehr Leute hier eintreffen, desto mehr verliere ich den Überblick. So viele Namen, ebenso viele Gesichter, und sie haben alle etwas gemeinsam: Ich kann mir sie unmöglich alle merken.

In diesem Moment entdecke ich in der Menge ein Gesicht, das ich kenne. Gretas Schwester. Sie diskutiert eifrig mit einem Herrn, den ich als Norbert von ihrer Einweihungsparty ausmache. Dicht daneben steht auch das Näselstimmchen.

Ob die drei jetzt ebenso über die Linienführung der Künstler fachsimpeln wie wenige Wochen zuvor bei den Möbeldesignern?

Ich will es gar nicht wissen!

Plötzlich spüre ich eine Hand auf meiner Schulter. Mit der Erwartung, meinen Mädels gegenüberzustehen, drehe ich mich um und schaue in warmherzige Augen. »Thomas, wie schön, dass du hier bist!«, freue ich mich.

Er lächelt zurück. Das Lächeln eines Mannes mit trauerndem Herzen. »Zeigst du mir deine Kunstwerke?«

»Gerne! Komm mit, sie sind hier drüben.«

Es ist eine Sache, wenn wildfremde Leute deine Gemälde betrachten, vielleicht das eine oder andere zu meckern haben. Ganz anders sieht es aber aus, wenn man sein Herzblut den Menschen zeigt, die einem wichtig sind. Das wird mir jetzt gerade so richtig bewusst.

Erwartungsvoll führe ich Thomas zu meinen Gemälden, beobachte, wie er meine Werke eingehend mustert und sich gedankenverloren übers Kinn fährt.

»Und?«, frage ich schließlich, weil ich viel zu ungeduldig und neugierig auf sein Feedback bin. »Wie gefallen sie dir?«

Da löst Thomas seinen Blick von den Bildern und schaut mich direkt an. »Ausgezeichnet!«, antwortet er kopfnickend, beugt sich zu mir runter und drückt mir einen Kuss auf die Wangen. »Deine Mutter wäre so unglaublich stolz auf dich.«

»Danke schön«, raune ich ihm ins Ohr. »Ein schöneres Kompliment hättest du mir nicht machen können.«

Ich hake mich bei ihm unter und eine Weile stehen wir, Seite an Seite, schweigend vor meinen Bildern. Es ist keine peinlich berührte Stille, auch keine bedrückende Ruhe, die uns umgibt, trotzdem ist sie nur von kurzer Dauer.

»Ach, diese Linienführung«, zwängen sich Worte zwischen Thomas und mich.

Ich brauche mich nicht umzublicken, ich weiß sofort, wer da redet. Das Näselstimmchen. – Ha, das Näselstimmchen diskutiert tatsächlich über meine Linienführung.

»So extravagant«, näselt es weiter.

Alles klar! Man stelle eine Couch, eine Kloschüssel, ein Gemälde oder was auch immer hin: Die Beurteilung bleibt immer bei diesen beiden einstudierten Sätzen. Dass ich nicht laut losgackere, gleicht schon einem Kunststück.

»Das pinkfarbene Kleidchengemälde würde sich ganz hervorragend über meiner Couchgarnitur machen.« Dieses Fazit kommt von Magda höchstpersönlich. Ob sie weiß, dass die Künstlerin direkt vor ihr steht?

Einmal mehr überrascht mich Thomas' Reaktion. Er wendet sich Magda zu, setzt sein herzallerliebstes Lächeln auf und sagt: »Man kauft nicht ein Gemälde, damit es zur Couch passt. Man kauft eine Couch, die zum Gemälde passt.« Mit diesen Worten dreht er sich wieder mir zu, hält mir galant den Arm hin und schreitet mit mir von dannen.

»Was für ein Statement!«, sage ich lachend. Wie konnte ich ihn nur jemals als Langweiler abstempeln?

»Die Ladys hatten doch keine Ahnung«, sagt er mit hochgezogener Augenbraue.

Ich will ihn gerade fragen, ob er was trinken möchte, doch ich komme nicht dazu.

»Hey, Picassa!«, ruft eine Stimme quer durch die ganze Galerie.

Das kann nur eine sein …

Sue steuert mit Kathrin und Sabrina zielstrebig auf mich zu.

»Wird ja höchste Zeit, dass ihr endlich auftaucht«, kontere ich und begrüße die Mädels der Reihe nach mit den üblichen Wangenküsschen. »Und wo ist Lexy abgeblieben?«

»Sucht noch …«, beginnt Sabrina und kassiert einen Boxhieb von Kathrin. »… einen Parkplatz«, beendet sie den Satz.

»Stimmt«, lächelt Sue.

Bei allen drei dasselbe verdruckste Lächeln und dazu noch diese verstohlenen Blicke. Irgendwas ist hier im Busch!

Aber mir liegt noch etwas anderes schwer im Magen.

Hastig greife ich nach Sues Arm, zerre sie weg von den Mädels zur Abstellkammer hinüber und zische: »Konntest du mit Lexy reden?«

»*Reden?*«, fragt Sue begriffsstutzig – oder stellt sie sich absichtlich so dumm?

»Wegen dieser *Miss-Starlet*-Sache, du weißt schon«, bohre ich ungeduldig nach.

»Ah, diese Sache meinst du.« Sues Blick huscht über meinen Kopf hinweg und ich bilde mir ein, dass sich ihre Augen plötzlich weiten. »Nein, habe ich nicht. Ich schätze, das hat sich von selbst erledigt.«

»Was?«, frage ich verwirrt. Wie Sue das ausgesprochen hat, mit diesem amüsierten Unterton in der Stimme … Ich kann nicht anders, als mich umzudrehen und ihrer Blickrichtung zu folgen.

Eben hat Lexy die Galerie betreten. Als ich sie entdecke, entgleisen mir sämtliche Gesichtszüge. Nicht wegen ihr, denn Lexy ist nicht allein gekommen.

Da steht er.

Frederic. Ric. Der Intelligenzallergiker. Mein heldenhafter Schlüsselhüter. Und *Miss Starlet.* – Alles in einem.

Ich will gar nicht wissen, mit was für einem Gesichtsausdruck ich ihn anstarre.

Ich sehe, dass er mit Lexy redet. Sehe, wie sie sich daraufhin suchend umblickt. Sehe, dass sie ihm wieder etwas antwortet und dann … dann sieht er mich.

Himmel! Mein Herz fliegt hoch bis zu den Sternen.

Ich kann keinen Muskel rühren, klebe regelrecht am Boden fest. Selbst dann noch, als er sich auf mich zubewegt.

»Hey, Mina, da kommt *deine* Miss Starlet«, kichert Sue, verpasst mir einen heftigen Seitenhieb und grinst mich mindestens so breit an wie ein Honigkuchenpferd. »Ähm, ich lass euch zwei Turteltauben besser allein. Wir Mädels warten dort drüben bei Thomas auf dich.«

Ich kann sie nur dämlich angrinsen und nicken.

»Und Mina«, geht sie in den Flüstermodus über, weil Frederic nur noch wenige Schritte von uns entfernt ist. »Hinterher erzählst du uns alles, und zwar bis ins kleinste und noch so intimste Detail, verstanden?« Noch einmal boxt sie mich, mit anzüglichem Grinsen im Gesicht, in die Rippen. Doch sie wartet meine Antwort nicht mehr ab und verdünnisiert sich, ehe ich reagieren kann.

Ich reibe mir die lädierten Rippen und kann mich zum Glück einigermaßen sammeln, bevor Frederic wenige Zentimeter vor mir stehen bleibt.

Oh, mein Gott! Was sag ich denn nur? Hilfe!

Innerlich reißt es mich förmlich in zwei Hälften. Meine Verstand-Hälfte ist für ein höfliches und anständiges:»Hallo, was machst denn du hier?«

Aber mein Herz – hach, mein Herz – würde überhaupt nicht reden wollen. Es wispert mir nur zu, wie unglaublich gut und hinreißend der Kerl aussieht, und ich muss mich echt zusammenreißen, dass ich mich ihm nicht einfach an den Hals werfe.

Doch meine Angst, nicht zu wissen, was ich tun oder lassen soll, ist völlig überflüssig.

Frederic lächelt mich an. Keine Ahnung, an was es liegt, aber ich kann ihm ansehen, dass auch er unglaublich nervös ist, als er zu sprechen beginnt:

»Hallo, ich bin Frederic. Frederic Bach. Und bin bereit für einen Seelenstriptease«, sagt er und streckt mir die Hand entgegen.

Instinktiv greife ich danach, halte sie fest, und das Kribbeln in meinem Bauch explodiert.

»Ich bin auch bekannt als Intelligenzallergiker, Ric oder die Sternen-Lady«, fährt er fort. »Ich lebe in Scheidung, bin der Ex von deiner besten Freundin, die gegen eine Beziehung zwischen uns beiden nichts einzuwenden hat, habe eine süße kleine Tochter namens Melli. – Ach ja, und Leo nicht zu vergessen, meinen altersschwachen Kater.«

Ich muss lachen – noch immer meine Hand in seiner. »Freut mich, deine Bekanntschaft zu machen. Ich bin Mina. Mina Como«, antworte ich so seriös wie möglich. »Ehemaliges *Mädchen für alles* oder *Couture-Beck*-Girl, aber auch bekannt als Chaosqueen. Ich möchte schon mein ganzes Leben lang einen Hund – ach ja, und ich bin seit Neuestem die Heulsuse Nummer eins.«

Sein unsicheres Lächeln verwandelt sich zu einem amüsierten Grinsen. Es strahlt bis zu seinen Aquarellaugen. »Und Newcomerin des Jahres!«, ergänzt er meine Aufzählung. Immer noch schaut er mich an. Auf der einen Seite amüsiert, doch da liegt noch etwas anderes in seinem Blick. Etwas, das mich tief in mir drin berührt. »Willst du wissen, warum mir unsere Nachrichten so viel bedeutet haben?«

»Unbedingt«, sage ich (meine Stimme verliert schon wieder an Klang) und dazu nicke ich neugierig mit dem Kopf.

»Also neben dem, dass du mich komplett um den Finger gewickelt hast, habe ich endlich herausgefunden, was ich vom Leben erwarte.« Frederic kommt noch einen halben Schritt näher und streicht mir eine verirrte Haarsträhne hinters Ohr. Seine Haut riecht nach frisch gemähtem Gras, unzähligen WhatsApp-Nachrichten und Sonnenblumen.

»Noch mehr unschuldige Mädels auf der Straße über den Haufen fahren?«, frage ich stichelnd, weil mir in diesem Moment nichts Geistreicheres einfallen will.

Sein Gesichtsausdruck wird mit einem Mal ernst. Mist!

Mina, kannst du nicht einmal deine vorlaute Klappe halten?!

»Es ist viel mehr als das. Ich erzähle jeden Tag unzähligen Menschen, was die Sterne für Überraschungen bereithalten. Das ist wirklich toll und bereitet mir auch immer noch Freude, aber dabei habe ich die ganze Zeit über komplett vergessen, was *ich* will. Dass auch ich Gefühle habe. Gefühle, die ich ständig ignorierte. Ich gab mich einfach mit dem zufrieden, was da war. Da ist aber auch noch ein anderer Mensch neben *Miss Starlet* und Mellis Vater. Das ist mir nun endlich klar geworden und es wird Zeit, zu realisieren, was ich vom Leben möchte.«

Frederic räuspert sich nach dieser Rede befangen. Er legt seine Arme um meine Taille und zieht mich ein Stück näher an sich heran. Ganz vorsichtig, damit ich zurückweichen kann, wenn ich die Nähe nicht zulassen will. »Und was ich möchte, das bist du!« Seine raunende Stimme ist kaum lauter als mein flatternder Herzschlag und umspielt mich mit seiner Zärtlichkeit, die aus seinen Worten klingt.

Mein Herz beginnt zu schweben und es gibt keinen Grund, zu zögern.

Ich schlinge meine Arme um seinen Hals, ziehe ihn sanft zu mir herunter, sodass er mir direkt in die Augen schauen muss. Und als sein Atem meine Lippen streift, fallen mir die Augen zu. Ich fühle, wie sein samtweiches Haar auf meinen Wangen kitzelt.

Kurz löse ich mich von Frederic und mein Blick tastet über seine Lippen.

»Und ich will dich, Frederic Bach!«, raune ich und fahre die Züge seines Kinns mit meinen Fingern nach.

Dann berühren sich unsere Lippen. Der Kuss ist so gefühlvoll wie Frederics Nachrichten und sanft wie seine Aquarellaugen. Und endlich gebe ich der Stimme meines Herzens nach und ziehe ihn noch näher zu mir heran. Mein Atem beschleunigt sich. Das sehnsüchtige Kribbeln, das sich meinen Bauch schnappt und bis zum Herzen hinaufwächst, dieses atemberaubende Gefühl von Schwerelosigkeit: Suchtgefahr pur! Ich inhaliere diesen Augenblick mit jeder Faser meines Körpers.

»Übrigens«, wispert er mir ins Ohr und drückt mich ein winziges Stück von sich weg. »Ich finde, dass der Titel ›Schlüsselhüter‹ nicht nur perfekt zu mir, sondern auch zu dir passt.«

»*Zu mir?* Das kannst du unmöglich ernst meinen! Ich Chaoskopf kann ja nicht mal auf meine eigenen Schlüssel aufpassen«, kichere ich. »Ich befürchte, du hast die Tragweite dieses Gens noch nicht so richtig mitbekommen.«

»Das spielt in diesem ganz besonderen Fall überhaupt keine Rolle«, spricht er in Rätseln.

»Okay, da bin ich mal gespannt.«

Frederic zieht etwas aus seiner Hosentasche. Klein, schwarz und mit weißen Punkten. »Das ist für dich«, sagt er erwartungsvoll und mit hochgezogener Augenbraue. »Es ist nichts Wahnsinniges, aber …«

Er streckt mir ein kleines Kistchen, umwickelt mit Geschenkband, entgegen und legt es mir in die Hand. »Oh«, mache ich höchst einfallsreich. Behutsam ziehe ich das Band auf, hebe den Deckel an und schaue hinein.

Eine filigrane Halskette mit einem zauberhaften Schlüssel-Anhänger. Dazu eine kleine Notiz:

Der Schlüssel zu meinem Herzen. Dein Frederic

»Das ist das Romantischste und zugleich Kitschigste, was ich jemals geschenkt bekommen hab«, seufze ich.

»Gefällt dir der Schlüssel nicht?«

»*Nicht gefallen? – Ich liebe ihn!*«, sage ich und schlinge kurz meine Arme um seinen Hals. »Danke.«

Ich habe keine Ahnung, was die Sterne noch so alles an Überraschungen für mich bereithalten. Und ganz ehrlich, ich will es auch gar nicht wissen. Aber eines hab ich gelernt: Ist das Leben auch noch so chaotisch, arschig, herzzerreißend und manchmal voll von Intelligenzallergikern, ich werde es trotzdem meistern. Weit schlimmer: Ich freue mich sogar drauf! Auf das Abenteuer Leben. Mit meinen Mädels, Lexy, Greta und Thomas. Und meinem Frederic – alias *Miss Starlet.*

Und wie wir so voreinander stehen und uns tief in die Augen blicken, spüre ich es wieder, das Gefühl der Schwerelosigkeit, das alles andere verdrängt.

Nun streckt er beide Hände nach mir aus und ich lasse mich anstandslos zu ihm ziehen, so nah, bis sich unsere Körper sanft berühren. Und dann unsere Lippen.

Das erste Mal lassen mich die quälenden Gedanken wegen Lexy in Ruhe. Mit allen Sinnen versinke ich in meiner Sehnsucht. Und endlich zerbröckeln alle Zweifel.

Ich lasse mich fallen, in die Welt der Gefühle, und vergesse mich in seinem verführerischen Duft. Ich weiß, jetzt gibt es kein Zurück mehr, doch mein Herz hat sich schon lange in diesen Augen verirrt.

Als ich Frederics Kuss voller Leidenschaft erwidere, breitet mein Herz die Flügel aus und fliegt. Fliegt mit dem Wissen, dass alles gut wird.

Ja, in dem Augenblick gibt es nur noch Frederic und mich.

Frederic und mich.

Ich schnappe nach Atem. »Danke, dass du mich über den Haufen gefahren hast, Frederic«, wispere ich und verliere mich abermals in seinen Aquarellaugen.

Und diesmal, diesmal ist es für immer.

Epilog

Gedankensammelsurium, Herzausschütten,

oder wie auch immer man das nennen mag

Liebe Mama,

es wird Zeit für ein kleines Update – und ich vertraue darauf, dass dich diese Zeilen auf irgendeinem Weg erreichen werden. Vielleicht ja durch die Pusteblumen, die du so geliebt hast, wenn der Wind ihre Samen zu dir in den Himmel trägt.

Wo fange ich am besten an?

Ich weiß, dass du meine letzten Worte im Krankenhaus wahrgenommen hast. Auch wenn du nicht mehr in der Lage warst, zu sprechen, so konnte ich dennoch die feine Reaktion deines Fingers spüren.

Es sind nun schon einige Wochen verstrichen, seit du dich entschieden hast, von dieser Welt zu gehen. Wochen voller Trauer und Schmerz, aber dazu mischten sich ganz langsam auch die Gefühle von Freiheit und Glück.

Erinnerst du dich an diese nervige und äußerst anstrengende Kundin mit dem Namen Frau Gretener? Das Schicksal spielt manchmal wirklich mit uns, denn genau diese Frau ist nach meiner Kündigung zu einem wichtigen Teil in meinem Leben geworden.

Warum, fragst du dich? – Halte dich fest: Greta Gretener hat eine Galerie in der Innenstadt und zufälligerweise erfuhr sie davon, dass ich auch male. Tja, eines führte zum anderen und nun bin ich Teil ihrer Herbstausstellung.

Deine Tochter: eine Künstlerin. Ist das nicht unfassbar?

Für mich geht damit wahrlich ein Traum in Erfüllung. Die erste Ausstellung war ein voller Erfolg. (Erste Ausstellung, weil nicht nur weitere Aufträge reinkommen, sondern auch einige Anfragen für Ausstellungen in ganz Deutschland. Wenn der Flow weiterhin anhält, werde ich vielleicht Partnerin von Gretas Galerie. Ist das nicht fantastisch?) Zur Vernissage kamen so viele Leute, sogar Thomas schaute vorbei.

Seit du nicht mehr hier bist, haben wir viel Zeit miteinander verbracht und ich kann jetzt verstehen, was du an ihm so anziehend fandest – natürlich auf der Vater-Tochter-Ebene. Er ist einfach ein Schatz!

Wir sehen uns alle paar Wochen, eben, wenn er gerade im Land ist, und dann plaudern wir über Gott und die Welt. Doch die Trauer und der Verlust schimmern immer noch in seinen Augen.

Ich wünsche mir, dass er eines Tages in seinem Herzen wieder Platz für eine neue Liebe findet.

Meine Mädels waren natürlich auch auf der Vernissage. Sie kamen alle solo. Heute würde das anders aussehen – zumindest zum Teil. Sabrina hat auf der Ausstellungseröffnung jemanden kennengelernt und ich glaube, da bahnt sich etwas an. Sie verneint das zwar partout, aber mein Bauchgefühl ist da anderer Meinung – und ich habe gelernt, auf diese innere Stimme zu vertrauen. Kathrin hat allerdings der Männerwelt abgeschworen. Doch wir beide wissen ja, was das heißt, nicht wahr?

Und Sue. Ja Sue … Wenn du in deiner überirdischen Sphäre die Möglichkeit hast, ihr einen echten Kerl ins Leben zu schicken, dann tue es. So kann sie ihrem Chef endlich einen hübschen Tritt in den Arsch verpassen.

Was Lexy angeht: Die Angst, dass sie immer noch mehr als Freundschaft für ihren Ric (meinen Frederic) empfindet, war unbegründet. Ich glaube, sie hat mit ihrem Pascal tatsächlich das große Los gezogen, und ich freue mich von Herzen für sie. Es gibt doch nichts Schöneres, als glücklich verliebt zu sein.

Ach ja, von wegen verliebt sein, da war noch was …

Zwar weißt du es nicht, aber ich hatte in Bezug auf dich und mich immer den Eindruck, es gibt vor allem drei Themen, über die wir nicht reden konnten. Quasi drei wunde Punkte. Ich schreib dir das, weil es mir wichtig ist, diese Punkte ein letztes Mal anzusprechen. Keine Sorge, es geht mir nicht darum, das letzte Wort zu haben. Ganz und gar nicht. Ich war noch nie gut im Herzausschütten und diese Punkte helfen mir dabei …

Thema Nummer 1 – Du und deine Gesundheit: Ich befürchte, ich konnte es nie richtig zeigen (Vielleicht ja doch?), aber das mit deinem Schlaganfall hat mich schwer getroffen. Was für mich das Malen, war für dich immer das Reisen, und dass dir ausgerechnet das genommen wurde, dafür habe ich das Universum mehr als einmal verflucht und zum Teufel gejagt. – Ach, was sage ich da … Einmal täglich. Mindestens!

Es tat mir in der Seele weh, dich so zu sehen, und ich bewundere dich auch heute noch für deinen Überlebenswillen und Kampfgeist.

Thema Nummer 2 – Deine kinderlose Tochter: Darauf gehe ich nur kurz ein, denn es führt mich direkt zu Punkt drei. Nur so viel: Zwar bin ich nach wie vor kinderlos, aber ein kleines Mädchen gehört seit einigen Wochen in mein Leben und sie hat mein Herz erobert. Sie lehrt mich, was es heißt, Muttergefühle zu empfinden, und was für ein unvergleichliches Geschenk das Lachen eines Kindes ist. Melli ist ihr Name und sie ist süße drei Jahre alt. Sie sieht aus wie ein kleiner Engel. (Wobei sie das nicht wirklich ist, nur hin und wieder. Sie verkörpert viel eher die Worte: Plappermaul, Schleckermäulchen und Frechdachs.) Also irgendwie bist du doch Oma geworden und ich hoffe, du siehst von da oben auf den kleinen Spatz hinunter und passt wie ein Schutzengel auf sie auf.

Thema Nummer 3 – Finde den Einen: Wohl die heikelste Angelegenheit zwischen uns beiden. Schon im Krankenhaus habe ich Frederic erwähnt. Mellis Vater und Lexys Ex ... Du erinnerst dich? Damals sah alles ziemlich aussichtslos und düster aus. An so etwas wie eine gemeinsame Zukunft war nicht zu denken. Doch dann ... Manches ist ein Wink des Schicksals. Oder aber eine Fügung des Lebens. Man mag es auch Zufallsgenerator nennen. Doch vielleicht, ja, vielleicht geschieht es einfach, weil es so in den Sternen geschrieben steht.

Ja, zuweilen scheinen die Götter, Engel, das Universum oder sonst eine höhere Macht sich tatsächlich ein Herz zu fassen und stehen einem helfend zur Seite.

Du ahnst es sicher schon längst ... Ja, Frederic und ich sind ein Paar. Noch wohnen wir in getrennten Wohnungen, aber wir diskutieren bereits darüber, uns gemeinsam eine Wohnung anzuschauen.

Frederic vereint all das, was ich mir von einem Mann immer gewünscht habe. Nicht etwa ein makelloses Äußeres. (Okay, okay, ich würde lügen, wenn ich behaupte, das habe nichts dazu beigetragen, dass ich mich in ihn verliebt habe!) Ich bin felsenfest davon überzeugt, dass es am Ende all die unscheinbaren Nichtigkeiten sind, die den Menschen zu dem werden lassen, das ihn in den Augen des Partners so besonders und einzigartig macht. Und ich sag dir, Frederic ist einfach der Wahnsinn!

Ich liebe es, wie er mit seinen Worten umgehen kann, damit schrieb er sich direkt in mein Herz. Ich liebe ihn für seinen Humor und seine zynischen Bemerkungen, wenn man nicht damit rechnet. Liebe die Art, wie er redet und dabei so unwiderstehlich lächelt. Liebe es, wie er mit seinem Töchterchen umgeht. Liebe es, wie er mich mit seinen Aquarellaugen ansieht, und liebe den Geruch seiner Haut. Liebe es, dass er mit mir den Sternenhimmel bis tief in die Nacht bewundert. Und ich liebe es, wie seine samtigen Locken über meine Wangen kitzeln, wenn er mich küsst. All das und noch viel mehr.

Ich könnte noch ganze Seiten mit meinen Schwärmereien füllen, so viele Facetten, die ihn zu meinem Mr Right machen. One in a million. Und ich bin mir sicher, dass du und Frederic euch fabelhaft verstanden hättet. Allein deswegen, weil er mich glücklich macht.

Du siehst, du hast bei jedem Punkt recht behalten. Man könnte den Eindruck gewinnen, dass du mich besser kanntest als ich mich selbst. Vielleicht ist das sogar so, weil du mich schon kanntest, als ich noch in deinem Bauch war.

Deshalb will ich dir auch sagen, dass ich dir für alles dankbar bin. Dass du mich umsorgt und mit so viel Liebe großgezogen hast. So viele Nächte an meinem Bett verbrachtest, wenn ich krank war. Ich unter deine Bettdecke krabbeln durfte, wenn ich mich vor dem Unwetter fürchtete, das vor dem Fenster tobte.

Doch was am allerwichtigsten war: Du lehrtest mich, auf die Stimme meines Herzens zu hören.

Danke, dass du meine Mama warst!

Ich werde dich nie vergessen und immer in meinem Herzen tragen.

Auf ewig!
Deine Mina
PS: Ich schreibe dir wieder, versprochen!

Danke!

♥ Danksagung ♥

»HerzSeilAkt – Samtküsse unter den Sternen« ist mein allerersterLiebesroman, der von mir veröffentlicht wird, gleichzeitig auch mein allererstes Taschenbuch und dazu noch mit meinen Illustrationen … – Hach ♥ – Unvergesslich!

Mit unglaublich viel Freude, Spaß und Leidenschaft brachte ich Minas & Frederics Geschichte zu Papier und durfte beobachten, dass sich wie durch Zauberhand alles fügte. Und doch ist das Buch erst dank vieler helfender Elfen und einer Extraportion Drachenpower zu dem geworden, was es heute ist. Deswegen möchte ich mich an dieser Stelle bei einigen Leuten bedanken:

Ich danke …

… Astrid, der zauberhaftesten Drachenhüterin auf der ganzen Welt. Danke, dass ich ein Drache sein darf. Von dir lernte ich das Fliegen!

… Konstanze, weltbeste Lektorin und ein richtiger Herzensmensch. Du schaffst es immer, aus meiner Geschichte einen schimmernden Diamant zu schleifen.

… Michaela, meiner Agentin, für das Vertrauen in mich und mein Schreiben. Und das, obwohl HerzSeilAkt eigentlich nicht einmal in deinen Bereich gehört – danke.

… Michaela R. – für dein wachsames Auge, jeden gefundenen Fehler und Wortverdreher und die wunderbare Zusammenarbeit! Sowie deine lieben Worte zu HerzSeilAkt.

… meinen Testleserinnen: Susanne, Kerstin K., Zwergi und Vicky. – Mädels, ihr habt das echt gerockt!

… meinen Schreibschwestern: Alex, Kerstin R., Vany und Anne-Marie – für jeden Tag Motivation pur!

… meinen kreativen Namengeberinnen: Susanne – aka Sue, Alex – aka Lexy, Sabrina & Kathrin.

… meinen fleißigen, helfenden Elfen im Hintergrund, die still und heimlich Abreißzettelchen aufhängten, Veröffentlichungsideen schmiedeten, mich unterstützten … und, und, und. Hach, einfach dafür, dass ihr so toll seid! (Alex, Tina, Susanne, Kerstin K., Kerstin R., Dana, Jean, Zwergi, Maike, Vicky, Diana, Nina, Caroline, Susy, Janina F., Anja, Anna, Stephanie, Nicky, Brina, Mareike, Franzi & Janina W.!)

… meinem Mann – weil du mir in den letzten Wochen nicht nur heldenhaft zur Seite gestanden, sondern auch noch den ganzen Laden geschmissen hast wie nichts! Danke ♥

… Tabea – für mein Traumcover! Und danke für unsere Zwillingsmelodie & einfach, dass es dich gibt ♥

… Susanne – ich danke dir nicht nur für die Softpolsterung (Höhö!) und deine unermüdliche und liebe Unterstützung bei allem, sondern auch für deine treue Freundschaft ♥

… all den Bloggern & Buchwürmern – für das Mitfiebern und Mitverfolgen, wie HerzSeilAkt wächst und das Sich-auf-den-Tag-der-Veröffentlichung-Freuen. Die besten Motivationsspritzen ever!

… und ich danke DIR, lieber Leser, dass Mina & Frederic für eine Weile zu dir kommen durften ♥ Vielleicht, ja vielleicht finden sie einen Platz in deinem Herzen, so wie sie in meinem für immer verweilen werden.

Ava Reed
For Good
Über die Liebe und das Leben
ISBN: 978-3-95991-961-6
Softcover, EUR 12,–

Was würdest du tun, wenn du das verlierst, was deinem Leben einen Sinn gab? Das, was du mehr als alles andere auf dieser Welt geliebt hast. Würdest du aufgeben?

Nach dem Tod ihrer großen Liebe Ben, beginnt Charlie in Trauer zu versinken. Immer wieder erinnert sie sich an die vergangenen Zeiten, in denen sie ihn kennen- und lieben lernte. Doch der Verlust droht sie zu ersticken und blind zu machen für das, was das Leben ausmacht. Charlie zieht sich völlig zurück und beginnt zu verstehen, dass nichts je wieder so sein wird wie es einmal war.

Linda Schipp
Memories To Do
Allies Liste
ISBN: 978-3-95991-432-1
Softcover, EUR 12,90

In ein Schwimmbad einbrechen, zu einem Candle-Light-Dinner ausgeführt werden, mich an meine Hochzeit erinnern ... Eine seltene Form von Amnesie hat Allies Erinnerungen an die vergangenen 17 Jahre ausgelöscht. Im Herzen noch ein Teenager steht sie ahnungslos vor ihrem zweijährigen Sohn, einem Ehemann, den sie nicht liebt, siebenhundert unbekannten Facebook-Freunden und einem verdächtig dunklen Nebel, der sich über ihre Vergangenheit zieht. Im Leben der 34-jährigen Allie ist nichts mehr von dem übrig, was ihr als Teenager wichtig war – nicht einmal ihr Name. Um den Geheimnissen der geschwärzten siebzehn Jahre auf die Spur zu kommen, reist sie zurück in die amerikanische Kleinstadt, in der ihre Erinnerungen enden. An ihrer Seite der Mensch, der ihr am nächsten und nach jahrelanger Trennung am fernsten zugleich ist: Luis. Nur ein Freund, wirklich. Ihr bester Freund. Damals zumindest.

DRACHENMOND VERLAG

BÜCHER MIT HERZBLUT